PETITES INFAMIES

*CARMEN POSADAS*

# PETITES INFAMIES

roman

TRADUIT DE L'ESPAGNOL
PAR FRANÇOIS MASPERO

*ÉDITIONS DU SEUIL*
*27, rue Jacob, Paris VI^e^*

Titre original : *Pequeñas infamias*
Éditeur original : Editorial Planeta S.A., Barcelone

ISBN original : 84-08-02847-2

ISBN 2-02-037482-X

*Pour Mariano*

PREMIÈRE PARTIE

# Trente degrés au-dessous de zéro

Prends un cœur de lion, sois fier et n'aie cure de ce qui gronde, s'agite ou conspire contre toi. Macbeth ne sera pas vaincu jusqu'au jour où la grande forêt de Birnam gravissant Dunsinane marchera contre lui.

SHAKESPEARE, *Macbeth*, acte IV, scène 1.

# 1

# Néstor, le cuisinier

*Dimanche 29 mars (nuit du samedi au dimanche)*

Il avait la moustache plus raide que jamais ; si raide qu'une mouche aurait pu marcher dessus avec l'aisance d'un repris de justice sur le pont d'un navire de pirates. A ce détail près qu'aucune mouche ne peut survivre dans une chambre froide par trente degrés au-dessous de zéro : et pas davantage le propriétaire de ladite moustache blonde et congelée, Néstor Chaffino, chef de cuisine, fameux pour sa façon de préparer le fondant au chocolat. Et c'est ainsi qu'on devait le retrouver quelques heures plus tard : les yeux ouverts et sans expression, mais l'attitude toujours digne ; les ongles griffant la porte, c'est vrai, mais le torchon passé dans la ceinture de son tablier de cuisine, même si la coquetterie n'est pas le souci majeur d'un homme derrière lequel la porte d'une chambre froide Westinghouse 1980 vient de se refermer automatiquement en faisant *clac !*...

Et ce *clac !* est le dernier son que l'homme perçoit avant de s'étonner de sa malchance, bon sang mais c'est *impossible*, car l'incrédulité précède toujours la peur, et ensuite : mon Dieu, ça ne m'était jamais arrivé. Et pourtant les gardiens de la maison l'ont averti avant de s'en aller, et pourtant il y a une notice en trois langues affichée dans un endroit très visible de la cuisine, disant qu'il convient de ne pas oublier certaines précautions fastidieuses, telles que de laisser le loquet levé pour éviter que la porte ne se referme sans qu'on y prenne garde. On ne peut jamais être sûr de tout avec ces anciens appareils. « Mais, Christ miséricordieux, je n'ai pas mis plus de deux minutes, trois au maximum, à ranger mes dix boîtes de truffes en chocolat glacées. » Et pourtant la porte a fait *clac !* ça ne fait pas de doute. *Clac !* et tu l'as dans le baba, Néstor. *Clac !* et maintenant, quoi ? Il regarde la pendule : les aiguilles phosphorescentes marquent quatre heures du matin, *clac !* et il est là dans le noir total, à l'intérieur de la grande chambre froide de cette résidence secondaire maintenant presque vide, après une réception où ont défilé une trentaine d'invités... Mais réfléchissons, se dit-il, réfléchissons, par tous les diables, qui sont les personnes qui sont restées passer la nuit ?

Voyons voir : il y a les maîtres de la maison, naturellement. Et aussi Serafín Tous, le vieil ami du couple qui est arrivé au dernier moment. Le hasard veut que Néstor ait fait sa connaissance quelques semaines plus tôt : fort brièvement, il est vrai. Ensuite il y a les deux employés de son entreprise, « Le Mûrier & le Gui », traiteur à domicile, auxquels il a demandé de rester jusqu'au lendemain pour l'aider à tout remballer : Carlos García, son fidèle ami, et aussi le nouveau garçon (Néstor ne se rappelle jamais son nom du premier coup). Karel ? Karol ? Oui, Karel, ce jeune culturiste tchèque qui est si éveillé et qui peut battre les blancs en neige avec autant d'aisance que décharger sans un soupir cent caisses de Coca-Cola, tout en fredonnant *Lágrimas negras*, un air des Caraïbes, avec quand même un peu trop l'accent de Prague.

Lequel d'entre eux entendra ses cris, ses coups contre la porte, ses coups de pied répétés, bang, bang, qui résonnent dans sa tête comme autant de coups dans son cerveau ? Bon sang, c'est *impossible*, en trente ans de métier jamais un accident, mais voyez donc l'ironie du sort. Qui aurait pu te prédire une telle accumulation de calamités soudaines, Néstor ? Il y a quelques mois on te découvre un cancer du poumon, et à peine assimilée la terrible nouvelle, te voilà enfermé dans l'obscurité d'un frigo. Mon Dieu, mourir d'un cancer, c'est malheureux, mais enfin c'est une chose qui guette plus ou moins le cinquième de l'humanité ; périr congelé sur la Costa del Sol, en revanche, c'est carrément idiot.

Du calme, il n'y a rien à craindre. Néstor sait que la technologie américaine, même la plus ancienne, prévoit tout. Quelque part, probablement tout près de la porte, doit se trouver un système d'alarme qui, c'est sûr, absolument sûr, actionne une sonnerie dans la cuisine, et alors quelqu'un l'entendra ; avant tout, rester calme et réfléchir. Combien de temps un homme vêtu d'une courte veste blanche et d'un pantalon de coton à carreaux peut-il résister à trente degrés au-dessous de zéro ? Plus qu'on ne l'imagine, courage, mon vieux, et la main tâtonne avec une certaine sérénité (compte tenu des circonstances) le long du mur, en bas, en haut, non ! pas à gauche, attention, Néstor. Ses doigts finissent par buter sur quelque chose de gelé et de fin. Sainte Vierge, dans les chambres froides il y a toujours des bêtes mortes, des lièvres, des lapins aux moustaches hérissées…

Tout d'un coup, stupidement, Néstor pense au maître de maison, M. Teldi, et voilà qu'il l'évoque, non tel qu'il l'a vu il y a quelques heures, mais dans sa mémoire, il y a vingt ou vingt-cinq ans. Évidemment, à l'époque (pas plus qu'aujourd'hui d'ailleurs) la célèbre moustache d'Ernesto Teldi n'était ni longue ni clairsemée comme celle d'un lièvre, elle était et reste taillée et veloutée, pareille à celle d'Errol Flynn. Et cette moustache n'a pas frémi d'un millimètre en le voyant apparaître dans le salon, une indifférence totale ; mais c'est logique, un monsieur comme Teldi n'a pas à se soucier de la domesticité, encore moins à se rappeler un chef de cuisine qu'il n'a vu qu'en une seule occasion cela fait déjà une éternité, dans les années soixante-dix, au cours d'une soirée riche en émotions aussi terribles que variées.

La main de Néstor parcourt une nouvelle portion du mur. Maintenant, un peu plus à droite… mais toujours en essayant de ne pas s'écarter des environs de la porte… par ici, c'est de ce côté que doit se trouver le bouton salvateur : les Américains, c'est bien connu, sont rationnels pour ce genre de choses ; jamais ils ne placeraient le dispositif de sécurité dans un endroit difficile à trouver. Voyons… Mais la main, soudain, plonge dans un abîme encore plus noir, ou du moins c'est l'impression qu'a Néstor, et du coup il décide d'abandonner la recherche méthodique pour recommencer à frapper : six… sept… huit (mille) coups de pied contre la porte obstinée. Notre Dame de Lorette, Vierge de Miséricorde, sainte Maria Goretti et don Bosco… je vous en prie, faites qu'il y en ait un qui se réveille et décide de descendre chercher quelque chose à la cuisine, peut-être un insomniaque, ou une insomniaque, pourquoi pas Adela ? Oh ! oui, mon Dieu, faites qu'Adela vienne.

Adela est la femme de Teldi. « Ah ! que le passage du temps est cruel sur les beaux visages », se dit Néstor car, dans les moments terribles, les pensées s'évadent parfois vers la plus totale banalité. Adela devait avoir dans les trente ans quand il l'a connue en Amérique du Sud ; elle avait une peau si douce… Néstor tend la main… et merde ! encore ces maudits lièvres morts. Ils sont là, oui, ce sont eux, avec leurs corps poilus, avec leurs petites dents blanches qui luisent dans l'obscurité en faisant fi des lois des feux follets, mais… et Adela ?

Non. Elle non plus n'a pas semblé le reconnaître quand ils se sont vus pour les derniers détails, et pourtant Adela Teldi avait des raisons de se souvenir de lui. Ils se sont rencontrés souvent, précisément chez elle, mais évidemment cela se passait il y a des années ; plus d'une fois elle l'a trouvé en train de bavarder avec Antonio Reig, le cuisinier de la famille, là-bas, dans sa lointaine maison de Buenos Aires, « Tiens ! encore vous, Néstor ? » lui disait-elle, ou plus simplement : « Bonsoir, Néstor. » Et elle l'appelait toujours par son petit nom ; oui, c'est ainsi qu'elle s'adressait à lui à l'époque : « Bonsoir, Néstor », et elle ajoutait même parfois un : « Comment allez-vous ? Bien ? », avant de disparaître de la cuisine en laissant dans son sillage un parfum impossible à confondre d'Eau de Patou, tandis que les deux cuisiniers continuaient à bavarder, en échangeant des potins à son sujet, comme il est logique même entre deux personnes très discrètes : car peut-on résister à la tentation de parler de quelqu'un qui vient de s'évaporer en laissant une trace aussi délicieuse ?

Maintenant c'est un son extérieur qui fait se redresser Néstor. Il jurerait avoir entendu un bruit de l'autre côté de la porte. Pour quelqu'un qui a l'habitude de tous les sons d'une cuisine, aucun doute possible : il s'agit du sifflement d'un siphon d'eau de Seltz, sauf que cela fait des années qu'on ne trouve plus de siphon dans aucune maison et, de toute manière, un son aussi ténu ne pourrait jamais traverser la porte blindée d'une chambre froide. Sainte Gemme Galgani, bienheureuse Marie toute-puissante, implore-t-il, ne permets pas que le froid me brouille l'esprit, éloigne les mirages et les hallucinations, j'ai besoin de rester lucide pour trouver la foutue sonnerie qui doit me sauver ; si cette maison n'était pas une résidence secondaire délaissée en dehors de la saison, il y aurait sûrement de la lumière dans ce maudit frigo et je ne serais pas dans le pétrin.

Mais on sait bien qu'une ampoule claquée ne préoccupe personne quand, tout au long de l'année, les seuls habitants de la maison sont un couple de vieux gardiens dont le zèle se borne à vérifier si des voleurs ne sont pas entrés. Les gens sont de plus en plus négligents et inefficaces dans leur travail, c'est l'irresponsabilité généralisée, pense Néstor. Mais, attention, il ne peut permettre au froid et à la panique de troubler ses pensées. Il doit continuer ses recherches à l'aveuglette ; l'alarme ne peut pas être loin, c'est une certitude ; l'existence du bouton salvateur ne dépend pas, lui, de l'impéritie de gardiens paresseux, mais de la technique moderne américaine, qui ne permettrait jamais la fabrication d'une chambre froide où l'on pourrait mourir congelé comme une glace à la vanille… Et de nouveau le bruit de siphon que Néstor écarte immédiatement, vu qu'il le trouve tout à fait impossible, même si, pourtant, lui revient aussitôt en mémoire un endroit de Madrid où fonctionnent encore des ustensiles de ce genre ainsi qu'un tas de trucs amusants : des automates qui projettent des boules de chewing-gum, des vieilles caisses enregistreuses, des juke-box qui diffusent des chansons yé-yé des années cinquante ou soixante… Vieux jouets pour adultes un peu particuliers ou jeunes garçons jolis comme des cœurs – car presque tous les jeunes garçons que l'on voit dans cette sorte de bars sont de délicieuses créatures –, toujours accompagnés de messieurs complaisants, ravis de leur offrir un jus de fruits glacé avec un jet de siphon… Mais mieux vaut taire ce genre de choses, motus et bouche cousue ont toujours été sa politique. Jus de fruits et eau de Seltz, pense-t-il, la boisson favorite de Serafín Tous, ce veuf si respectable qui répand presque tout son verre de xérès sur son pantalon chaque fois qu'il se retrouve nez à nez avec Néstor. Non, non, personne ne doit savoir ce que Néstor a découvert. Et encore moins Adela ou Ernesto Teldi : les amis intimes sont toujours ceux qui en savent le moins sur les aspects les plus importants de leurs relations, ça c'est bien vrai. Pas comme toi, mon vieux, se dit-il encore, pas comme toi qui connais tant de détails secrets de la vie de Serafín et, ajoute-t-il, de presque tout le monde ; mais quoi de plus naturel, au bout de trente ans de métier et en tant de lieux divers, on en entend des choses. Le savoir est pouvoir, Néstor, mais seulement si l'on parvient à s'en servir. Mieux : on a beau rester dans l'ombre en écoutant et en se taisant – ce qui est facile pour quelqu'un comme lui, car personne ne prête attention au personnel domestique et encore moins à un professionnel de la cuisine qui déteste les cancans –, les histoires continuent d'arriver jusqu'aux fourneaux, elles viennent se mélanger aux meringues et sont collantes comme du nougat.

Serafín… tu parles d'un prénom bien choisi, pense Néstor en se souvenant soudain de sa première rencontre avec M. Tous, puis de la seconde, et les deux situations le font sourire, bien que ce ne soit pas le moment de penser à des futilités, mais il ne peut pas s'en empêcher : la Providence a un étrange sens de l'humour, Se-ra-fín, rien que ça… comme si le destin avait prévu que ce monsieur d'aspect inoffensif finirait ses jours entouré de chérubins…

Un rire. De l'autre côté de la porte on entend nettement un rire. Impossible. Il se trompe, c'est seulement le froid qui, maintenant, s'insinue dans ses oreilles, sa bouche, son nez, et la sensation ressemble trop à celle d'une vrille très fine qui essaye de pénétrer chaque orifice de son corps, de trépaner son cerveau pour endormir un à un tous ses neurones. Or ce dont Néstor a le moins besoin, en ce moment, ce sont de neurones anesthésiés par le froid, les gens meurent comme ça en montagne : apaisés par les basses températures, avec un sourire stupide aux lèvres…, pense-t-il. Non, idiot, il ne s'agit pas d'un sourire, mais d'une *grimace*, tout le monde sait ça. Mais quelle importance, ce qui compte c'est que d'ici peu, au lieu de raisonner avec bon sens, il va se mettre à divaguer de façon irrémédiable.

Ça suffit. Réfléchissons encore une fois. Un peu de méthode : qui, encore, dans cette maison, pourrait m'aider ? Il y a mon commis, Carlos García, un garçon vraiment hors du commun ; et ensuite Karel ou Karol, décidément ce nom est impossible, ah ! et aussi Chloe, sa petite amie, qui a tenu à nous accompagner pour le cas où l'on aurait besoin de personnel supplémentaire. N'importe lequel ferait l'affaire, quelqu'un va sûrement apparaître dans les minutes qui viennent, parce que Néstor croit – il est sûr – qu'avec tous les coups qu'il a donnés, il a certainement dû appuyer à un moment ou à un autre sur le bouton de l'alarme, que Dieu bénisse la technique Westinghouse. Oui, à force de taper sur la cloison, il a bien dû rencontrer la sonnerie salvatrice, ce n'est qu'une question de temps, la porte va s'ouvrir ; mais en attendant, il faut qu'il fasse *quelque chose* pour que ses neurones ne gèlent pas et qu'il ne commette pas une folie. On fait de vraies crétineries quand on ne peut pas raisonner correctement. Néstor a vu un documentaire à la télévision : on y montrait des explorateurs qui, en plein sur le Pôle, quittaient tous leurs vêtements et se mettaient à courir en costume d'Adam comme des cinglés dans le désert. Fais gaffe, fais gaffe à ne pas faire de bêtises, Néstor, pas question de te déshabiller et encore moins de t'éloigner de la porte ; tu dois impérativement rester près d'elle en cognant dessus et en criant à tue-tête ; tu ne peux pas t'en écarter, même de quelques centimètres, l'obscurité est traîtresse, on y perd facilement son orientation et on ne sait plus où est la sortie et où est le fond de cette chambre noire ; pas une pause, pas un millimètre, Néstor. Mais le problème, c'est le froid qui lui entre par le nez et par la bouche, et aussi par les oreilles… C'est *ça* qui va le tuer, il va devenir fou, sainte Madone d'Alexandrie.

Il regarde sa montre. Le cadran lumineux indique quatre heures un quart. Comme le temps passe lentement, oui, si lentement. Et tout d'un coup lui vient l'idée de se boucher les orifices du corps, tous… ah ! non, bien sûr, pas le nez, ce n'est pas possible, mais les oreilles, par exemple. Avec quoi ? Avec la seule chose qu'il ait sous la main : du papier, celui de ton carnet noir, Néstor ? Évidemment, celui de ton carnet noir, *cazzo* imbécile ! Et tu vas déchirer ainsi un recueil unique de desserts innombrables, d'entremets de tous les pays, des maisons les plus importantes d'Europe et, pis encore, détruire la prolixe (et secrète) recette de… ? C'est bien le meilleur signe que tes neurones sont en train de geler, vieil imbécile, qu'est-ce que tout ça peut te faire, maintenant ? Et Néstor tire de la poche intérieure de sa veste blanche un épais carnet avec une couverture en toile cirée : se calfeutrer contre le froid, tenir le coup encore quelques instants, et tout se passera bien, c'est une intuition, et ses intuitions ne l'ont jamais trahi. Un bruit de l'autre côté de la porte, et encore un autre, c'est l'alarme Westinghouse qui a fonctionné ! Enfin quelqu'un l'a entendu et il va vite ouvrir,

Néstor est sauvé. Ça lui apprendra à rester seul dans la cuisine si tard dans la nuit ; ça lui apprendra à ne pas faire attention en entrant dans la vieille chambre froide d'une maison qu'il ne connaît pas. Mais c'est fini, oui, fini, la porte va s'ouvrir… *clac !* Et de nouveau *clac !*

Pas trop tôt : juste au moment où le froid lui faisait penser (et craindre) plus de stupidités que jamais.

# 2

# Karel, le culturiste tchèque

Ce fut Karel, l'ami tchèque, qui le trouva, mais beaucoup plus tard, vers sept heures moins le quart du matin.

Karel Pligh avait l'habitude de se lever avec les poules, même si les horaires espagnols, et particulièrement l'heure du coucher, lui paraissaient obscènes (*owsènes*, prononçait-il quand il s'énervait, et alors l'accent tchèque le trahissait plus qu'à l'ordinaire). « C'est obscène, Néstor, je t'assure, disait-il ; c'est très mauvais de se coucher si tard, on n'a pas le temps de se reposer. »

Difficile, pour quelqu'un comme Karel, de changer la routine des réveils matinaux après tant d'années, d'oublier, par exemple, la discipline apprise à Moscou, où il a passé une partie de son enfance, d'abord dans un camp de pionniers et ensuite à la caserne de Lefortovo, au sud-est de la ville, membre de la grande famille militaire, comme beaucoup de jeunes des pays satellites dotés d'un talent particulier pour les sports. Et à Lefortovo il était connu comme Karel 4563-C, un espoir dans la catégorie haltérophilie, future étoile de l'Est, choisi par la fortune (et aussi par le Comité de l'amitié tchéco-soviétique Julius-Fučik) pour briller au firmament des Jeux olympiques d'Atlanta qui devaient avoir lieu dix ans plus tard, juste le mois de son dix-huitième anniversaire.

Cependant beaucoup de choses qui n'avaient pas été prévues se sont produites avant que n'arrive ce mois tant attendu de juillet 96 : la plus importante a été la chute du mur de Berlin en 89, un événement historique qui, dans un premier temps, a empêché Karel de rentrer dans son pays (en fin de compte, un investissement sportif dans un athlète est toujours un *investissement*, même s'il s'agit d'un échange désintéressé entre deux peuples frères tels que le peuple soviétique et le peuple tchèque). Mais curieusement, quelques mois plus tard, quand les Russes ont commencé à avoir des priorités plus urgentes que celle de gagner des médailles olympiques, ils ont été enchantés de limiter leurs dépenses, et c'est ainsi que non seulement ils ont permis à Karel et à d'autres sportifs polonais, tchèques et roumains de retourner chez eux, mais encore ils les en ont priés aussi fermement que poliment. Karel n'avait que douze ans quand il est revenu à Prague au début des années quatre-vingt-dix, aussi n'a-t-il eu aucune difficulté à y réorienter le fil de sa vocation de manieur d'haltères en lui donnant une appellation plus adaptée aux temps à venir : « Culturiste », c'était ainsi, paraît-il, qu'on nommait sa discipline en Europe de l'Ouest, et, selon ses nouveaux camarades de la Sportovni Škola de Prague, il y avait dans les pays capitalistes des concours et des prix importants pour les biceps parfaits ou les mollets de statue grecque. S'y ajoutait la possibilité de vendre sa photo à des revues spécialisées qui payaient très convenablement et même *splwendidément*, encore que, toujours selon ses amis de la Sportovni Škola, aspirants culturistes comme lui, peu nombreux soient ceux qui arrivent à en vivre, et que même ceux-là vivent fort mal.

Mais même dans ces conditions, que pouvait-il y avoir de plus beau en ce monde, pensaient tous ces garçons nourris de rêves, que de cultiver un corps parfait ?

Pour Karel, il n'y avait qu'une chose qui soit comparable : cultiver les sons magiques d'un gosier humain. Et c'était aussi à cela que le jeune Karliček devait consacrer son énergie d'adolescent, avant d'abandonner définitivement sa patrie.

Tout avait commencé au cours d'une ultime et fraternelle embrassade entre les peuples de Tchécoslovaquie et de Cuba (*Anno Lenini* 1990), quand Karel avait été invité à concourir pour la médaille José-Martí des jeunes dans la XX^e^ édition de la Spartakiade, une manifestation sportive de grand intérêt révolutionnaire qui, cette année-là, se tenait à Camagüey. Et c'est là, parmi les camarades de la Plus-Belle-des-Terres (lisez Cuba), qu'à l'âge encore tendre de quatorze ans Karel a succombé aux rythmes de la musique latine, *sones*, *cha-cha-chás*, *boleros* et *congas*. Il en a été tellement ensorcelé que, dès le jour de son retour à la Sportovni Škola de Prague, son aspiration majeure n'a plus été de manier les haltères, ni même d'être culturiste, mais d'arriver à faire partie un jour d'un magnifique ensemble de musique cubaine très réputé dans toute l'Europe de l'Est qui répondait (et répond toujours) au nom de *Los Bongoseros de Bratislava.*

Malheureusement (le destin est rarement l'esclave de nos désirs), la musique devait attendre. Quatre ou cinq ans ont passé ; 1991, 1992, 1993, 1994, 1995… et, un beau jour, il a trouvé une occasion pour émigrer à l'Ouest. D'abord en Allemagne, un habitat naturel pour tout Tchèque ; mais les choses n'y étaient pas faciles. De sorte que Karel est allé un peu plus au sud, en France (également compliqué), puis encore plus au sud, jusqu'à ce qu'il tombe en Espagne, où il n'a pas trouvé de travail comme culturiste ni encore moins comme chanteur de *cha-cha-chas*, raison pour laquelle il a dû se contenter d'être garçon à tout faire et coursier motorisé pour une entreprise de traiteur à domicile appelée « Le Mûrier & le Gui ».

Cependant, certaines fixations de la première adolescence ne s'oublient jamais. Voilà pourquoi nous devons préciser que, ce matin-là, à des milliers de kilomètres de Bratislava et plus loin encore de Cuba, quand Karel a quitté sa chambre de la maison des Teldi pour descendre à la cuisine et ouvrir le frigo en quête d'un peu de glace Häagen Dazs destinée à le remettre d'un réveil pénible, il a tout fait sur le rythme de l'air bien connu *El son montuno.*

La chanson se congela sur ses lèvres, car à l'intérieur de la chambre froide il y avait Néstor, le yeux grands ouverts, la main gauche semblant encore griffer la porte. La droite tenait un morceau de papier. Mais ce ne fut pas cela qui attira l'attention de Karel : il avait des choses plus urgentes à faire, comme de voir si son ami était mort ou si l'on pouvait encore espérer le réanimer.

De longues années d'entraînement militaire tel que le suivaient tous les sportifs d'élite dans l'ancienne Union soviétique sont très utiles en pareilles circonstances. Tous les élèves apprennent ce qu'il faut faire dans les différents types d'accident. En ce qui concerne les cas de congélation, par exemple, Karel Pligh savait que, parfois, il n'y a pas mort définitive mais une sorte de léthargie ou d'hibernation dont il est relativement simple de tirer un accidenté, et c'est à cela qu'il consacra ses efforts durant une bonne dizaine de minutes, après avoir traîné Néstor hors de la chambre froide. Il exerça d'abord une pression rythmique des poings sur le cœur connue sous le nom de « manœuvre Boris », puis essaya le bouche-à-bouche, et ne renonça qu'à la onzième ou douzième tentative de réanimation. C'est à ce moment-là qu'il aperçut le lambeau de papier que Néstor tenait dans sa main droite.

Si la formation de Karel en matière de premiers secours était poussée, en revanche sa culture télévisuelle ou cinématographique était quasiment nulle. Sinon il aurait su, comme tout un chacun, qu'il ne faut toucher à rien sur le lieu d'un accident : « ... attention, mon ami, laissez les choses en l'état jusqu'à l'arrivée de la police... », « ... attention, tout, même le détail le plus insignifiant, peut cacher un indice, une piste... ». Ce sont là les précautions habituelles. Mais pour Karel, une fois constatée la mort de Néstor, la seule chose urgente à faire était d'alerter les autres habitants de la maison. C'est pourquoi, sans y attacher plus d'importance, il tira distraitement sur le morceau de papier qui dépassait du poing fermé du cuisinier. Il était déchiré aux endroits où les doigts avaient serré le plus fort et seuls des lambeaux d'une liste de desserts restaient lisibles :

*particulièrement délicieux au café capucci*
*s'accommode bien d'un coulis de framb*
*ce qui évite que la meringu*
*n'est pas la même chose que... chocolat glacé*
*mais plutôt du citron frappé*

Pauvre, pauvre Néstor, pauvre ami, pensa Karel, qui était impressionné en constatant combien la mort aime faire irruption dans la vie des travailleurs les plus acharnés quand ils sont en plein exercice de leur vocation passionnée. Jusqu'à son dernier souffle, il est resté un chef, se dit-il tout en le dépouillant du papier. Après quoi, il en fit autant du torchon de cuisine qu'il portait à la ceinture : petits détails personnels que la mort rendait plus personnels encore. La démarche la plus respectueuse, pensa-t-il, était de faire en sorte que ces objets, maintenant que leur propriétaire dormait du sommeil éternel, reçoivent eux aussi un repos mérité. C'est pourquoi avec beaucoup de douceur (et aussi quelques difficultés), Karel réussit à plier le torchon gelé. Quant à la liste de desserts que le défunt tenait à la main, il considéra que le plus convenable serait de la ranger dans un livre de cuisine. Justement, là-bas, sur la desserte de marbre, on pouvait voir la *Physiologie du goût* de Brillat-Savarin, la bible de Néstor Chaffino qui l'avait accompagné tout au long de trente solides années de métier. Karel introduisit le papier entre les pages du Brillat-Savarin, puis posa le torchon de cuisine plié sur le livre et laissa le tout bien rangé. C'est alors, seulement, qu'il s'approcha de nouveau de la porte de la chambre froide.

Grâce à l'éclairage extérieur, il découvrit immédiatement le bouton de l'alarme que Néstor avait tant cherché. Il appuya dessus. Pas le moindre *dring !* Il faudrait recourir à une autre méthode pour alerter le reste de la maisonnée. Sonner à la porte de service, par exemple, mais Karel n'avait plus confiance dans les sons électriques. Un bon cri serait beaucoup plus efficace. Et c'est ce que fit Karel : il cria, et son cri fut aussi fort que le lui permirent ses poumons bien entraînés.

# 3

## Le cri

Cinq personnes entendirent le cri de Karel Pligh à cette heure matinale du 29 mars.

*Serafín Tous, un ami de la famille*

Un cri viril, quand on n'a pas réussi à fermer l'œil jusqu'aux premières lueurs de l'aube, peut avoir un effet bizarre : Serafín Tous le confondit avec la sirène d'une usine et, vu qu'il était un respectable magistrat indépendant sans aucune relation avec l'industrie, il se retourna dans son lit et essaya de se raccrocher au sommeil tardif dont une nuit d'insomnie sauvage voulait bien lui faire l'aumône.

Il avait passé des heures d'angoisse en pensant à… comment s'appelait-il déjà : Néstor ? Oui, c'était le nom de cet individu, selon son amie Adela ; et si le nom ne lui disait absolument rien, sa moustache, elle, était reconnaissable entre mille, même s'il ne l'avait vue, et encore fort brièvement, qu'en deux occasions : la pire étant la seconde (deux ou trois semaines plus tôt), dans un club appelé le *Nuevo Bachelino.* Et, comme chaque fois qu'il se rappelait ce lieu discret – qu'il avait découvert en passant, par pur hasard, sans avoir rien fait pour le chercher, Dieu en était témoin –, Serafín Tous dirigea toutes ses pensées vers sa défunte épouse. Nora, se dit-il – et il prononça même le nom à voix haute, car le son de ces quatre lettres avait toujours sur lui un effet calmant –, Nora chérie, pourquoi m'as-tu quitté si tôt ?

Mille fois, au long de cette terrible nuit chez les Teldi qui était sur le point de s'achever, Serafín s'était répété la même chose : si

Nora n'était pas morte, jamais il n'aurait eu l'idée, même en rêve, d'entrer dans un établissement tel que le *Nuevo Bachelino.* Jamais, par conséquent, il n'aurait vu se profiler à la porte de la cuisine la moustache de ce cuisinier bavard ; il n'aurait pas entendu non plus sa conversation avec le patron de l'endroit (ils se comportaient comme deux vieux camarades de la limonade et de la restauration). Et s'ils ne s'étaient pas vus – s'il n'avait pas repéré cette moustache –, il serait, en ce moment, en train de dormir tranquillement au lieu de subir les effets de cette effroyable insomnie.

05.31, clic… 05.32, clic… Tandis que Serafín souffre ainsi, son réveil – un modèle assez ancien – marque l'heure avec des chiffres carrés et phosphorescents qui tombent comme les feuilles d'un calendrier. Minute après minute. Telle la goutte d'eau d'un supplice chinois raffiné.

Quarante-trois ans ! Quarante-trois longues années, sinon de bonheur absolu, du moins de paix. Voilà ce que Nora lui a donné : plus de la moitié d'une vie ensemble, sans enfants avec qui partager leur affection, sans garçons autour, sans neveux, sans adolescents. Une très longue trêve pour une existence parfaitement adulte, allant de ses lointaines années d'étudiant, quand, pour payer ses études de droit, il faisait le professeur de piano au collège des bons pères, jusqu'au soir où Néstor l'a surpris au *Nuevo Bachelino.* Autrement dit, quarante-trois ans de parfaite respectabilité qui le rachetaient de tout péché, puisqu'il ne s'est rien passé entre la dernière fois où il a vu les yeux bleus et les cheveux blonds taillés en brosse de ce garçon inoubliable (où est-il aujourd'hui ? Que sont devenus ce petit corps trop frêle pour ses quatorze ans et ces genoux au duvet si blond ?) et ce maudit instant où il a poussé la porte du club privé.

La salle dans laquelle on l'avait fait entrer après un bref accueil et quelques questions posées par le patron sentait la gomme à effacer et la poussière de craie. Peut-être existait-il, au *Nuevo Bachelino*, d'autres salles équipées de façon différente. En passant, Serafín avait cru en distinguer une sur sa gauche, décorée d'un juke-box américain et d'une fontaine de soda, mais la pièce où on l'a conduit ressemblait davantage à une salle de classe, et c'est vrai qu'elle sentait la craie et la gomme, et aussi les copeaux de crayons de couleur. De plus – et ça, c'était le pire –, il y avait un piano contre le mur le plus éloigné de la porte. Il n'a pu s'en empêcher : il s'est approché de l'instrument, il a même eu l'audace de relever le couvercle du clavier pour caresser les touches, si douces, comme si quelqu'un n'avait jamais cessé de jouer durant les quarante-trois dernières années. Mon Dieu, tant de mondes endormis qu'il croyait à jamais morts, mais qui n'étaient pas morts du tout puisqu'il se retrouvait là, dans une petite salle du *Bachelino*, en train de caresser un piano tout en dévisageant le patron du lieu qui, pour comble, avait l'aspect d'un professeur d'art et de travaux manuels.

– Venez, venez donc par ici, monsieur. Je crois qu'avant tout vous devriez jeter un coup d'œil sur nos albums de photos. Les garçons ont travaillé très dur, cette année, pour les confectionner, et vous verrez, le résultat est charmant.

... la salle de classe qui sentait les crayons de couleur... le piano... et l'homme qui parlait, parlait, en tenant deux gros volumes reliés en cuir rouge.

– Nous sommes fiers de nos garçons, regardez ça, je vous en prie, et n'ayez pas de scrupules, hein ? Vous n'avez rien à craindre, ici tout est légal, tous nos jeunes gens sont majeurs. Je vous le certifie.

Dans les albums, Serafín Tous a pu admirer une vaste collection de visages adolescents collés comme de vieilles photos d'élèves studieux : garçons blonds ou bruns, gamins aux larges sourires exhibant des appareils dentaires pour paraître moins âgés qu'en réalité.

– Prenez votre temps, monsieur, disait le professeur d'art et de travaux manuels, tout le temps qu'il faut, les garçons et moi nous ne sommes pas pressés.

D'autres photos de garçons pleins de vivacité, certains avec des culottes s'arrêtant aux genoux, comme celles des écoliers auxquels il donnait jadis des leçons de piano, avant qu'il ne trouve refuge dans l'amour (et l'argent) de Nora.

– Qu'en pensez-vous, monsieur ? Préférez-vous rester seul quelques instants ? On réfléchit mieux dans le silence. J'en profiterai pour bavarder quelques minutes avec un ami, un collègue qui est venu me rendre visite, et je reviendrai après.

Dans le calme que produit la solitude, et en feuilletant d'autres pages avec d'autres photos, Serafín a pu s'arrêter sur beaucoup d'instantanés de jeunes garçons. Certains portaient des survêtements de sport très blancs ; trois ou quatre étaient habillés en explorateurs ; puis il est tombé sur plusieurs images qui montraient des mâles musclés, faces sales et têtes de commandos ; des visages et encore des visages, jusqu'au moment où le claquement de la porte lui a fait refermer le volume d'un coup : c'était le professeur d'art et de travaux manuels qui revenait.

– Ne vous pressez pas, monsieur, continuez. Je peux vous offrir quelque chose ? Un jus de fruits à l'ancienne, avec un jet d'eau de Seltz, peut-être ? Vous verrez, nous le préparons exactement comme à l'époque…

Et soudain, exactement comme à l'époque, il a vu le visage. Naturellement, il n'était pas la copie entièrement conforme de celui qu'il avait aimé. Serafín a eu un sursaut, cela semblait impossible, mais comment résister à ces yeux au regard si limpide, à ces cheveux blonds taillés en brosse ? La photo ne permettait pas de juger des mains, mais Serafín était sûr que ses doigts étaient aussi nerveux que ceux qui, un jour, s'étaient mêlés aux siens sur le clavier pendant qu'il lui apprenait à jouer une sonatine… Ce qui s'était passé ensuite, et qui s'était répété de nombreuses fois tout au long d'une année de perdition, il préférait ne pas s'en souvenir. Serafín hochait la tête, non, non. Il y a des souvenirs bien enfermés dans des bouteilles qu'on ne devrait jamais déboucher.

– Voyons cela, monsieur, si vous me permettez : ainsi, vous vous intéressez à Julián ? a-t-il entendu dire le patron de l'établissement. Mais oui, bien sûr. Je vais l'appeler.

Et il a disparu avant que Serafín ait pu dire un mot.

Nous boirons seulement un verre ensemble, se promettait-il en attendant, et d'un recoin obscur de son subconscient avait surgi le besoin urgent de se mordiller un ongle, celui de l'index. Qu'aurait pensé sa femme en le voyant ? Je te le jure, Nora, l'a-t-il admonestée mentalement, c'est juste pour prendre un verre. Je prendrai un jus de fruits avec de l'eau de Seltz, comme ceux d'autrefois, et lui un Coca-Cola, je suppose.

C'est bien ce qui s'est passé. Il a invité un garçon à prendre un verre, mais cela n'est pas allé plus loin. Et donc cet individu à la moustache en pointe, ce Néstor ou quel que soit son nom, n'avait aucun droit de l'espionner par la porte de la cuisine comme s'il était un délinquant ou pire encore. Serafín Tous n'a rien à se reprocher.

Mais si, maintenant qu'ils se sont rencontrés de nouveau, le cuisinier se mettait à raconter sa visite au *Nuevo Bachelino* ? Et si l'envie prenait le dénommé Néstor de tout dire à Ernesto ou à Adela, par exemple, ou à d'autres de ses relations ? C'est bien triste, se dit Serafín Tous, mais dans cette vie ce ne sont finalement pas les faits en eux-mêmes qui importent, c'est *comment* les gens les racontent ensuite : et, je le crains, ils ne font jamais dans la générosité.

... 06.05, clic... 06.06, clic... Chaque chute des chiffres sur la pendule est comme un avis ou un avertissement que le temps progresse vers le moment où il ne pourra éviter de se retrouver encore une fois face à cette tête odieuse et à sa moustache en pointe. Cuisinier bavard, ah ! quelle infâme confrérie que celle qui passe son temps devant les fourneaux ; ces gens me rappellent les cafards, pense Serafín Tous avec un dégoût qui n'est pas dans sa manière habituelle, lui toujours affable. Ces individus sont comme des insectes qui se faufilent dans les fentes, ils sont partout, ils vont de maison en maison avec une impunité totale en faisant passer la pourriture de l'une à l'autre, voilà pourquoi ils finissent par tout savoir sur l'intimité des autres.

... Nous avons juste pris un jus de fruits avec de l'eau de Seltz et un Coca-Cola, le garçon et moi, Nora. Je te le jure sur les quarante-trois ans où nous avons vécu heureux, tu dois me croire. Pendant tout ce temps, ma vie a été différente. Loin de la musique que j'aimais tant, loin du souvenir des doigts juvéniles sur les touches... Car depuis, je n'ai plus jamais joué du piano. Tu as changé ma vie, mon trésor, et je t'ai laissée faire. Nous étions à l'abri, Nora, dans un monde d'adultes, où rien n'est trouble et où un honnête homme n'a guère de possibilités de tomber sur un garçon en pantalon de flanelle et aux cheveux taillés en brosse. Mais Serafín s'arrête : Que dis-tu, Nora chérie ? Tu veux parler de la visite que j'ai faite l'autre jour chez une voyante extralucide, la célèbre Mme Longstaffe ? Je t'en prie, ne va pas imaginer que je cherche... tu te trompes, je te jure que tu te trompes ; le problème est que je suis si seul… Écoute, ajoute-t-il – et son ton n'est plus celui de l'excuse –, je n'ai nullement l'intention de te faire des reproches, ma chérie ; c'est vrai que je dois t'être infiniment reconnaissant pour ces années de paix dont tu m'as fait cadeau. Mais dis-moi : quand on voit l'infinité de personnes désagréables qu'il y a en ce monde, la quantité d'individus odieux qu'on aimerait tellement voir morts et enterrés, pourquoi a-t-il fallu que tu meures si tôt, mon amour ?

*Chloe Trías, la suppléante*

Chloe entendit aussi le cri que Karel avait poussé dans la cuisine ; comme la petite fille qu'elle était encore, elle ne s'en émut que quelques secondes. Puis elle tendit la main vers le côté du lit où aurait dû se trouver le corps de son ami et n'y rencontra pas Karel Pligh, mais elle trouva en revanche la main familière qui, depuis des années, accompagnait ses heures de sommeil. Alors elle se retourna et se rendormit ; seuls ses cheveux châtains coupés en page dépassèrent du drap.

Ainsi, à demi endormie, elle ne paraissait pas les vingt-deux ans qu'elle était sur le point d'avoir, et encore moins pelotonnée comme elle l'était contre cette main invisible, qui n'était en réalité qu'un pli dans les draps. En d'autres occasions il s'agissait du coin d'une couverture ou de la taie de son oreiller, mais quelle importance ? Le coton ou le lin deviennent facilement humains au toucher quand on veut si fort qu'ils le soient. Et, la main imaginaire de son frère Eddie dans les siennes, Chloe retomba dans la plus profonde et la plus innocente des léthargies, comme s'il faisait encore nuit noire.

Parfois, comme justement ce matin du 29 mars chez les Teldi, elle rêvait qu'Eddie venait la chercher pour faire une promenade au Pays Imaginaire. Mais le Pays Imaginaire a beaucoup changé depuis le temps de Peter Pan et de Wendy, de M. Mouche et du capitaine Crochet : plus de crocodiles qui font tic-tac, ni de pirates qui volent les bébés perdus, non. Aujourd'hui, cette île-refuge des enfants qui ne veulent pas grandir offre à ses visiteurs des paysages inattendus, comme si les voyageurs avaient pris une mauvaise drogue avant d'atterrir. C'est vrai que ses côtes gardent encore la forme d'un crâne, donc il s'agit toujours de l'îlot perdu auquel Chloe accédait en volant derrière l'ombre de son frère quand elle était petite. Pourtant, depuis quelque temps, et plus concrètement depuis qu'elle connaît Karel et Néstor Chaffino, un vent traître la fait dévier de sa route de telle façon qu'elle ne sait jamais où elle va arriver.

Un deuxième cri de Karel Pligh appelant au secours dans la cuisine finit de tout gâcher.

Les cris réels qui parviennent à s'infiltrer dans le monde des songes ont la douteuse qualité de les dénaturer. Parfois ils parviennent même à transformer les rêves les plus paisibles en authentiques cauchemars ; aussi ce deuxième cri, s'il ne parvient pas à réveiller Chloe, lui apporte-t-il un tas de souvenirs qu'elle aurait préféré ne pas remuer. Elle rabat davantage ses cheveux sur sa figure pour chasser le mauvais rêve et, un moment, le procédé est efficace : maintenant c'est un souvenir presque inoffensif de son enfance qui lui apparaît, une scène banale. Du moins au début : « … Mais, ma chère, dit une voix, quels noms extraordinaires vous avez choisis pour vos enfants : Œdipe et Chloe… Encore une extravagance de ton *caro sposo*, je suppose. Les psychiatres ont des idées qui peuvent d'abord sembler charmantes, mais plus tard, quand les enfants seront adultes, tu te rends compte ? Que deviendra ce pauvre garçon avec un nom comme Œdipe ? Encore heureux que ton *caro sposo* n'ait pas inventé d'appeler la petite Électre, ou un nom du même genre… »

Amalia Rossi, plus connue sous le surnom de Carosposo, était ce genre de voisines à travers qui un – ou une – enfant arrive à découvrir les pires secrets de sa famille. Aussi loin que remonte la mémoire de Chloe, elle la voit toujours fourrée dans la maison des Trías : une grosse blondasse, plus âgée que sa mère, trois fois divorcée, la dernière fois d'un acteur italien dont elle avait gardé le nom et aussi une manière exaspérante de parler des choses les plus sérieuses.

C'est précisément elle, la maudite sorcière, qui, quelques années plus tard, l'a emmenée dans le fond du jardin pour lui annoncer que son frère venait de mourir. Et voilà que maintenant chaque détail de la scène se glisse dans le rêve : Amalia Rossi passant dans les cheveux châtains de Chloe trois doigts pleins de bagues qui s'y accrochent à chaque caresse, tandis qu'elle, Chloe, ne ressent rien, occupée à arracher toutes les feuilles du buisson de buis et à se répéter : non, ce n'est pas vrai, non, ce n'*est* pas vrai, je veux m'en aller d'ici… je veux que quelqu'un vienne à mon secours.

Finalement, le rêve permet que cette main infâme se transforme soudain en une autre, une main chère qui la tire hors du jardin italien et l'entraîne, en volant, volant, jusqu'au Pays Imaginaire, ou ailleurs, n'importe où : l'important, c'est de fuir.

Viens, Chloe, vole encore un peu avec moi, dit la main, et en bas, dans le jardin, la voix de Carosposo reste seule, étouffée par ses abominables paroles de pitié, comme un boa constrictor très myope qui, trop loin de sa victime, finit par s'étrangler lui-même dans son étreinte formidable. Monte, Chloe, viens, monte plus haut, toujours plus haut.

Quand elle vole ainsi en rêve avec son frère, elle arrive à croire que tout n'était qu'un mensonge. Mensonge, ce qui s'est passé le 19 février sept ans plus tôt. Mensonge, qu'Eddie ait emprunté la Suzuki 1 100 de son père pour l'essayer sur une ligne droite de la route de La Corogne. Et mensonge, plus mensonge encore que tous les autres, qu'il ait perdu le contrôle de la moto dans un virage et que la malchance ait voulu qu'il y soit attendu par la borne du kilomètre 22. Vingt-deux, le chiffre de son âge, celui que Chloe est sur le point d'atteindre. Eddie, lui, comme Peter Pan, ne vieillira plus d'une minute : éternellement jeune, toujours pareil à la photo que Chloe porte sur elle depuis le jour de sa mort, mais qu'elle ne regarde jamais : c'est bien d'avoir avec soi les portraits des morts, mais il vaut mieux ne pas les regarder, ça fait trop mal.

Un moment, elle croit voir la photo d'Eddie sur la table de nuit. Ce n'est pas possible. Ce doit être son imagination qui lui joue des tours ; la photo est, comme toujours, dans son sac, cachée dans un petit étui en cuir rouge, entre son vêtement de sport et les CD de Led Zeppelin ou de Pearl Jam. Chloe ne la sort jamais de l'étui, mais elle en connaît chaque détail ; c'est elle qui a pris cette photo, et ils riaient tous les deux ; Eddie, si beau, photographié le matin du 19 février, un instant seulement avant de partir pour ne pas revenir. Chacun des traits de son frère, si semblables aux siens, est fixé dans sa mémoire : seuls les yeux sont différents, ceux d'Eddie très noirs, les siens bleus, mais pour le reste ses cheveux courts sont de la même couleur que ceux de Chloe, et ils ont les mêmes lèvres et le même profil. Tout cela est gravé dans la mémoire de la fillette du dernier jour, de même que la combinaison de motocycliste en cuir noir qui appartenait à leur père et dont il n'enfilait que les jambes. La photo surprend sur le vif un garçon aux traits sensibles, presque féminins, déguisé en motard, et c'est pour ça que tous deux ont tant ri ce matin-là.

– Mais où penses-tu donc aller, Eddie ?

Son frère n'avait jamais aimé les motos (il n'aimait rien de ce qui avait à voir avec son père, et pourtant ce jour-là...).

Voilà les raisons pour lesquelles Chloe préfère ne pas regarder la photo de son frère. Et puis, heureusement, elle conserve dans sa mémoire d'autres images qui reflètent mieux la vraie personnalité d'Eddie, par exemple quand elle se l'imagine très sérieux, en train de sucer la pointe d'un crayon. Et si elle y pense un peu plus fort, le souvenir s'élargit comme un film en CinémaScope. Alors Eddie apparaît en train d'écrire sur un vieil ordinateur, les cheveux ras sur la nuque et les yeux si vifs qui brillent chaque fois qu'il parle de son sujet favori : la littérature.

– Tu écris un roman, Eddie ? Qu'est-ce que c'est, une histoire d'aventures et d'amour, et aussi de crimes, pas vrai ?

Mais Eddie ne lui permettait pas de voir son travail.

– Pas maintenant, Clo-clo, tu liras une autre histoire, que j'écrirai après, je te le promets.

(Chloe déteste être appelée ainsi ; on dirait un nom de poule, mais Eddie est son frère, il peut l'appeler comme il veut, y compris Clo-clo.)

– ... un jour, je te laisserai lire ce que j'écris, mais pas ça, c'est trop mauvais, j'ai encore beaucoup de chemin à faire. Le problème, dit-il en suçant la pointe d'un crayon comme pour conjurer le mauvais sort, c'est qu'avant toute chose, il faut trouver une bonne histoire à raconter.

– Allons, Eddie, je suis sûr que ça t'est facile, à toi, vraiment facile...

Et il se passe plusieurs fois la main dans les cheveux comme s'il comptait en extraire un secret, la clef d'une bonne histoire : plusieurs fois, avant de s'impatienter.

– Bah ! ça ne sert à rien de se creuser les méninges, Clo, je suppose que pour trouver une grande histoire il faut obligatoirement passer par un tas d'expériences, se soûler la gueule, s'envoyer mille filles, commettre un crime, que sais-je, vivre à deux cents à l'heure, et crever de peur. Mais tout est une question de temps, un jour j'y arriverai, Clo, tu verras, je te le promets…

– Et qu'est-ce qui se passe, s'il n'arrive rien d'intéressant à un écrivain comme toi ? lui a demandé Chloe – car quand on a treize ou quatorze ans, on a besoin de quelqu'un de très patient qu'on puisse bombarder des mille questions rhétoriques de l'enfance. Et si c'est ton cas… ? Et si tu ne rencontres pas tout ça… ? Et si tu ne peux pas t'envoyer mille filles ni sentir la peur de vivre à deux cents à l'heure ? Et si tu ne supportes pas de te soûler la gueule, si tu n'oses pas commettre un crime, Eddie ?

– Alors la seule solution sera de voler son histoire à un autre, avait répondu son frère, fatigué d'un interrogatoire aussi stupide.

Ils n'ont jamais reparlé de ce sujet. Parmi toutes les expériences qu'il souhaitait faire, Eddie en a connu au moins une : voir la peur en face à deux cents à l'heure. Mieux aurait valu ne jamais la voir, car derrière il y avait la borne en pierre du kilomètre 22 de la route de La Corogne, qui l'attendait pour toujours, pour le Pays Imaginaire.

« Viens, Chloe, vole un peu avec moi, vole encore un peu plus haut, on va rêver de nouveau. » Mais…

Un brouhaha de voix qui n'appartiennent pas à son rêve mais viennent de l'escalier lui fait lâcher brusquement la main d'Eddie. Putain, c'est quoi ce merdier ?

Ça n'aurait pas plu du tout à Eddie de l'entendre parler ainsi. Il n'aurait pas non plus apprécié sa nouvelle coupe de cheveux, taillés en page avec la nuque tondue, ni sa manière de s'habiller, pas plus, c'est sûr qu'il n'aurait pas eu une haute opinion des *piercings* qu'elle s'est fait faire à la langue et à la lèvre inférieure, encore moins de celui qui brille sur son téton gauche (et cela, sans compter les tatouages). Non, il n'aurait pas aimé ça, ni beaucoup d'autres choses de cette nouvelle Chloe qui va avoir vingt-deux ans comme lui. Mais Lui, il est parti. Il l'a laissée seule avec leur père psychiatre et leur mère indifférente... Il est parti et il vient seulement de temps en temps lui donner la main pour qu'elle file avec lui par la fenêtre, et encore ces escapades nocturnes ne sont-elles qu'un rêve, un mensonge. L'Ile des Enfants perdus n'existe pas. C'est une histoire pour bébés, et pour bébés stupides, en plus. La seule chose certaine, c'est qu'Eddie est mort il y a sept ans et que le monde continue sans lui.

Mais alors : que fait en ce moment le portrait de son frère sur la table de nuit ? Chloe Trías est sûre de ne pas l'avoir sorti de son étui rouge, elle ne le fait jamais, et pourtant Eddie est là, il la regarde avec le même sourire que celui qu'elle essaye si souvent devant la glace pour lui ressembler. Silencieux Eddie engoncé dans la combinaison de cuir de son père, les manches nouées à la taille, souriant, sans savoir que dans quelques minutes il sera mort.

« Raconte-moi une histoire, Eddie, ne t'en va pas, reste avec moi », voilà ce qu'elle aurait dû lui dire ce soir-là, mais elle n'a rien dit, et Eddie a enfourché la 1 100 $cm^3$ pour partir à la recherche d'histoires ; parce qu'il n'avait que vingt-deux ans et qu'il ne lui était encore rien arrivé qui soit digne d'être raconté.

– Et si le temps passe et si, devenu vieux, tu n'as toujours rien trouvé qui vaille la peine d'être transformé en littérature, Eddie ?

– Alors, Clo-clo, il ne me restera plus d'autre solution que de tuer quelqu'un ou de lui voler son histoire, a-t-il répondu, et il n'est jamais revenu.

On entend de nouveau un brouhaha de voix dans l'escalier et beaucoup de bruit. Chloe décide de se lever pour voir ce qui se passe, mais elle le fait très lentement. C'est vrai, pense-t-elle, pourquoi se presser, il ne se passe jamais rien. Et elle a tout à fait raison. Depuis ce 19 février et jusqu'à maintenant, il ne s'est rien passé. Absolument rien, merde.

*Ernesto Teldi, le maître de maison*

Il paraît qu'on s'habitue à tout. On arrive même à s'habituer aux cauchemars si ceux-ci sont suffisamment persistants et se répètent à l'identique pendant vingt ans. Ou peut-être les siens durent-ils depuis plus longtemps que cela : de 1976 à 1998, ça fait vingt-deux ans, une vie entière.

Voilà pourquoi le cri de Karel Pligh dans la cuisine ne réveilla pas Ernesto Teldi, mais vint simplement se joindre aux autres cris qui formaient la trame de ses rêves : un de plus, et pas le plus déchirant.

De même qu'il a appris à vivre avec ses cauchemars, Ernesto Teldi sait que leur harcèlement cesse dès l'instant où il parvient à se réveiller ; une contrepartie généreuse, il faut l'admettre : des nuits agitées contre des jours sereins. Et il en a toujours été ainsi : pendant toute l'époque de sa jeunesse où il a vécu en Argentine, comme lorsqu'il est revenu définitivement en Europe, quelques années plus tôt. Durant tout ce temps, pas une seule fois une pensée désagréable, encore moins une émotion incontrôlable ne sont venues le perturber : et pas davantage maintenant qu'il retourne fréquemment à Buenos Aires pour de nouvelles affaires. Au cours de ces voyages, il a appris que de nombreuses personnes sujettes à des cauchemars semblables aux siens ont fini par parler. Certaines ont fait des livres et d'autres – comme ce militaire chauve et suant qui s'appelle Serenghetti ou quelque chose comme ça et que Teldi a vu un soir par hasard à la télévision dans sa chambre de l'hôtel Plaza – ont choisi de faire une confession publique lors d'une émission de télévision passant à l'heure d'audience maximale. Ernesto Teldi a trouvé que l'individu ressemblait à un gros chien *shar pei* avec un tas de plis de chair couleur cannelle lui tombant du cou : il laissait pendre sa petite tête chauve en expliquant au journaliste qui l'interviewait que le plus terrible pour lui était de marcher dans la rue « … parce qu'alors, vous comprenez, on ne peut pas éviter de fixer le visage des jeunes gens ».

En parlant, il passait une grosse main tremblante sur ses babines de chien, comme s'il voulait empêcher que tout cela ne lui sorte de la bouche. Il s'était pourtant forcé à continuer :

– Je vais vous expliquer. Je me promène tranquillement dans la rue Corrientes, par exemple, et tout à coup, je me rends compte que je ne peux pas regarder quelqu'un de moins de vingt-cinq ans sans penser : est-ce que ce garçon, est-ce que cette fille blonde qui est si jolie ne seraient pas l'un d'eux ? Ils ont juste l'âge, vous comprenez ?... Et là, Serenghetti avait fait une pause pour se tourner vers le journaliste qui le dévisageait avec une distance remarquablement professionnelle et télévisuelle, avant de poursuivre : – Alors (et il était passé abruptement du je au vous comme un homme qui cherche en vain un peu de complicité), vous vous souvenez de ce que vous avez fait à leurs parents, qui étaient à l'époque aussi jeunes que le sont aujourd'hui leurs enfants, et vous entendez les moteurs de l'Hercules qui étouffent leurs cris, même s'ils n'arrivent pas à les couvrir entièrement, oh ! non, pas entièrement, et vous ne pouvez pas non plus oublier leurs yeux terribles qui semblent revivre pour vous regarder, dans chacun de ces jeunes visages que vous rencontrez en marchant dans la rue Corrientes, ou rue Posadas, ou sur l'avenue 25 de Mayo, ou dans n'importe quelle rue. Vous vous rendez compte ? Ils vous regardent et vous essayez de vous raisonner : mais que savent-ils, ces yeux ? Ces gosses ne savent rien, ils étaient encore des bébés quand nous les avons distribués autour de nous, et pour moi, voyez-vous, c'était une idée humanitaire. Pauvres enfants, aujourd'hui ils ont d'autres parents qui les aiment, qui les ont élevés, qui les ont envoyés à l'école et les ont mouchés en les consolant quand, les premiers mois, la nuit, ils appelaient leur vraie maman. Mais leur vraie maman, continuait Serenghetti avec des halètements rauques qui sortaient de son mufle de *shar pei*, elle était au fond du fleuve, avec plusieurs mètres d'eau pourrie par-dessus ; et elle y est toujours, bien au fond, bien morte, tandis que vous marchez dans la rue Corrientes et que vous croyez reconnaître ses yeux dans le regard de chacun de ces jeunes gens qui passent.

Et Serenghetti s'est mouché, lui aussi, après avoir raconté tout ça dans l'émission de télévision à l'heure de la plus grande audience. Il y a eu un silence. Quelques toux. Le journaliste a profité de ce moment d'émotion intense pour mettre fin à l'émission avec un air mi-peiné, mi-dégoûté, très *impact show*, et l'individu a dû rentrer chez lui en pensant qu'il pourrait vivre plus tranquille après sa confession publique. Car, bien sûr, beaucoup de gens le mépriseraient après ce qu'il venait de raconter, mais ils le méprisaient déjà avant de connaître toute la vérité. Désormais, en revanche, peut-être qu'il y en aurait qui seraient capables de le plaindre, pourquoi pas ? Chacun d'entre nous porte dans son âme une zone obscure et se sent réconforté en découvrant qu'il se commet dans le monde des canailleries aussi grandes que les nôtres.

Ernesto Teldi, en revanche, ne pense absolument pas cela. L'idée de la confession ne l'a jamais effleuré car, en fin de compte, qu'a-t-il à confesser ? Rien, son cas est très différent, juste un petit arrangement commercial, et qui n'a duré qu'une nuit. Personne ne peut dire qu'il a collaboré avec l'armée, il n'a rien eu à voir avec ces militaires de merde. Son unique péché – si l'on peut l'appeler ainsi – a été d'entretenir des relations cordiales et distantes avec le lieutenant de la garnison locale la plus proche du village de Don Torcuato. Ils se connaissaient de longue date, presque depuis l'arrivée de Teldi en Argentine. Minelli s'adressait à lui en l'appelant le « *Gallego* Teldi [1] », et non sans respect. De son côté, Ernesto considérait le lieutenant comme un brave homme, quand un soir, un seul, ce devait être vers 1970, au début de l'ère des militaires, ce dernier lui a demandé un service : il voulait lui emprunter son avion.

Teldi n'en savait pas plus. Du moins à ce moment-là.

– Écoutez, Teldi, lui a dit Minelli, le mieux est que vous ne m'interrogiez pas : vous êtes contrebandier, n'est-ce pas ? Vous faites le trajet entre Colonia et un petit terrain tout près d'ici ; aucune importance, ce serait dommage qu'une affaire prospère comme la vôtre se casse la gueule, alors que nous, ce que vous faites, on n'en a rien à cirer. On s'arrange comme ça : je ferme les yeux et vous ne posez pas de questions, d'accord ?

Et le *Gallego* Teldi n'en a pas posé, parce que, à cette époque-là, personne n'en posait.

1. Le *Galicien* Teldi. En Amérique latine, le mot *Gallego* désigne familièrement tous les Espagnols.

Ou alors tout bas, quand deux ou trois années plus tard et avec d'infinies précautions, on a commencé à chuchoter, dans les villages du fleuve, des rumeurs à propos d'avions qui partaient pleins pour survoler cette région du Río de la Plata mais qui revenaient toujours vides. Et on parlait aussi de choses qui se passaient et de cris que l'on entendait dans la nuit, même s'il valait mieux oublier tout ça, ou au moins l'enfouir dans son subconscient pour ne pas en être trop affecté, car ça n'empêchait pas que Minelli avait été un brave homme qui avait tenu parole et fermé systématiquement les yeux sur l'affaire de la contrebande. Lui, Teldi, de son côté, il avait honoré sa part du contrat : il n'avait pas posé de questions.

Voilà pourquoi, aujourd'hui, Ernesto Teldi peut se promener tranquillement dans les rues Corrientes ou Posadas, ou sur l'avenue 25 de Mayo, sans avoir peur : parce qu'il n'a pas posé de questions, et pas davantage quand tout a été fini, quand il a abandonné le trafic de cigarettes et quand, devenu très riche, il a vécu dix ans à Buenos Aires en se livrant au commerce de l'art. C'était bien mieux ainsi.

Pourtant, une nuit, deux ans après l'épisode de Minelli, alors qu'il s'occupait encore de contrebande, quelque chose lui est arrivé. Quelque chose de vraiment bizarre, de faux sans doute, très probablement le fruit de son imagination ; mais ce qui est certain c'est que cette fois-là, tandis que, comme bien d'autres fois, il survolait le fleuve pour se rendre à Colonia, il lui a semblé entendre un cri qui sortait de l'eau, puis un autre, et encore un autre. Absurde, ça ne se pouvait pas, on n'entend rien avec le bruit des moteurs, et encore moins à cette altitude. L'eau noire du fleuve était aussi silencieuse qu'à l'ordinaire, pas le moindre mouvement, le moindre signe de vie. « Impossible », s'est-il dit : il a allumé une cigarette pour chasser d'autres brumes et n'y a plus pensé. Mais ce qui est sûr, c'est qu'à partir de ce jour ces cris se sont installés dans ses rêves. Et vingt-deux ans plus tard ils continuent : très généreux, c'est vrai, puisqu'ils ne le dérangent jamais pendant les heures où il est éveillé, en se bornant à envahir ses rêves. Et, heureusement, on apprend à vivre avec tout, même avec des fantômes.

C'est ce qui explique pourquoi le cri de Karel, ce matin-là dans la cuisine de sa résidence secondaire, n'est pour Ernesto Teldi qu'un de plus parmi ceux, innombrables, qui peuplent ses rêves, et qu'il ne se réveille que lorsque Adela, qui se trouvait dans la chambre voisine, vient le chercher. Sa femme le secoue si longtemps qu'il est bien obligé d'ouvrir les yeux, des yeux ensommeillés qui ont encore du mal à distinguer rêve et réalité, car ils se posent immédiatement sur une lettre ouverte, sur la table de nuit. Oui, elle est là : avec son épaisse enveloppe adressée au « *Gallego* Teldi » et écrite à l'encre verte, elle est arrivée la veille par la poste. Avant de regarder Adela, Ernesto contemple longuement ces papiers qui, en bonne logique, devraient appartenir au monde des rêves. « Merde, elle est toujours là », pense-t-il : il avait fini par croire que cette lettre faisait partie de son maudit cauchemar.

*Adela Teldi, l'hôtesse parfaite*

Quand Mme Teldi entendit le cri de Karel Pligh, elle pensa tout de suite qu'il s'était produit quelque chose d'irréparable. Et bien sûr, si c'était irréparable, pourquoi se presser ? Adela ne sauta pas du lit, elle ne se précipita pas dans le couloir en appelant. Elle s'était toujours étonnée de cet étrange ressort qui pousse les gens à courir quand ils apprennent l'irrémédiable : un malade, à hôpital, dont l'encéphalogramme trace une ligne indéniablement plane… un enfant noyé qui flotte sur la mer… et, en apprenant la nouvelle, tout le monde se met à courir comme si, par cette hâte, on pouvait gagner la mort de vitesse et rembobiner le film, ne serait-ce que d'une minute ou deux. Alors l'encéphalogramme afficherait une oscillation permettant d'espérer… et l'enfant serait à l'abri des falaises, juste quelques secondes avant de déjouer pour toujours la surveillance de sa mère qui, maintenant, court, revient et s'effondre auprès d'un corps qu'elle sait brisé pour toujours.

Depuis la veille, Adela sait que quelque chose va arriver. Elle n'a aucun fait précis pour le lui faire deviner, sauf un étrange picotement dans les doigts. *By the pricking of my thumbs something wicked this way comes…* Adela n'est pas une grande lectrice de

Shakespeare mais, par contre, à une certaine époque de sa vie, elle a été une fan d'Agatha Christie : « Au picotement de mes pouces je devine que quelque chose de néfaste s'approche. » Un bon roman, et c'était si juste, ce détail sur le pressentiment qui passe par les pouces ; ça lui arrive toujours devant l'imminence d'un malheur. Évidemment, Shakespeare et donc Agatha Christie réservaient ce don de prédiction à des sorcières de très mauvais aloi, mais qu'importe, se dit-elle, la vie n'est pas comme les œuvres de fiction où le rôle que doit interpréter chaque personnage est fixé une fois pour toutes et jamais interchangeable. Dans la vie réelle, en revanche, vous avez, tôt ou tard, à interpréter tous les rôles. Il y a des fois où vous êtes la victime. D'autres le héros. Puis l'intrigant. Plus loin, le comparse… et ainsi de suite jusqu'à épuisement de la distribution.

Aujourd'hui, Adela, c'est à toi de représenter la sorcière, se dit-elle en se regardant dans le miroir. Et, à en juger par son aspect, c'est la pure vérité. Cinquante-deux ans pour poser autour des yeux ces petites rides charmantes. Plus d'un demi-siècle pour afficher sur la plus parfaite des dentitions un sourire plein de franchise. Et aussi le soleil de mille plages. Une bonne dose de whisky. Beaucoup de nuits sans guère dormir (à quoi il faut ajouter, bien sûr, les innombrables adversités personnelles qu'elle surmonte en exerçant l'indifférence philosophique chère à Albert Camus). Tout cela suffit à justifier sa déplorable ressemblance avec Hécate qui se reflète en ce moment dans le miroir de la salle de bains. Adela passe lentement la main sur cette vision dévastatrice, la descend ensuite le long de son cou jusqu'aux seins et décide d'endosser le plus fin et le plus doux de ses peignoirs. Elle n'a pas l'intention de s'habiller, mais il lui faut falsifier du mieux qu'elle peut son apparence, pour que, quand elle sortira en courant dans le couloir ou descendra l'escalier pour répondre au cri de Karel, elle apparaisse comme une femme mûre, encore attirante, surprise, oh ! dans un négligé ordinaire mais coquin. Elle se brosse légèrement les cheveux, puis approche ses yeux myopes pour mieux se voir et promène distraitement trois doigts sur ses joues, un autre sur son cou comme pour chercher quelque chose… mais son corps nécessite tant de subtiles et rapides réparations pour improviser l'effet désiré que, cette fois, cet effleurement ne lui fait pas évoquer, comme tant d'autres, les baisers du jeune homme qui, ces deux dernières semaines, a ébranlé si fortement son univers.

Et pourtant toutes les caresses de Carlos García sont là, profondément imprimées sur sa peau, sur ses tempes, et aussi sur les plis peu charitables qui (malgré le savoir-faire du chirurgien esthétique) flanquent la commissure des lèvres. De même qu'un cyclone laisse des traces de son passage sur les rochers les plus durs, de même que les contours d'une plage ne redeviennent jamais pareils quand elle a été balayée par une tornade, le visage d'Adela, après que s'est déclarée cette passion, est celui de toujours et, en même temps, un autre très différent.

Pour l'amour du ciel, Adelita, se dit-elle (car, grâce à la vieille chanson de Nat King Cole, elle a appris à se moquer d'elle-même et de ce prénom qui colle si peu à sa personnalité), pour l'amour du ciel, ma chérie, on dirait que ce garçon est ton premier amant. Et elle rit. Le miroir, en veine d'amabilité, lui renvoie l'image d'un sourire encore très beau. Allons, Adela, ajoute-t-elle, comment un vétéran comme toi, dont les états de service – si tant est que la vie amoureuse peut se comparer à une carrière militaire (mais quelle meilleure comparaison ?) – laisseraient admiratif Nat King Cole lui-même, peut-il entrer ainsi en convulsions pour un garçon qui pourrait être ton fils ? Mais il faut bien l'avouer, c'est précisément une convulsion que sa rencontre avec Carlos a produite en elle, quelque chose de bouleversant, de dé-vas-ta-teur, aurait-elle dit si elle n'avait tant de dédain pour les expressions théâtrales. Oui, oui, dévastateur, au point d'avoir effacé jusqu'aux derniers vestiges de ses passions antérieures. Elles ont toutes disparu, et elle a beau chercher dans le miroir, il lui est impossible de découvrir sur sa chair de femme du monde le plus petit rappel d'autres amours, même des plus scandaleuses. Des amours secrètes, l'une d'elles même très cruelle, et plus tard des aventures brèves, passionnelles, des amusements divers : toute trace en a été gommée. Maintenant, en se regardant dans le miroir, Adela peut seulement évoquer, comme si son corps était un territoire jamais exploré, le tremblement d'une main inexperte, légèrement humide, avec cette odeur sucrée des peaux très jeunes. Rien d'autre.

Adela s'amuse à observer la petite cavité qui se trouve à la base du cou. Certainement, un baiser y a déposé une partie des parfums que dispense l'amour. Elle a l'impression d'un creux fragile et plissé, chair de la sorcière Hécate, peau vieillie, comme l'est tout ce qui couvre son corps ; mais étrangement, ce jeune homme n'a jamais semblé rebuté par sa texture, pas même le soir où ils se sont rencontrés.

En réalité, tout a commencé d'une manière inhabituelle. Lors d'une de ses visites à Madrid, elle a décidé d'appeler un traiteur qui lui a été recommandé, pour organiser une fête entre amis dans sa maison de campagne. Cependant, en arrivant dans les locaux de la firme « Le Mûrier & le Gui », elle a découvert avec ennui que le patron, un certain M. Chaffino, était absent, et elle a donc dû se contenter de son commis. Et tout s'est très bien passé ; c'était un homme jeune, agréable et efficace : tous deux se sont mis à parler de boudin aux brocolis, puis ils ont discuté des vins qui convenaient le mieux, de détails concernant les salades au fromage et, bien sûr, du vin qui devait aller avec, et que pensez-vous de servir des feuilletés à la viande, ou alors au poisson ? Et encore une fois, quels vins pour les accompagner ?... jusqu'à ce qu'Adela se rende compte qu'à tant parler de plats elle commençait à avoir une faim de loup, ou une soif épouvantable, ou les deux à la fois, et l'idée lui est venue de demander à ce jeune homme si sympathique s'il n'y aurait pas dans les parages « un endroit agréable où nous pourrions manger quelque chose en continuant de parler de tous ces détails... pardon, mon garçon, j'ai oublié ton nom... comment m'as-tu dit que tu t'appelles ? ».

Et Carlos, après avoir répété son nom, a suggéré d'aller à l'Embassy, qui était à deux pas, et, une fois là, ils ont commandé deux jus de tomate ainsi que des sandwiches au poulet, tandis qu'ils continuaient à discuter du repas, en se demandant quels poissons choisir pour le buffet, deux bars, ou un saumon et un bar, non, non, sûrement un bar avec une sauce tartare, en plus du saumon à l'aneth... Et la discussion s'est poursuivie avec d'autres sandwiches de l'Embassy, à la truite fumée cette fois, délicieux, et toujours leur conversation professionnelle, si professionnelle même qu'en remontant la rue vers la place Colón après avoir quitté l'établissement, ils se sont aperçus qu'ils avaient oublié de parler des desserts.

Du coup, ils ont été obligés de prolonger la discussion. Ils devaient avoir encore un petit creux à l'estomac, car sinon… comment expliquer qu'ils se soient promptement dirigés vers l'hôtel Fénix pour prendre un dernier verre ?

Au bar de l'hôtel, les jus de tomate sont devenus des bloody mary (pas un, mais trois, avec beaucoup de vodka), et Adela ne regardait pas sa montre, quelle importance, laissons faire la volonté divine, et au diable l'heure du rendez-vous avec son mari… au diable les préparatifs culinaires pour la réception dans sa villa sur la Costa del Sol avec plus de trente invités ; au diable tout : Adela est incapable de se rappeler comment elle a bien pu se retrouver assise sur le lit d'une chambre de l'hôtel Fénix en train d'enlever ses bas, sans pouvoir éviter d'avoir une pensée pour le film *Le Lauréat.* Et plus concrètement pour Anne Bancroft, qui lui avait paru être une actrice déjà très marquée par l'âge quand elle l'avait vue pour la première fois dans ce film à la fin des années soixante, presque une vieille, et voyez ce qu'est la vie, elle était maintenant là, exactement comme Anne Bancroft, dans la chambre d'un hôtel inconnu devant un garçon qui la contemplait avec une expression difficile à déchiffrer, en train d'ôter ses bas noirs… d'abord une jambe… puis l'autre : *Coo-coo cuchoo Mrs Robinson, Jesus loves you more than you would know…* et son gigolo qui la regardait, bien plus joli que Dustin Hoffman, qu'est-ce qu'il fait là, il est peut-être encore plus jeune que dans le film, car Adela doute que son lauréat ait plus de vingt-deux ans, vingt-trois au maximum.

Un mince trait au crayon noir sous les paupières devant le miroir de sa coiffeuse rend au regard d'Adela une certaine profondeur. Si, maintenant, elle se met une couche de poudre, l'effet sera parfait et elle n'aura pas pour autant l'air de s'être maquillée ; très bien, elle y est presque. Combien de temps s'est écoulé depuis qu'elle a entendu le cri de Karel Pligh ? Pas plus de cinq minutes. Les souvenirs bousculés qui défilent en accéléré occupent peu d'espace, mais il se peut quand même que cela ait duré dix ou douze minutes car, soudain, Mme Teldi entend un second cri. Et s'il venait de la chambre de son mari ? Ernesto Teldi crie très souvent dans ses rêves. Ces cauchemars, elle les connaît, ils font partie d'un passé dont elle sait tous les détails mais dont ils ne parlent jamais. Pas plus qu'ils ne parlent d'un autre épisode, encore plus douloureux pour Adela, qui remonte aux premières années de leur installation en Argentine, quand ils étaient encore, Ernesto et elle, un jeune ménage madrilène. Quand *cela* a-t-il eu lieu ? En 1981, peut-être en 1982 ? Adela a essayé de l'oublier, mais tout ce qu'elle a réussi, c'est à s'embrouiller dans les dates, rien de plus. « Si Adelita partait avec un autre… », chante-t-elle soudain, stupidement. Les yeux dans le miroir trahissent une fièvre dont ils sont peu coutumiers, car leur propriétaire leur permet difficilement une telle faiblesse. Du *self-control* avant toute chose, garder la maîtrise d'elle-même comme elle l'a toujours pratiqué pendant plus de dix-sept ans ; concrètement, depuis le jour où sa sœur Soledad est morte.

Si Adelita partait… mais Adelita n'est jamais partie avec un autre. C'était probablement cela, le châtiment. Cela, et la certitude que le prix d'une bonne réputation est toujours le silence. Ou la mort. Allons, ma chère, voilà une pensée trop mélodramatique, se dit-elle, tout en jetant un dernier coup d'œil à ses bras et à ses mains, parachevant ainsi son aspect faussement négligé et matinal. Trop mélodramatique et improbable qu'une mort résolve tes problèmes passés et présents. Impossible, en dépit de l'étrange picotement que tu sens dans tes pouces, ma chère Hécate. Et maintenant, dépêche-toi, on ne peut pas non plus trop retarder le moment d'aller voir ce qui s'est passé en bas… mais il faut encore, mon Dieu, que j'entre dans la chambre d'à côté pour prévenir Ernesto, et je suis prête à parier ma vie qu'il dort comme une souche.

### *Carlos García, le garçon*

Le cri de Karel dans la cuisine parvint également dans la chambre de service où dormait Carlos García, sous les combles, mais il ne le confondit pas avec la sirène d'une usine, comme l'avait fait Serafín Tous. Il ne l'ignora pas non plus, comme l'avait fait la petite Chloe, et il ne pensa pas qu'il faisait partie d'un cauchemar, à l'instar d'Ernesto Teldi. Carlos García sauta du lit dès qu'il entendit les appels, mais, au lieu de s'attarder à sa toilette matinale comme Adela Teldi, il se borna à prendre un instant pour vérifier

– réaction instinctive – qu'un creux profond dans l'oreiller marquait bien l'endroit où une autre tête avait reposé près de la sienne.

Il ne se souvenait pas du moment où Adela Teldi avait quitté sa chambre, c'était sûrement bien avant l'aube, mais… allons, vite, dépêchons-nous, le cri de Karel était pressant, mieux valait ne pas traîner et descendre tout de suite voir ce qui se passait.

Et c'est ce qu'il fait.

Il n'y a personne dans la cuisine, à part Karel et le corps de Néstor par terre. La pièce semble parfaitement en ordre, aucun indice sur ce qui a pu se passer, et Carlos, sans poser de questions, s'agenouille près de son ami mort. Il ne le fait pas avec douleur, pas davantage avec incrédulité, mais plutôt avec étonnement, car il y a quelque chose d'impersonnel dans toute la scène, comme si le cadavre de Néstor n'avait jamais été Néstor. Un ami mort ne ressemble pas à l'ami qu'il a été, et tous les morts se ressemblent. Qui est l'auteur de cette observation si juste ? Carlos se rappelle l'avoir lue quelque part. Mais de toute manière, ce n'est pas le moment de fouiller dans sa mémoire.

En revanche, pendant les longues minutes de grâce précédant la confusion, avant que la cuisine ne se remplisse de vociférations, devant Karel immobile comme s'il s'était transformé en une marionnette de ventriloque dans l'attente de nouvelles instructions pour se remettre à bouger, Carlos García a le temps de se remémorer beaucoup de scènes où figure son ami mort. Et les souvenirs le conduisent vite à revivre bien des choses, des situations qu'ils ont connues ensemble, des confidences, des rires, des petits mystères et quelques présages, qui ont commencé à se manifester lors de la visite qu'ils ont faite ensemble à certaine voyante extralucide, à peine deux semaines plus tôt. Oui, c'est là qu'a commencé toute cette histoire qui devait conduire à la mort de Néstor.

## 4

## I. Une visite chez Mme Longstaffe

Un perroquet, ou peut-être un ara, plumes rouges et bleues, poitrail vert et queue mitée, les regarda d'un œil. De l'autre, également strabique, il fixait un coin du plafond miraculeusement dépourvu de toute ornementation et fioriture.

Ils refermèrent la porte de la rue. Nul ne les avait accueillis dans le vestibule, mais un écriteau qui disait « Entrez et attendez votre tour dans le petit salon aigue-marine, merci beaucoup » indiquait la deuxième porte à gauche. Ils entrèrent donc, saluèrent les trois personnes qui occupaient la pièce et se disposèrent à attendre avec la patience propre à quiconque vient à ce genre de rendez-vous.

Au bout d'un moment, Carlos García regarda Néstor comme pour lui dire : « Tu crois qu'on peut prendre un journal dans cette espèce de… porte-revues ? » Et la moustache de son ami qui s'accordait divinement avec la décoration de la maison, répondit : « Bien sûr. » Pourtant Carlos retira sa main juste au moment où il allait l'introduire dans une fausse trousse chirurgicale en stuc polychrome dont dépassait – outre deux magazines du cœur et quelques journaux – la tête d'un tribun romain, et préféra jeter d'abord un regard sur ce qui l'entourait.

Il avait entendu dire que les maisons de voyants étaient obligatoirement extravagantes. Il y en avait certes dont l'ambiance était chinoise, avec lampions et symboles yin et yang jusque sur les carreaux de la salle de bains. De même pouvait-on supposer que les *santeros* cubains, si à la mode ces derniers temps, cultivaient une décoration du genre publicité pour le rhum Bacardi, c'est-à-dire beaucoup de bongo mélangé à des Babalou-ayé et des Changos ou à des saintes Barbara bénites au milieu d'une profusion de conques marines. Mais la maison de Mme Longstaffe, célèbre voyante brésilienne, dépassait tout ce qu'on pouvait imaginer : elle donnait envie de partir en courant.

– On se taille ?

– *Cazzo* Carlos, dit Néstor – car *cazzo* était son mot préféré, sans que Carlos sache si cette appellation était affectueuse ou injurieuse, tant son chef l'employait dans toutes les situations –, *cazzo* Carlos, puisque tu t'es entêté à vouloir venir ici, nous n'en bougerons plus.

Mis à part l'original porte-revues en forme de trousse de chirurgien, le motif de décoration le plus atroce de cette espèce de salle d'attente était un petit chien maltais blanc empaillé, posé sur une colonne d'albâtre. Mais il ne semblait horrifier personne. En tout cas aucun des clients qui attendaient leur tour : une dame élégante qui occupait le canapé de droite (tapisserie d'Aubusson râpée avec des petits coussins indiens) ; un rastafari qui se curait les ongles avec un couteau, adossé à un paravent japonais ; une femme nerveuse, portant des lunettes noires et manifestement soucieuse de passer inaperçue, assise devant la fenêtre de manière à ce que le contre-jour lui fasse la silhouette de Fedora dans le film de Billy Wilder. Personne ne semblait surpris de la présence de ce petit chien momifié sur une colonne. L'animal, à ce qu'en put observer Carlos, avait les oreilles en alerte, la minuscule langue pendante avec un vague rictus, et sur une face de la colonne on pouvait lire une plaque qui expliquait tout : « *Frou-Frou* adoré, tu seras toujours présent dans mes pensées ; jour et nuit je me souviendrai de la musique joyeuse de tes petites pattes derrière mes pas fatigués. »

– Taillons-nous, répéta Carlos, avec toute la véhémence de ses vingt et un ans, et aussi, vérité oblige, une certaine crainte superstitieuse de ce qui pourrait lui être révélé sur sa personne et son avenir. Mais alors, dans ce cas, pourquoi avoir demandé à Néstor de l'accompagner chez une voyante ? Son ami avait raison.

– *Cazzo* idiot, tu as voulu venir ici avec tes fantasmes amoureux et tu y resteras, il ne fallait pas me casser les pieds tous ces derniers jours pendant le travail au « Mûrier & le Gui ».

# II. De la firme « Le Mûrier & et le Gui » à Mme Longstaffe

Il est incontestable que le fourneaux sont de bons alliés pour les confidences. Que devant un chaudron de sirop bouillant dans lequel flottent, par exemple, des fleurs d'oranger ou peut-être, aussi, des morceaux de potiron et autres délices, on finit par révéler à un ami ou à un maître ses secrets les plus intimes, comme le ferait un jeune barde en présence d'un druide. Certes, Carlos García – mauvais étudiant en première année de droit et, pour le moment, serveur payé à l'heure – n'était pas un jeune barde, pas plus que la maison « Le Mûrier & et le Gui » n'était la verte terre des Celtes mais une petite entreprise distinguée de traiteur, propriété de Néstor Chaffino. « Repas privés ou d'affaires à domicile » affichait sa carte publicitaire. « Organisation de réceptions, cocktails, et autres manifestations mondaines. Venez nous voir et comparez. » En revanche, c'est vrai, Néstor pouvait avoir parfois quelque chose d'un druide : pas précisément par son aspect physique, car un cuisinier italo-argentin à la moustache blonde et effilée n'a guère de points communs avec Panoramix ; mais il avait une manière quasi thaumaturgique de tourner la cuillère dans les chaudrons qui invitait aux confidences.

Et voilà pourquoi, par une longue après-midi d'hiver, tout en l'aidant à préparer d'énormes quantités de sirop et en faisant macérer des griottes dans du cognac pour les célèbres desserts maison, Carlos, peu à peu, lui avait raconté son secret.

La confession débuta sur le mode le plus banal, et la faute en fut à certaine tendance que Carlos avait à philosopher, à réfléchir sur des choses auxquelles personne ne pense, et encore moins un serveur payé à l'heure dont le rythme de travail est suffisamment frénétique pour qu'il n'ait jamais le temps de s'attarder à des réflexions oiseuses.

Ou peut-être que si ?

– Je te dis que c'est une certitude fondée sur mon expérience personnelle, Néstor. Quand tu es serveur, tu découvres tout d'un coup que les gens n'ont pas de tête, lui confessa-t-il tandis qu'ils tuaient tous deux le temps en se livrant à des travaux préparatoires, dans l'attente d'un client. Il rit : – Comprends-moi bien : je ne veux pas dire que les gens sont tous cinglés (encore que…) ; je veux dire que, dans le feu de l'action, quand tu te trouves en train de servir les verres, tu ne vois plus des gens que des détails, et ils ne t'apparaissent plus comme des personnes mais comme des *morceaux* de personnes.

– Passe-moi le cognac, Carletto, l'interrompit Néstor, et ne bouffe pas les griottes.

Mais Carlos, qui était ordinairement sobre, venait de découvrir l'effet magique des griottes au cognac : les préparer incite encore plus aux confidences que tourner la cuillère dans le chaudron.

Carlos expliqua donc à son ami comment, depuis qu'il avait commencé à travailler avec lui pour « Le Mûrier & le Gui », il avait découvert une nouvelle vision du monde : celle qui se manifeste quand on porte un plateau couvert de verres. Et quand tu es dans cette situation, dit-il, les gens perdent leur visage ; non, ne ris pas, c'est vrai : en servant, tu ne regardes pas dans les yeux les consommateurs de whisky soda ou les buveurs de jus de pamplemousse, mais tu les reconnais à d'autres choses. Parce que, pendant que tu circules pour approvisionner les uns et les autres, tous ces gens bruyants qui évoluent autour de toi n'ont de personnalité que par des détails très spécifiques de leur corps, tu comprends ? Néstor dit qu'il ne comprenait rien à ce charabia, et Carlos dut faire un effort pour lui expliquer quelque chose que seuls ceux qui circulent parmi un agglomérat d'individus peuvent arriver à saisir dans toute sa dimension.

– Ce que je veux dire, si tu m'accordes un peu d'attention au lieu de me regarder comme un arriéré mental, c'est que, quelle que soit l'importance de ces gens que tu sers, tu ne te souviens ni de leur figure ni même de leur nom, qu'il s'agisse d'une star ou d'un ministre. Finalement, tu arrives à les reconnaître à un détail insignifiant. Une dent en or, une cicatrice mal dissimulée qui révèle un recours un peu trop répété à la chirurgie esthétique, que sais-je encore… parfois un bijou, un camée ancien, des machins qui te sautent aux yeux malgré toi ; si tu rencontres ces personnes dans la rue, tu ne reconnaîtras pas leur tête, non, mais sois sûr que tu te diras : « Tiens, c'est la dame aux doigts arthritiques et aux ongles rouge sang qui ne boit que des vodkas au citron… Et ce gros avec une verrue sur le cou ? Ah ! oui, c'est celui qui m'a demandé des allumettes pour son cigare ; ces lèvres humides sont faites pour fumer des cigares énormes. » Tu comprends ce que je te dis, maintenant, Néstor ? Pour moi, les gens sont des *morceaux*, des parties repérables qui les définissent à elles seules ; on apprend ça dans ce métier plus que dans tout autre, et ensuite, c'est bien naturel, cette constatation s'élargit à toutes tes relations personnelles. Je suppose que c'est pour ça que je pense tout le temps à elle…

Ces derniers mots semblèrent enfin intéresser Néstor, car il cessa un instant de tourner la cuillère.

– Elle ?

Et Carlos continua. A vrai dire, il avait davantage l'air de se parler à lui-même que de faire une confidence à un ami.

– Bien sûr, je n'ai pas passé un jour sans me souvenir d'elle, mais ce n'est pas le problème ; le problème c'est que, maintenant, je crois découvrir *ses* mains en voyant les mains d'autres femmes, et la ligne de son décolleté sur n'importe quelle inconnue. Je ne t'ai jamais parlé de la femme du tableau ? demanda-t-il, pour ajouter aussitôt : – Non, je suppose, pas plus à toi qu'à d'autres, et d'ailleurs je ne le ferai pas. Je ne parle jamais d'elle, c'est inutile.

Néstor ne dit rien. Il se remit à tourner la cuillère, mais Carlos n'eut besoin que d'une nouvelle griotte au cognac pour déballer une histoire et un secret très anciens, un secret qui l'avait accompagné depuis son enfance.

## 5

# I. La femme du tableau

– Crois-tu possible, commença Carlos en pensant avoir trouvé le préambule idéal, que quelqu'un passe sa vie entière à chercher sur toutes les lèvres un sourire qu'il n'a jamais vu ? Et que penseras-tu de moi si je te dis que je consacre mes heures de travail, et aussi celles de loisir, à poursuivre des détails tels que l'ombre d'un cou de femme ou la courbe du lobe d'une oreille ? Stupide, non ? Ça n'arrive qu'aux détraqués ; et pourtant, je les cherche partout.

– Va droit au fait, Carletto, dit alors Néstor en entendant ce discours étrange ; courage, et tant pis si ce que tu vas raconter te fait un peu honte : les bêtises qu'on pense parfois paraissent n'avoir ni queue ni tête, mais en réalité le Destin frappe rarement au hasard, tu comprends, Carletto ?

Mais Carletto ne comprit rien, pas plus qu'il ne comprenait pourquoi l'accent très particulier de Néstor augmentait ou décroissait, passait de l'espagnol au napolitain, suivant le propos qu'il tenait ou son état d'esprit. De toute manière, lors de cette fameuse après-midi où ils se trouvaient seuls dans la cuisine de la maison « Le Mûrier & le Gui », Carlos, une fois décidé à raconter son histoire, ne se souciait guère de l'accent fluctuant et du charabia (comme aurait dit Néstor) de son ami : si ça lui faisait plaisir de parler comme ça… Lui, pendant ce temps, allait chercher les mots adéquats et justes pour relater une vieille obsession qui remontait presque à sa naissance.

Il expliqua alors que depuis des années, mais avec plus d'intensité ces derniers mois, il vivait obsédé par l'image d'une femme. Et, réellement, il lui était impossible de s'empêcher de suivre le contour de lèvres juvéniles, ou peut-être pas exactement les lèvres mais un sourire particulier. Car cette bouche qui le tourmentait tant souriait toujours. S'il portait le regard un peu plus haut, il découvrait un visage aux yeux bleus assez inexpressifs, qui n'étaient pas froids, ni statiques, seulement absents. Les cheveux, d'un blond métallique, étaient ramassés sur la nuque de manière à laisser tout juste entrevoir le profil d'une oreille nue. Et plus bas, les épaules, sur lesquelles un regard aurait pu se fixer une vie entière s'il n'avait été immédiatement attiré par les mains, tellement différentes l'une de l'autre : la droite était sereine, les doigts légèrement écartés comme s'ils s'apprêtaient à se poser tout doucement sur la balustrade d'une terrasse, tandis que la gauche, contre la poitrine, tenait une sphère, un bijou, une sorte de camée d'un vert intense.

Il s'agissait, naturellement, d'un portrait.

Le tableau représentant cette jeune femme dont Carlos ignorait le nom et l'histoire avait toujours été dans la maison de sa grand-mère Teresa, à Madrid. En fait, jusqu'à ce qu'il hérite de celle-ci – trois ou quatre mois plus tôt –, il n'y était entré qu'en deux occasions. Et c'est en venant pour la troisième fois dans cette maison, devenue sienne, peu avant de commencer à travailler comme serveur chez Néstor, qu'une montagne de souvenirs d'enfance lui était tombée dessus.

Personne ne peut dire ce que cachent les histoires familiales quand il n'y a plus de témoins, quand seuls les murs pourraient expliquer pourquoi, par exemple, la grand-mère et le père de Carlos n'entretenaient pratiquement aucune relation. Père et fils habitaient loin de Madrid, dans une petite ville proche du Portugal. Grand-mère Teresa n'était pas la mère de Ricardo García – un modeste médecin de famille peu loquace qui avait vécu sans faire plus de remous que celui que produit un beau corps sanglé dans une blouse blanche : elle était sa belle-mère, c'est-à-dire la mère de Soledad. Soledad : la mère de Carlos, morte depuis longtemps.

Si longtemps que pour un enfant qui, à l'époque, n'avait pas encore quatre ans, le souvenir de sa mère se limitait à un son : le *cling cling* de chaînettes au poignet, un tintement qui voulait être joyeux sans y parvenir et qui était complété par un autre son, celui d'une phrase dont Carlos n'arrivait pas à savoir s'il l'avait réellement entendue, ou si elle faisait partie de ce magma de premiers souvenirs dont nous ne savons s'ils sont vrais ou fabriqués ultérieurement à partir de ce que d'autres nous ont raconté. Quoi qu'il en soit, dans sa mémoire d'adulte, au *cling cling* des bracelets venait s'ajouter une voix qui lui disait à l'oreille : « Mon petit Carlos, embrasse encore ta maman qui part en voyage ; encore une fois, mon trésor. » Là se terminait le souvenir : sa mémoire ne contenait aucune trace du visage. Soledad, sa mère, n'avait pas de visage, même s'il eût été facile à cet aimable fabricant de faux souvenirs que nous portons tous en nous de lui fournir, un par un, tous les traits maternels, puisqu'il y avait plusieurs photos d'elle dans la maison de Carlos. Certaines avaient un cadre en bois. D'autres un cadre qui semblait en argent. Et gravés sur chaque, un nom, une date, un lieu : *Soledad à Saint-Sébastien, 1976… Soledad en Galice, 1977…* ainsi de suite jusqu'à la plus récente : *Soledad chez ses grands-parents, 1978*. Toujours le même visage souriant, un visage inconnu pour Carlos et sans la moindre ressemblance avec le sien, car sa mère avait les cheveux très sombres et les sourcils, rectilignes mais harmonieux, encore plus noirs. Une femme d'aspect calme sur toutes les photos où apparaissait aussi – bien que les inscriptions des cadres ne le mentionnent pas – Ricardo García. Le mari posait toujours à côté de sa femme. Comme sur « Soledad à Saint-Sébastien », par exemple, où ils étaient tous les deux en vêtements d'été, partageant une bière sur la promenade de La Concha. Sur « Soldedad en Galice, 1977 », en revanche, le couple riait en se tenant par le bras, tandis que sur la gauche on pouvait voir une autre femme qui semblait s'échapper du cadre tant les deux intéressés avaient l'air de ne faire aucun cas d'elle. N'importe laquelle de ces images aurait pu l'aider à se fabriquer un faux souvenir et à mettre un visage sur cette seule chose réelle qu'étaient les bracelets, ou la voix, plus sujette à caution, qui réclamait un baiser ; mais il n'en avait rien été, de sorte que l'unique évocation que conservait Carlos avait un son et peut-être une voix, mais pas de visage.

A part le sanctuaire des photos, la maison paternelle présentait toutes les qualités et tous les défauts d'un lieu habité seulement par des hommes. Il est fréquent qu'un veuf ayant un enfant d'un peu plus de trois ans finisse par trouver un moyen quelconque pour combler un vide féminin. Soit il se remarie, soit, tôt ou tard, il finit par déléguer les problèmes domestiques qui l'accablent à une parente, une sœur, parfois une tante qui s'occupent de faire face aux problèmes quotidiens et aussi d'entretenir les braises du souvenir – bon ou mauvais – de la morte, affectueusement ou pas. Ainsi les mortes restent-elles vivantes dans leur foyer, avec l'aide de leurs congénères féminines. Mais cela n'avait pas été le cas de Soledad.

Car, dès le début, Ricardo García avait choisi une voie très différente. Il n'avait jamais montré la moindre envie de se remarier (à moins que l'on puisse considérer comme un mariage une union très intime avec l'eau-de-vie et plus tard l'anis) et il avait immédiatement refusé l'aide que deux lointaines cousines auraient été ravies de lui apporter ; son deuil de Soledad, en tout cas, était très privé et fort discret : il se limitait à garder une collection de photos encadrées.

Les questions domestiques avaient fini par être résolues de façon mercenaire et simple. A l'âge requis, Carlos était parti au collège, tandis que le ménage de la maison était confié sporadiquement à des filles du pays qui n'avaient jamais connu Soledad et se bornaient à préparer les repas, à faire les lits et à passer de temps en temps un rapide coup de plumeau dans le salon et les chambres. Ainsi, très lentement, tout vestige d'une présence féminine, et plus encore d'une présence féminine d'outre-tombe, s'était-il effacé de la vie de Carlos : s'il n'y a ni amour ni haine pour les maintenir vivants, les morts se transforment trop facilement en photos anonymes qui noircissent près de la cheminée du salon.

En revanche, la jeune femme du portrait qui se trouvait chez Grand-mère Teresa, avec ses longs doigts et sa chevelure blonde, avait connu un sort tout différent. Peut-être parce qu'elle avait, *elle*, un visage. Carlos se souvenait très bien de leur première rencontre. Mieux, il pouvait revivre toute la scène dans les moindres détails, car cette rencontre était son plus ancien souvenir d'enfance. Et réel, celui-là ; pas un de ces souvenirs faussés par ce que racontent les autres ; cette scène avait dû se passer exactement ainsi, car aucun adulte n'aurait pris la peine de la lui raconter ; ce genre d'histoires n'intéresse que les enfants.

Il était assis par terre, peut-être jouait-il avec quelque chose, ou bien s'amusait-il seulement à suivre d'un doigt le dessin des arabesques du tapis quand, soudain, des pieds inconnus s'étaient approchés et des bras avaient posé contre le mur près duquel il jouait le portrait à l'huile d'une femme jeune et blonde. Au bout de quelques instants ces bras avaient placé un autre tableau près du portrait, beaucoup moins intéressant celui-là. Ce devait être l'image d'un arbre, ou peut-être de plusieurs arbres ; en tout cas, cette seconde peinture n'avait pas tardé à disparaître : elle était allée remplacer la dame blonde sur le mur, haut, très haut, trop pour que Carlos ait jamais pu l'apercevoir auparavant.

Maintenant, au contraire, elle était tout près, à sa hauteur… et ses yeux bleus indifférents lui souriaient, tandis qu'il lui aurait suffi de tendre la main pour toucher la sienne, merveilleusement blanche, qui tenait un objet dans les doigts. Tout à coup, un murmure et une discussion incompréhensible avaient obligé Carlos à lever les yeux. C'étaient des voix, masculines et féminines, que Carlos n'écoutait pas, car il était fasciné par l'étrange apparition en bas, sur le tapis, en plein territoire des enfants, là où il n'y a jamais de femmes aux longs doigts avec des yeux bleus qui sourient, mais où l'on peut juste voir la moitié la moins glorieuse du royaume des adultes : pieds de meuble, plis de nappe, une toile d'araignée inaccessible au plus consciencieux des plumeaux, et toutes les chaussures de ceux qui forment le monde des grands. Des chaussures déplaisantes, toutes tournées, pour l'heure, vers le portrait de la jeune femme, et aussi des chaussures féminines qui se haussaient sur la pointe pour souligner un détail important. Et pendant ce temps, elle, avec son air indifférent et son étrange sourire, semblait se moquer complètement de se trouver ainsi par terre et d'être le centre de la discussion de tous ces pieds agressifs.

Quelques minutes plus tard, ils l'avaient fait disparaître. Quatre bras, cette fois, et autant de mains inconnues s'étaient tendus vers la dame et – quelle chance ils avaient d'être si forts – l'avaient soulevée à la hauteur du monde des adultes, pour que Carlos ne la voie plus.

Si, avec le temps, Carlos a réussi à établir la date exacte – février 1982 – de cette première rencontre avec la jeune femme du tableau, c'est parce que tout ce qui a été décrit ci-dessus avait eu lieu quelques jours après un autre événement qui, celui-là, c'est certain, restait imprégné d'innombrables faux souvenirs. Il s'agissait de la nouvelle de la mort de sa mère. Mais cet événement, malgré son importance, n'était pas net dans sa mémoire et ne comportait pas d'images, car Soledad était morte subitement et très loin, au cours d'un voyage en Amérique du Sud. Il n'y avait donc eu, pour l'enfant, ni la douleur d'une maladie que l'on peut se rappeler, ni un cadavre à qui donner un dernier baiser d'adieu, ni même un enterrement – et s'il y en avait eu un, quelqu'un avait dû considérer que ce n'était pas un endroit où mener un enfant si jeune. Quelle qu'ait été cette âme sensible, elle lui avait également évité la scène de sa mère disparaissant dans un amas de fleurs blanches. Et des pelletées de terre sur le bois du cercueil. Et les *Notre Père*. Et les *Ave Maria* : le laissant ainsi vierge de tout souvenir.

Des jours qui avaient suivi, en revanche, Carlos conservait des souvenirs. Dans un court laps de temps qui lui paraissait un siècle, s'était accumulée dans sa mémoire enfantine une masse de scènes vraies ou fausses, mais dans tous les cas odieuses. Par exemple, les baisers humides de personnes inconnues, et un tas de « pauvre gosse ! » affligés et anonymes ; des larmes, gémissements et soupirs : toutes choses si lourdes que, s'ajoutant au retour au village, seul avec son père, elles marquaient la fin d'une époque. A moins de quatre ans, Carlos se figurait que cela devait signifier la fin de l'enfance ; il devait être devenu majeur puisque, de toute évidence, ni ses cousins qu'il avait rencontrés brièvement chez Grand-mère Teresa pendant les jours du deuil, ni ses amis du village n'avaient vécu d'événements aussi adultes.

Les années avaient passé et il avait eu une deuxième rencontre avec le tableau, celle-là beaucoup plus difficile à situer dans le temps. Malgré tous ses efforts, Carlos se souvenait seulement qu'elle avait dû avoir lieu pendant les vacances de Pâques, mais il n'arrivait pas à préciser s'il avait sept, huit ou neuf ans quand il avait été de nouveau invité à Madrid. Ce dont il était sûr, c'est que la visite coïncidait avec un voyage de son père à l'étranger et que c'était la raison de son séjour de plusieurs semaines chez sa grand-mère. Son père ne bougeait jamais du village ; en fait, c'était la première fois qu'il s'absentait depuis le voyage en Amérique du Sud où Soledad avait perdu la vie. Dans les premières années, quand Carlos était encore très petit, son père évitait toujours de parler de ce long périple qui leur avait fait parcourir l'Uruguay, l'Argentine, et aussi le Chili ; mais soudain, et cela coïncidait avec la date de la deuxième visite chez Grand-mère Teresa, il s'était mis à évoquer de nombreux détails du premier voyage et les répétait indéfiniment, surtout lorsque la dose d'eau-de-vie et d'anis dépassait ce qu'il prenait d'habitude. Alors (Carlos se rappelait en particulier une longue conversation dans le train de Madrid), Ricardo revoyait tout ce qu'ils avaient fait, Soledad et lui, durant leur séjour à Buenos Aires, les endroits qu'ils avaient connus ensemble, le bonheur de sa défunte femme et d'autres choses qu'il revivait avec tant d'insistance et de précision que, des années plus tard, quand Carlos, majeur, eut appris à faire front à des souvenirs indésirables, il avait fini par comprendre que si son père agissait ainsi c'était dans le secret espoir que tout ce passé douloureux se délite, comme quelqu'un qui met nuit et jour un vêtement dont il ne parvient pas à se séparer, en poursuivant le but inavouable de le voir enfin partir en lambeaux, prétexte parfait pour le remiser dans un tiroir et l'oublier à jamais.

Quant à la date exacte de la deuxième visite de Carlos chez sa grand-mère, s'il avait questionné son père (mais il ne l'avait pas fait et, maintenant, c'était trop tard), celui-ci lui aurait peut-être expliqué qu'elle avait eu lieu en avril 1986, quand Carlos avait huit ans. Huit ans, l'âge des découvertes, de l'imagination et des excursions secrètes où l'on trouve un mystère derrière chaque rideau, où chaque armoire est la porte qui mène à un monde dont on sait quand on y entre mais pas vraiment quand on en sortira.

Et la maison de Grand-mère Teresa était propice à toutes sortes de mystères.

Même ainsi, Carlos, bien des années plus tard, n'avait toujours pas réfléchi aux raisons pour lesquelles son père s'était vu refuser l'entrée de la maison le jour où il l'y avait conduit, et pas davantage à celles qui avaient fait que sa grand-mère, au lieu d'embrasser son gendre, avait posé froidement sa main sur son bras, parce que, en réalité, ce n'étaient pas là des mystères d'enfant mais des affaires d'adultes.

En revanche, il avait eu là-bas beaucoup d'autres choses à découvrir.

D'abord que c'était une maison de riches, cela se voyait tout de suite, très différente de toutes celles que Carlos connaissait : celle de son père, si triste, celles de ses amis, qui sentaient les légumes bouillis et avaient toujours besoin d'une couche de peinture, tout l'opposé de cet appartement lumineux, très haut de plafond : la maison du 38 rue Almagro, que sa grand-mère, en la nommant ainsi, semblait désigner comme une personne.

– Porte-toi bien, Carlos, je viendrai te chercher dès mon retour.

– Oui, papa.

– Mange de tout et essaye de te lever plus tôt le dimanche.

– Oui, papa. D'accord, papa.

– Obéis à ta grand-mère, fais ce qu'elle te dit…

Et sa grand-mère, s'adressant à lui et non à son père, avait seulement dit : « Sache, mon mignon, qu'au 38 rue Almagro, tu devras faire la sieste toutes les après-midi », et, du coup, Carlos l'avait regardée pour la première fois en face.

Il avait alors pensé, ou plutôt peu à peu imaginé au cours des quelques jours où ils avaient vécu ensemble, que Grand-mère Teresa était semblable à cette maison : pleine de cachettes. Et que toutes deux étaient immenses, avec des angles et des bifurcations imprévus, et un tas de recoins. Les personnes ressemblent beaucoup à leurs maisons, au moins vues par un enfant ; aussi Carlos avait-il fini par identifier l'état d'esprit de sa grand-mère à chacune des chambres du 38 rue Almagro, selon que l'on ouvre une porte du couloir ou une autre, ou selon qu'il pleuve ou qu'il fasse nuit. Ainsi, certains matins de soleil, Carlos avait l'impression que Teresa ressemblait à sa lingerie, et c'était vrai que toutes deux sentaient la lavande. Dans ces occasions, sa grand-mère lui paraissait si fragile qu'il croyait que ses cheveux blonds presque métalliques réussissaient à annuler le noir profond de ses yeux. Et la lingerie, qui était peinte en ocre pâle et avait deux fenêtres obscures toujours closes, se comportait de même. La nuit, en revanche, les yeux de sa grand-mère brillaient d'un éclat dur qui faisait disparaître tout vestige de fragilité, et quand cela arrivait, Carlos pensait que Teresa était comme le vestibule, un tunnel tapissé de damas où régnait le rouge.

Cependant, toutes ces impressions enfantines n'étaient qu'un préambule encore confus à ce qui venait ensuite : l'image plus habituelle de Grand-mère Teresa et celle de la chambre jaune, toutes deux si semblables.

Dans cette chambre, une pièce presque circulaire avec un seul balcon qui ouvrait sur un ciel pas toujours bleu, Grand-mère Teresa passait la plus grande partie de son temps sans jamais recevoir de visite, en faisant des patiences devant la cheminée avec un léger sourire, sans se soucier le moins du monde de l'enfant, levant à peine les yeux quand il venait lui donner le baiser de l'après-midi. Alors, au lieu de regarder Carlos, elle semblait se perdre dans la contemplation d'un tableau sans aucun intérêt qui se trouvait sur le mur d'en face, un paysage avec un arbre, pendant que ses doigts très longs posaient le valet sur la dame puis le sept sur le huit… et elle ne lui disait pas un mot. Mais Carlos avait très vite découvert que c'était *cela* la grande qualité de Grand-mère Teresa et aussi celle de sa chambre jaune : toutes deux étaient, la plus grande partie du temps, aussi aimables qu'indifférentes et ne s'éclairaient que quelques minutes, vers les trois heures de l'après-midi : quand un soleil pâle entrait dans la pièce et que Teresa prononçait ces mots, toujours les mêmes : « Tu sais, mon mignon, qu'ici, au 38 rue Almagro, tu dois faire la sieste. »

Et c'est au cours d'une de ces siestes que Carlos – qui furetait dans une chambre du fond – avait rencontré la jeune femme du tableau quelques minutes avant d'être surpris par une bonne nommée Nelly. La sieste était l'heure des escapades et des expéditions interdites, et Carlos avait déjà employé plusieurs après-midi à échapper au sommeil, quand, par hasard, il s'était de nouveau trouvé nez à nez avec ce portrait de femme aperçu lors de sa première visite après la mort de sa mère et dont le souvenir était resté si fort. Mais maintenant le tableau n'était plus dans le salon, ni dans aucune autre pièce, et Carlos ne l'aurait jamais découvert si, en entendant les pas de Nelly, il n'avait cherché refuge dans une armoire. Or le portrait était là, avec d'autres babioles poussiéreuses, à demi enfoui sous un manteau. A ce moment précis, Nelly avait ouvert la porte de la maudite armoire, mais cris et réprimandes n'avaient plus d'importance : Carlos avait déjà eu le temps d'extraire la dame de l'étoffe qui la masquait pour en dénuder le buste avec une émotion extraordinaire. Avant d'être extirpé de force – « Vilain enfant, sors d'ici, garnement » – et d'être traîné par l'oreille – « Viens, n'essaye pas de t'enfuir » –, il avait encore réussi à passer une main sur le cou couvert de poussière. Et aussi à faire glisser ses doigts jusqu'à la naissance du vêtement, noir et blanc, un peu plus à droite, encore un peu plus, jusqu'à frôler les longs doigts qui tenaient une sphère verte. « Tu vas voir, quand ta grand-mère saura ce que tu fabriques au lieu de dormir, idiot », criait Nelly. Et tout le temps de la semonce, les yeux bleus du portrait regardaient Carlos comme s'ils se moquaient franchement de lui. C'est pour cela, à cause du rire de la dame, qu'il se fichait éperdument d'affronter Nelly, qu'il lui avait tiré la langue et rétorqué sur un ton narquois : « Idiot ?… c'est toi l'idiote, Nelly, mille fois idiote ; je n'ai rien fait de mal. »

Pourtant, il devait bien avoir fait quelque chose de mal, car la porte de la chambre du fond avait été fermée à double tour et il lui avait été impossible de parler de l'affaire avec sa grand-mère ; même quand il la retrouvait dans la chambre jaune et qu'elle souriait parce qu'elle venait de réussir sa patience. « Tu m'entends, Grand-mère ? S'il te plaît, Grand-mère Teresa… » Mais tout ce qu'il avait pu en tirer, une fois, avait été : « Tu te trompes, mon mignon ; il n'y a aucune femme dans une armoire de cette maison, quelle drôle d'idée. » Et ensuite un nouveau sourire adressé à un as de cœur, ou peut-être à un roi de trèfle, un sourire qui s'était tout de suite effacé : « Si tu continues à avoir des cauchemars, nous dirons à Nelly de ne plus te donner de potage au déjeuner ; il fait un temps superbe, on peut déjà manger des plats d'été, des choses froides. »

Et tel avait été le seul ordre domestique que Carlos avait entendu de la bouche de sa grand-mère, à part les instructions concernant la sieste, qui continuait d'être obligatoire 38 rue Almagro. Tout n'était pas négatif, cependant : par chance, Carlos avait pu réaliser un autre exploit, lié, cette fois, à cette corvée honnie de l'après-midi : il avait appris alors que les siestes auxquelles sont tenus les enfants de huit ans leur font parfois cadeau d'un rêve – ce genre de rêves dont ils se réveillent dans un état de grande agitation, souvent même en gémissant, ou avec une chaleur nouvelle entre les cuisses qui s'en va trop vite, beaucoup trop vite, de la même manière que s'en va l'image de trois doigts longs et très blancs, et que tiennent-ils ? Carlos l'ignore, mais il parviendra peut-être à le deviner dans le rêve suivant, de même qu'il parviendra à caresser cette chevelure blonde qui lui rappelle parfois une autre, mais laquelle ? Celle de Nelly ? Celle de sa grand-mère ? Tant d'inconnues, beaucoup trop, et pourtant, à huit ans, on apprend aussi d'autres choses importantes.

On apprend à garder la bouche cousue.

Quinze ans plus tard, sa grand-mère était morte. Le vestibule pourpre, la lingerie ocre, la chambre jaune et tout ce que contenait le 38 rue Almagro étaient devenus sa propriété. Pas d'argent, pas une peseta ; la grand-mère avait dû surveiller ses économies jusqu'à son dernier jour pour continuer à faire des patiences dans le salon comme une grande dame. Et durant toutes ces années de séparation, Carlos, en grandissant, était devenu ce qu'il annonçait déjà dans son enfance, quelqu'un qui s'intéressait plus aux rêves qu'à la réalité, plus aux films qu'à la première année de droit (et pourtant le droit devait quand même l'intéresser énormément, puisqu'il avait redoublé deux fois). Quinze ans, donc, pour devenir aussi grand que son père, avec le même air sombre et quelque chose d'un peu égaré, comme si le destin avait voulu faire un essai sur lui : mettre l'aspect et l'allure d'un personnage du XIXe siècle dans un jean Levis. Carlos avait les cheveux ondulés, des favoris et la peau si claire que l'on voyait les veines bleues de ses tempes. « Si tu étais né dans une autre époque, tu serais un hussard de Pavie », lui avait dit une fois Marijosé, l'infirmière de son père, qui n'y connaissait rien en histoire militaire mais avait vu beaucoup de séries télévisées et de films romantiques. Cependant, aujourd'hui, Marijosé ne travaillait plus pour eux : le père de Carlos était mort dix mois avant que n'arrive la bonne nouvelle qu'ils héritaient de la maison de Grand-mère Teresa.

Tout ce que Carlos avait à faire, c'était se rendre à Madrid. Il aurait tant aimé que son père puisse le voir, surtout parce que, cette fois, Ricardo García n'aurait pas été obligé de rester sur le seuil, ni de recevoir un accueil glacé et une petite tape sur le bras, mais Carlos était seul. Une fois à Madrid, il avait pu constater que son héritage se trouvait dans un état pire que celui auquel il s'attendait. Dans l'appartement, les vieux lits, les meubles, les innombrables ustensiles, tous couverts de draps blancs, étaient toujours ceux que Carlos avait vus à son dernier passage. Personne, pendant toutes ces années, ne semblait avoir pris la peine de changer un détail, de déplacer un cendrier : austère décadence, caractérisant les personnes qui désirent que leurs objets meurent avec elles. Cependant Carlos ne s'y était pas attardé. Comme un enfant, comme si c'était de nouveau l'heure de la sieste, il avait cherché, le trousseau de clefs de sa grand-mère à la main, la porte défendue de l'armoire : la jeune femme du tableau était toujours là, dans un amoncellement d'objets au rebut... Alors Carlos avait soulevé le portrait, comme des bras inconnus l'avaient fait presque vingt ans plus tôt, pour le remettre à la place d'honneur dans le petit salon jaune, là où pendant si longtemps il avait été remplacé par ce paysage d'arbres que sa grand-mère aimait regarder quand elle jouait aux cartes. Alors, seulement, il avait pensé à ce dont il avait hérité. Le 38 rue Almagro était entièrement à lui. Hormis l'appartement lui-même, rien ne semblait avoir une grande valeur, mais qu'importait : en le vendant, il aurait plus d'argent qu'il n'en avait jamais possédé. Jusque-là, se disait-il, il s'agissait seulement de tenir le coup et de trouver à Madrid un travail facile, qui – au moins en théorie – lui laisserait assez de loisir pour continuer ses études de droit. Et, en attendant d'avoir trouvé un acheteur pour la maison, il pourrait y vivre et tenter d'en découvrir les secrets.

– Voyons si je te comprends bien, *cazzo* Carletto, l'interrompit Néstor à ce point de l'histoire, et au moment où le sirop de griotte commençait à déborder d'un des chaudrons de cuivre, dans la cuisine de l'entreprise « Le Mûrier & le Gui ».

En fait, la confession de Carlos avait été si étendue que Néstor craignait d'en avoir perdu le sujet central, et il tourna le sirop à l'envers, chose que l'on ne doit jamais faire sous peine de transformer les griottes en cerises confites.

– Donc, je récapitule. Tu viens de t'installer à Madrid parce que tu as hérité d'une maison que tu ne peux en aucun cas entretenir. En plus, pour compliquer les choses, tu ne connais personne dans cette ville, mais tu as une histoire romantique avec une dame qui vit dans une armoire. C'est bien ça ?

– Allons, Néstor…!

– Mais si je t'ai bien compris – un héritage inattendu… un rêve d'enfance… un amour romantique… –, je suppose que tu vas me dire maintenant, comme tous les ahuris qui débarquent dans la grande ville, que tu espères rencontrer un jour la femme mystérieuse en train de promener son petit chien dans le Retiro, ou de manger un hamburger dans un McDonald's. Mon cher Carlos, j'ai l'impression que la vapeur des griottes t'est montée un peu trop aux méninges…

– Je sais que je ne rencontrerai jamais cette jeune femme, je ne suis pas idiot à ce point, mais je t'assure que je rencontre des *morceaux* d'elle partout, répondit Carlos.

Et il se vit obligé d'expliquer à nouveau que, depuis qu'il avait commencé à travailler pour Néstor, il s'était aperçu que la profession de serveur lui permettait de découvrir chez d'autres femmes les parties de cette dame qu'il aimait le plus : ici, la gorge très blanche… là, son merveilleux sourire… et que cela lui suffisait. Car finalement, qui était cette jeune femme, à quelle époque elle avait vécu, savoir s'il s'agissait d'une personne réelle ou seulement du produit de l'idéalisation d'un peintre étaient pour Carlos des inconnues impossibles à résoudre.

Cependant, l'alcool faisait des siennes, et pas seulement chez Carlos, mais aussi chez Néstor qui était pourtant prudent. Car, inopinément, arrivé à ce degré d'euphorie, le cuisinier changea d'attitude. Il se mit soudain à dire que les femmes idéales ne l'intéressaient absolument pas mais que les présages qui se présentent parfois dans la vie le passionnaient et que le destin se comporte de façon extravagante. Puis, baissant la voix comme s'il allait livrer un secret extraordinaire, il ajouta :

– Allons, Carletto, ne me dis pas que tu n'aimerais pas découvrir qui a été cette femme. Et si nous la cherchions ? Toute cette histoire de retrouver chez d'autres femmes les attributs que tu as vus à la dame du tableau est très romantique, mais à mon avis c'est idiot quand tu pourrais rencontrer la vraie.

– Des attributs que je *vois*, corrigea Carlos, tout aussi ivre : n'oublie pas que la dame est désormais à moi et que je peux la regarder tous les jours, même si je ne saurai jamais de qui il s'agit ni ce qu'est ce bijou vert qu'elle tient dans ses doigts.

Mais Néstor pensait déjà à d'autres choses, plus pratiques, que d'adorer un tableau. Et c'est ce qu'il dit à son ami, en terminant par une tape muette sur l'épaule du garçon un discours prononcé à peu près dans ces termes : *forza*, Carletto, griottes confites et ivresse mises à part, c'est vrai que ton histoire est jolie, alors ne t'en fais pas, je connais une autre manière de découvrir les secrets de famille quand il ne reste plus personne à qui poser des questions…

## II. Le monsieur aux cheveux taillés en brosse

– Une petite question, *man*. Et ne me racontez pas d'histoires : à quelle heure est votre rendez-vous avec Mme Longstaffe ?

C'était le rastafari, qui, depuis des heures, se curait les ongles adossé au paravent japonais et qui, maintenant, interrompait les souvenirs de Carlos en s'adressant à Néstor avec un regard soupçonneux.

– Ça serait pas à cinq heures, par hasard ? dit-il d'un air terrible. Parce que je vous préviens, c'est l'heure qu'elle m'a donnée à moi.

Et en disant « à moi », il désigna, d'un ongle très long, sa poitrine dans l'échancrure de sa chemise (très ajustée).

Comme il en avait pris l'habitude depuis plusieurs mois, Carlos fixa ce point de l'anatomie du personnage : s'il devait le revoir un jour dans la rue, ce ne serait pas de ses nattes grosses comme des câbles dont il se souviendrait, ni de ses dents d'un blanc déconcertant, ni de l'aspect malsain de cet émule de Bob Marley, mais de cet ongle et de sa longueur.

– Mon rendez-vous est à cinq heures, *man*, pas une minute plus tard, *man*.

Mais Néstor lui adressa un sourire charmeur, en l'assurant que, non, non, ne vous inquiétez pas, nous c'est à cinq heures et demie, et nous pouvons attendre. Sans problème, *man*.

Le fils de Rasta lui rendit son sourire, et il était sur le point de reprendre la pose près du paravent japonais quand son mouvement fut interrompu par un monsieur très nerveux qui sortait du cabinet de Mme Longstaffe et qui, en se trompant de chemin, entra dans la salle d'attente au lieu de prendre la porte de la rue.

L'homme s'arrêta. Il regarda à gauche et à droite. D'abord la dame qui occupait le canapé en tapisserie d'Aubusson, puis l'autre qui était assise près de la fenêtre, et il parut soulagé de ne pas reconnaître leurs visages. Après quoi il écarta rapidement la présence du rastafari, mais eut visiblement un haut-le-corps en découvrant Néstor sur le canapé voisin. Le cuisinier, de son côté, le salua comme une lointaine connaissance : « Au revoir, monsieur Tous », et l'homme disparut par la porte, si vite que, de toute la scène, Carlos ne retint de lui qu'un trait : une respectable tête grise aux cheveux taillés en brosse.

– Patience, mon petit Carlos, entendit-il soupirer son ami Néstor, qui de toute évidence ne faisait pas allusion à l'apparition fugace du monsieur aux cheveux taillés en brosse, mais à la lenteur que Mme Longstaffe mettait à exercer ses arts divinatoires : il était six heures moins le quart et ils avaient encore trois clients devant eux, en comprenant leur copain Bob Marley. – Soyons patients, répéta-t-il, et il retomba immédiatement dans le silence méditatif qu'il avait observé depuis leur entrée dans la maison de la voyante.

De la sorte, Carlos eut tout le loisir de reprendre le fil de ses souvenirs en évoquant les dernières paroles de son ami, interrompues par l'incident :

– Oui, oui... tout ce que tu viens de me raconter est très rrrommmantique, avait dit Néstor cette après-midi-là avec un accent qui s'italianisait à la chaleur des dernières griottes au cognac, mais je te le répète : rester accroché au souvenir d'une dame inexistante, être amoureux d'un fantôme et chercher chez d'autres femmes un bout de sa personne, c'est bon pour des fous et des gens qui n'ont aucun sens pratique... Tu vois, Carletto, moi, j'ai une autre théorie, beaucoup plus logique. Les obsessions de ce genre ne sont qu'une *anticipation* d'un événement à venir, tu me comprends ? Cette jeune femme du portrait n'est pas réelle, et même si elle l'était, cela ne peut t'affecter parce qu'elle est probablement morte à l'heure qu'il est, ou, au mieux, très vieille. Pourtant, si elle te fascine ainsi, cela signifie qu'un jour ou l'autre nous en rencontrerons une autre, pareille, tout à fait pareille ! criait Néstor, écarlate.

C'est à ce moment-là qu'il avait annoncé qu'il connaissait un système pour retrouver les vieux secrets de famille et invoquer les idéalisations de l'enfance, et que tout ça était très simple, puisqu'il s'agissait tout bonnement d'aller voir la célèbre voyante extra-lucide Mme Longstaffe.

Précisons qu'après avoir fait une telle révélation, et malgré les vapeurs de l'alcool, Néstor Chaffino avait tout de suite rectifié, comme sous l'empire d'une crainte beaucoup plus forte que son ivresse :

– Voyons, Carletto, tu n'as pas cru que je parlais sérieusement, n'est-ce pas ? Consulter une voyante, quelle bêtise. Ces histoires de l'au-delà ne sont que des attrape-nigauds… Oublie le nom que je viens de prononcer, tu ne vas pas me dire maintenant que, non content de soupirer après des femmes fantômes, tu crois aussi aux sorcières, non ?… Je t'assure qu'une formule magique capable de faire apparaître en chair et en os une idéalisation comme la tienne, ça n'a jamais existé… assez, n'insiste pas ; je n'ai pas l'intention de t'accompagner, tout ça c'est des mensonges, je ne crois pas à la sorcellerie, les voyantes sont des comédiennes, des bluffeuses… mais ce qui les rend encore plus dangereuses, c'est qu'elles sont terriblement *tricheuses.* Et Mme Longstaffe est la pire de toutes, crois-moi…

Ce fut peut-être la faute aux cerises confites. Peut-être parce que les histoires romantiques sont toujours irrésistibles, ou peut-être pour une autre raison que nous ne pouvons pas encore révéler à ce stade de notre récit ; toujours est-il que, finalement, Carlos avait réussi à vaincre toutes les réticences de son ami. Voilà pourquoi ils étaient là tous les deux, en train d'attendre leur tour dans le petit salon aigue-marine. Et pourquoi, à leur arrivée, Néstor l'avait si durement admonesté.

– *Cazzo* Carlos, tu t'es obstiné à vouloir consulter une sorcière et nous ne bougerons pas d'ici, mais je te préviens : à partir de maintenant, je ne suis pas responsable de ce qui pourra se passer.

# 6

## Ce que vit la voyante

Mme Longstaffe, affalée sur une chaise longue, s'adressa à eux avec un accent prononcé de Salvador de Bahía :

– Épuisée, mes enfants, carrément morte, *muehta*, dit-elle.

Rien de plus logique : il était huit heures et demie passées, elle avait employé à fond toute son énergie humaine et ésotérique à éclairer le chemin de quatre cas difficiles (surtout celui de la dame mystérieuse qui ne quittait pas la fenêtre, un cas véritablement exténuant), et tant d'efforts l'avaient anéantie, ce qui expliquait cette position dans laquelle la contemplaient Néstor et Carlos, debout sur le seuil sans oser entrer. Leur angle de vision leur permettait seulement de voir les jambes de Mme Longstaffe, délicatement croisées sur la chaise longue : une suave mousseline verte les enveloppait, et les pieds, enfouis dans des babouches qui auraient excité l'envie d'un doge vénitien, étaient agités de temps à autre d'un léger tremblement.

– Quelle après-midi monstrueuse, entrez donc, messieurs, je vais m'occuper de vous dans une seconde.

Mais la silhouette ne bougea pas de l'endroit où elle était, et Carlos et Néstor décidèrent de s'asseoir sur des chaises qui se trouvaient dans le fond, près du bureau de la voyante, deux trônes imposants qui empêchaient les pieds de Néstor de toucher le sol. Une chance : car quelques secondes plus tard un petit chien blanc et plein de poils fit son apparition et montra un vif intérêt pour les chevilles du chef de cuisine ; une vraie passion même, à en juger par sa manière d'aboyer en tentant de les atteindre ; et Néstor, recroquevillé sur sa chaise, ne savait s'il devait se protéger ou lui allonger un coup de pied qui l'aurait sûrement calmé.

– *Fri-Fri, tais-toi*, dit en français la voix de Mme Longstaffe, toujours sur sa chaise longue, puis *sit !*, puis *raus !*, faisant preuve en un instant d'un talent de polyglotte qui aurait sans doute beaucoup impressionné les deux amis s'ils n'avaient été occupés à échanger un regard télépathique de commisération pour le petit chien, un dialogue muet que nous pourrions résumer ainsi : « Néstor, as-tu entendu comment elle a appelé le toutou ? – Oui, *Fri-Fri* doit être le fils de *Frou-Frou*, ça crève les yeux… – Pauvre bête, grâce à Dieu les animaux ne se rendent pas compte de certaines choses épouvantables, parce que… tu t'imagines… ? – Par pitié ! Je sais ce que tu penses : moi aussi, je serais horrifié d'avoir un parent (probablement mon père) réduit à l'état de momie sur une colonne d'albâtre avec une plaque d'identité dessus… – Et, ne l'oublie pas, avec la perspective de finir un jour comme lui… – Atroce. – Je pense comme toi : atroce. »

Et tous deux coupèrent la communication télépathique avec un frisson.

Ce rappel du petit maltais empaillé dans le salon aigue-marine les fit immédiatement regarder autour d'eux pour s'assurer que le style Longstaffe triomphait, dans toute sa splendeur, dans la pièce où ils se trouvaient maintenant. Ils constatèrent, par exemple, que, malgré la parcimonie de l'éclairage dispensé par une lampe Bloomsbury, on pouvait deviner la présence dans le cabinet de divers animaux immobiles qui, derrière des vitrines, les fixaient de leurs yeux de verre aveugles : un ou deux iguanes de grande taille ; à leur droite ce qui devait être un hibou, un renard pelé au regard glauque et d'autres preuves de l'amour de la dame pour la taxidermie. Mais leur inspection dut se terminer abruptement, sans qu'ils aient le temps de poursuivre la revue des vitrines d'où les fixaient d'autres bêtes immobiles car, à ce moment, Mme Longstaffe se leva de sa chaise longue (non sans difficultés) pour aller vers eux, la main tendue.

– Bonsoir, messieurs.

Ce qu'il y avait de plus remarquable chez la célèbre voyante n'était pas la masse imposante de ses cheveux blonds, ni la tunique de mousseline verte et transparente qui l'enveloppait, ni sa grande taille, près d'un mètre quatre-vingts, mais une autre caractéristique que les deux amis mirent quelque temps à percevoir.

– Dites-moi, commença-t-elle avec cette diction brésilienne qui cadrait si mal avec le reste de sa personnalité, clairement germanique, dites-moi : préférez-vous les coquillages, les cartes ou la boule de cristal ?

Et en disant ces derniers mots, elle tourna la tête. C'est alors que Carlos se rendit compte que, vue de face, Mme Longstaffe changeait de visage : elle ressemblait à Gunilia von Bismarck.

– Alors, que voulez-vous ? s'impatienta-t-elle, lasse, peut-être, de l'effet foudroyant que sa présence produisait toujours sur des inconnus. Vous ne pensez quand même pas que j'ai toute la nuit pour vous écouter. Je suis trop fatiguée pour les coquillages, donc vous avez le choix entre les cartes et la boule.

Puis, voyant que Carlos hésitait, elle ajouta sur un ton plus aimable :

– Vous savez, tous les modes de divination reviennent à peu près au même. Moi, je pratique une méthode éclectique, alors choisissez ce que vous préférez, mais faites vite.

Et Carlos répondit :

– Eh bien ! je ne sais pas... Je suppose que les cartes...

Mais il ne put terminer car, à ce moment, Néstor qui avait décidé de prendre les rênes de la conversation, fit en quelques minutes un résumé à peu près fidèle de l'histoire de la jeune femme du tableau, que Mme Longstaffe écouta en silence, l'interrompant seulement de temps en temps pour dire : « Une bien jolie histoire », ou : « Mais que c'est charmant », et parfois aussi : *« O belleça. »* Et quand il fut arrivé à la fin du récit, Mme Longstaffe, qui avait attiré le petit chien maltais contre ses chevilles pour lui caresser la tête au rythme de la narration, soupira, en même temps qu'elle tournait le corps à gauche comme pour chercher quelque chose dans le tiroir de son bureau.

A ce moment, Carlos eut l'occasion de constater l'étrange disposition de la voyante qui la différenciait des autres êtres humains : Mme Longstaffe avait deux profils complètement distincts. Par exemple, maintenant, avec son front bas et ses cheveux tirés en arrière, elle ne ressemblait plus à Gunilia von Bismarck : une métamorphose imprévue en avait fait le double de Malcolm McDowell, ce qui, pour Carlos qui avait vu récemment *Orange mécanique* à la télévision, fut un véritable choc. Il la regarda, incrédule, et en effet, c'était bien toujours Mme Longstaffe – avec un aspect terrible – très concentrée, qui fouillait dans les tiroirs de son bureau ; une fois qu'elle eut trouvé ce qu'elle cherchait (un jeu de cartes qui avait beaucoup servi), elle tourna de nouveau la tête pour redevenir la réplique de Gunilia von Bismarck, ce qui était beaucoup plus rassurant.

– … En résumé, madame, entendit-il dire son ami Néstor qui, impressionné par le silence qui planait, avait cru bon de répéter la fin de son discours, voilà pourquoi nous sommes venus vous voir. Comme je vous l'ai expliqué, ce garçon ne demande pas que vous lui lisiez son avenir dans le tarot ou autre chose du même genre, ce qu'il désire c'est un philtre, enfin un moyen quelconque qui lui permette de rencontrer une femme qui ressemble le plus possible à cette jeune femme du tableau : vous me direz que c'est un caprice, bien sûr, mais j'ai beaucoup entendu parler de vos pouvoirs, madame.

– Que savez-vous de moi ? l'interrompit brusquement la voyante, et son visage de vieille poupée Barbie semblait inquiet. J'ai comme l'impression que vous en savez long, bien trop long, sur plein de gens…

Néstor eut d'abord un sourire en tendant la main par-dessus le bureau pour toucher le bras de la pythonisse, tout en lui débitant une avalanche de compliments. Mais ensuite il resserra de plus en plus sa main comme pour exprimer par un geste quelque chose que la bonne éducation ne permet pas de formuler par des mots.

– Bien, bien, comme il vous plaira, dit Mme Longstaffe, l'air surpris, peu habituée à ce que ses clients réagissent ainsi. Excusez-moi… je ne veux pas paraître indiscrète, mais… Mais, ajouta-t-elle très vite, avec un élan nouveau, et en tournant la tête pour ressembler à McDowell, laissez-moi vous dévoiler très rapidement quelque chose. Oublions le garçon et parlons de vous : j'ai cru voir dans votre avenir certain événement qu'il vaudrait mieux que vous connaissiez.

Néstor n'eut pas le temps de renouveler la pression comminatoire de sa main, toujours posée sur le bras de la pythonisse, car celle-ci poursuivit sur le même ton :

– Vous êtes atteint d'une maladie incurable, on vous a donné le diagnostic : un cancer, n'est-ce pas ? Eh bien ! vous serez certainement heureux de savoir que vous ne mourrez pas d'un…

Nouvelles pressions saccadées de la part de Néstor, une sorte d'alphabet morse menaçant, pour transmettre quelque chose comme « taisez-vous tout de suite, vieille sorcière, plus un mot », car la dame retira son bras avec la même hâte que si elle avait reçu un coup de bec d'un de ses volatiles empaillés. Mais cela ne l'empêcha pas d'ajouter quelques secondes plus tard, comme si, au lieu d'être une pythonisse au visage changeant, elle était un boy-scout obligé de toujours dire la vérité, quoi qu'il lui en coûte :

– Permettez-moi au moins de vous mettre en garde, monsieur. Vraiment, vous ne voulez pas que nous parlions de l'état de vos poumons, ni des grands dangers qu'entraînent les glacières et les truffes en chocolat… ? Et les recettes de cuisine ? Et les carnets reliés en toile cirée ? Là-dessus non plus, vous ne voulez rien savoir ?

La vieille divague, ça crève les yeux, pensa Néstor, mais naturellement il ne dit rien.

Carlos ne devait jamais savoir s'il y avait eu un nouvel échange en morse entre Néstor et la voyante car, pendant quelques secondes, *Fri-Fri* couvrit la voix de la dame de ses jappements et de ses coups de langue et l'on n'entendit que ses derniers mots :

– … Très bien, il est inutile d'aider quelqu'un qui est décidé à ne pas savoir. Et puis – et elle parut de nouveau très fatiguée –, *isso não é comigo*, qu'est-ce que ça peut me faire ? Il est tard, aussi terminons-en et allons au plus facile : que donnerons-nous à ce garçon ?

Là-dessus, elle plongea de nouveau dans les tiroirs de son bureau avec un air très professionnel.

Cette fois, la métamorphose parut moins évidente à Carlos. Il avait sans doute dû se tromper auparavant, en pensant que la vieille dame avait le don de changer de visage chaque fois qu'elle se penchait ou tournait la tête, car, maintenant, pas de trace d'oranges mécaniques : avec la pointe de sa langue qui dardait entre les lèvres en signe de grande concentration, Mme Longstaffe était seulement le portrait vivant de l'aristocratique et célèbre Allemande de Marbella. Heureusement.

– Ça y est, dit-elle en émergeant des profondeurs dans un nuage de poussière qui n'avait rien de magique. *Sta bon*, ajouta-t-elle après s'être redressée et avoir posé sur la table un flacon de la taille du petit doigt qu'elle tendit à Carlos avec un : « Écoutez-moi bien, *filhinho* », en lui recommandant d'en prendre quatre gouttes chaque soir de pleine lune jusqu'à épuisement du flacon.

– Et le traitement terminé, mon garçon, vous serez content : le charme aura agi, c'est simple et élémentaire.

– Ce n'est vraiment pas plus compliqué que ça ?

Mme Longstaffe agita ses manches vertes d'un air las.

– Mon trésor, s'il y a quelque chose que je déteste dans cette profession, c'est sa monotonie. En ces temps insipides, les gens ne demandent que deux sortes de charmes amoureux : l'une pour trouver un partenaire qui concorde avec ses rêves, et l'autre pour conserver quelqu'un contre sa volonté. Bien sûr, il arrive parfois qu'un cas vraiment original se manifeste. Par exemple, une personne qui souhaite oublier pour toujours une passion terrible ou un désir inavouable, dit Mme Longstaffe sans cacher sa fatigue, comme si elle ne parlait pas à ses clients mais réfléchissait sur les événements de la journée. Vous avez vu ce monsieur respectable aux cheveux tondus comme ceux d'un boche de la Grande Guerre, qui vient de sortir ? Eh bien ! ce monsieur m'a fait cadeau d'une perle : il veut que j'efface de son cœur une pulsion indésirable, ajouta-t-elle en faisant preuve d'une indiscrétion aussi impardonnable qu'inconsciente, qui ne pouvait être attribuée qu'à son épuisement, tandis qu'elle se livrait à un simulacre de taille en brosse sur le crâne de *Fri-Fri* ; cependant elle se reprit tout de suite :
– Allons, ça suffit, Marlène (Marlène était-il le petit nom de la célèbre voyante : Marlène Longstaffe ?). Tout ce que je voulais dire, c'est qu'il y a un grand manque d'imagination dans les histoires d'amour : vous comprendrez que trouver la réplique de la femme idéalisée n'a rien de très original, mais enfin… si c'est ce que vous souhaitez, mon petit, voilà : ça sera quinze mille, et maintenant, si vous voulez bien, disons-nous au revoir.

Sur ce, avec beaucoup plus d'agilité que la fois précédente, Mme Longstaffe se leva de derrière son bureau pour s'affaler de nouveau sur sa chaise longue avec ce seul commentaire qui était plus un soupir qu'un adieu :

– *Virgem* Marie de Toutes les Douleurs. La journée a été vraiment *lahga.*

On aurait dit que le sacro-saint silence du cabinet de la voyante n'avait jamais été brisé par l'intrusion de clients, que le bruit des tiroirs où dormaient une multitude de flacons aussi secrets et minuscules que celui qu'avait reçu Carlos n'avait jamais altéré l'ambiance originelle de la maison : car une fois la propriétaire des lieux réinstallée sur sa chaise longue, tout redevint exactement comme avant.

La lumière parcimonieuse de la lampe Bloomsbury... les yeux vitreux des animaux... chaque chose était si intime que rester là, la consultation finie, tenait de la profanation d'une église.

C'est pourquoi, parce qu'il n'y a rien de plus irrésistible qu'une profanation, Néstor ne put s'empêcher de porter un doigt à ses lèvres pour demander le silence à son ami.

– Juste quelques minutes encore, lui dit-il dans un chuchotement pressant, et on s'en va, Carletto, mais comprends-moi : ce n'est pas tous les jours qu'on peut voir une magicienne dans sa tanière.

– J'avais cru comprendre que tu ne voulais rien savoir de ses prophéties, Néstor.

– Je ne veux pas. Ce qui m'intéresse, c'est ce que fait une sorcière quand il n'y a personne pour la regarder ; je parie qu'elle va se précipiter sur son téléphone portable, et pas précisément pour une communication avec l'au-delà.

Cela dit, le cuisinier porta de nouveau le doigt à ses lèvres, et les deux amis reprirent leur position près de la porte, comme à leur arrivée.

– Chuuut ! Juste quelques minutes.

A l'autre bout du cabinet, *Fri-Fri*, d'un bond, s'était fait un nid dans les plis de la tunique de sa maîtresse : une scène charmante. Madame s'étira. Comme avant le début de la consultation, Néstor et Carlos ne pouvaient voir que les jambes, et plus précisément le pied droit de la pythonisse qui, nu dans sa babouche, marquait verticalement la mesure d'une musique imaginaire. Et la babouche allait et venait, menaçant de tomber sur le tapis, tandis que le reste de la silhouette demeurait immobile.

– Partons pour de bon, chuchota Carlos, cet endroit m'angoisse. Et puis ça n'a aucun intérêt.

A peine avait-il dit cela qu'ils virent Mme Longstaffe, comme une prostituée qui, après les travaux amoureux de la journée, se réconforte avec le plus bourgeois des plaisirs, tendre la main vers une petite table voisine pour se servir une minuscule tasse de thé parfumé.

– Partons, maintenant, cet horrible chien peut nous découvrir à tout instant.

Mais il ne se passa rien.

L'odeur du thé, qui se répandit vite dans toute la pièce en flottant sur les meubles, fit éternuer *Fri-Fri* et chanter Mme Longstaffe : une ancienne chanson qui disait quelque chose comme *mamba umbé yamamabé*, avec une voix de vieille mezzo-soprano qui n'impressionna pas favorablement les deux espions tapis dans l'ombre. *Omi mambambá, amba umbé yamamabé*, fredonnait – faux – Mme Longstaffe. Sous l'effet de la musique et de l'odeur de l'infusion, qui était forte, Carlos crut presque voir passer une étincelle de vie dans les yeux du renard mité qui se trouvait dans la vitrine de gauche. Il serra plus fort le flacon de la sorcière, pour être sûr de ne pas le laisser tomber par inattention (ou parce qu'il était trop ému) et alerter la dame, qui continuait de siroter son thé dans cette tasse si petite qu'elle avait déjà dû (Carlos avait compté) la remplir trois fois. A la quatrième tasse, la voyante commença de parler. Mais à aucun moment elle ne se tourna vers eux : allongée dans la même position, elle fit seulement osciller davantage sa babouche vénitienne, de sorte que celle-ci semblait être animée d'une vie autonome et parler avec l'efficacité d'un pantin de ventriloque à qui elle faisait dire :

– Qui croit être mortellement malade ne mourra pas du mal qui brûle, mais de la glace ; et qui croit que les mots tuent ne devrait pas les porter si près de son cœur.

Carlos regarda Néstor, qui ne riait plus.

Au même instant un éclat de rire, qui ne provenait pas du pantin de ventriloque mais de la vraie propriétaire de la voix, emplit la pièce.

– Je savais que vous ne partiriez pas si facilement, dit-elle. Même ceux qui, comme vous, ami Néstor, jurent qu'ils ne croient pas aux présages, ne peuvent résister à la tentation de connaître ce que leur réserve le destin, n'est-ce pas ? Mais le destin réserve tant de pièges…

Et la silhouette de Mme Longstaffe se redressa sur la chaise longue ; elle replia les jambes et les pieds, et les babouches disparurent pour céder la place à un tronc de femme, un buste parlant, très droit, une tasse de thé à la main.

– Non, non, ne vous en allez pas encore, dit-elle à Néstor, comme si elle lisait dans ses pensées. Je veux juste vous donner un avertissement, et croyez-moi, si vous suivez mes conseils, vous pourrez me remercier.

– Il y a des avenirs qu'il vaut mieux ignorer, madame. Surtout quand on sait qu'on ne peut pas les changer.

Mais la vieille insista :

– Je vous dirai seulement ceci, écoutez : Néstor ne mourra pas. Vous ferez ce que vous voudrez : profitez de la vie, mon ami, aimez, écrivez un roman indiscret, apprenez à jouer du basson, n'importe quoi. Ne vous souciez pas de l'avenir, car Mme Longstaffe l'a vu clairement : Néstor n'a aucun danger à redouter jusqu'à ce que se liguent contre lui quatre thés.

Le cuisinier tenta de protester, mais la sorcière, plus droite que jamais, brandissait sa tasse comme si, dedans, flottaient tous les mystères.

– Vous êtes atteint d'un mal incurable, mais vous n'avez absolument pas à vous en inquiéter, je vous l'assure.

– Voyons, madame…

– … trop de hasards, continua-t-elle. Pour que le sort vous devienne contraire, il faut qu'auparavant se rejoignent… quatre thés (mais avait-elle dit quatre thés ou quatre T ?) et c'est impossible, vous ne pensez pas ? Même si les hasards sont des tours que les dieux aiment jouer aux mortels.

Mme Longstaffe rit de nouveau, et le chien sembla l'imiter, mais elle reprit :

– Vous n'auriez pas dû rester écouter derrière la porte, ami Néstor – et elle ne riait plus –, vraiment, vous n'auriez pas dû faire ça. Si votre seul désir était d'acheter un philtre amoureux pour notre jeune ami, il aurait été plus pratique de vous adresser à une autre voyante : ces bêtises-là, ce sont les voyantes ordinaires qui s'en occupent, mais vous cherchiez autre chose, est-ce que je me trompe ? Si, si, parce que, en réalité, vous (et elle disait *voshé*, en prononçant le h comme si elle n'était pas une pythonisse aux traits européens mais la Mae Senhora en personne, ou tout au moins Aspasia Guimarães do Pinto, célèbre *yarolixá* de Bahía, à qui aurait seulement manqué l'aspect yoruba, et en même temps elle congédiait ses clients d'un geste impatient de la main)… *voshé* êtes venu ici pour connaître votre destin et maintenant vous savez : vous n'avez aucun danger à craindre jusqu'à ce que se produise cette conjonction d'une quadruple malchance.

Et elle répéta avec l'air écœuré d'un *hooligan* britannique : Quatre T, quatre thés… Quelle infâme décoction.

La voix pouvait être celle de Mme Longstaffe, ou celle de la Mae Senhora, ou même celle d'Aspasia Guimarães do Pinto, mais le visage… le visage était celui de Malcolm McDowell, dans *Orange mécanique*, cette fois il n'y avait pas de doute. Elle leur avait même cligné de l'œil en disant : *aucun* danger.

# 7

## Un lamentable accident

Tricheuse, menteuse, charlatan, et, ce qui est pire encore, aimant les demi-vérités qui trompent, en faisant croire que l'avenir va se dérouler conformément à ses prophéties. Voleuse d'illusions. Maudite-sorcière-escroc.

Telles sont les pensées de Carlos, agenouillé près du cadavre de son ami Néstor, pendant que la cuisine des Teldi se remplit de bruits et de gens. Pauvre ami. Ils sont tous là, maintenant, à le regarder. La petite Chloe Trías, pieds nus, et probablement aussi nue sous un long tee-shirt où l'on peut lire *Pierce my tongue don't pierce my heart.* Derrière elle, Serafín Tous, l'ami de la famille, prudemment en retrait, comme si une réticence superstitieuse lui faisait craindre que le défunt ne ressuscite à l'improviste, tel un quelconque Lazare. Il y a aussi Karel Pligh, essayant d'expliquer aux maîtres de maison où et comment il a trouvé le cuisinier. Et à côté de lui, Adela Teldi (si belle, malgré l'heure intempestive, pense Carlos, avec son visage lisse, ses yeux brillants et très sages, comme si ce malheur n'était pas une surprise pour elle), tandis que son mari, M. Teldi, écoute les explications de Karel, impatient de prendre la situation en main, lui le maître.

– Bien, bien, calmons-nous. Il s'agit d'un accident tout à fait lamentable, c'est tout, dit-il, et ensuite : – En tout cas, il va falloir appeler la police, on ne peut pas faire autrement… Voulez-vous me prêter un stylo ? Où est passé le téléphone ? Mais c'est jour férié et je parie que personne ne répondra ou que ça sonnera pas libre ; l'incompétence des militaires… je veux dire de la police, est la même dans le monde entier.

Et il a déjà le téléphone dans la main pour faire le numéro, tout en promenant le capuchon du stylo sur la table de la cuisine, irrité de constater qu'en effet, le commissariat sonne occupé. Il recommence le numéro et observe, pendant ce temps, les objets qui sont sur la table : un fouet mécanique parfaitement propre, un jeu complet de couteaux neufs et, dans un coin, un exemplaire du Brillat-Savarin, protégé par un torchon de cuisine comme une custode sur un autel païen. Il faut admettre, pense-t-il, que l'homme était un cuisinier hors pair (et aussi un enfant de salaud, un véritable enfant de salaud), mais cette seconde réflexion fait partie des pensées qu'Ernesto Teldi a appris à refouler dans le monde des rêves pour qu'elles ne le persécutent pas, de sorte qu'il renouvelle l'appel… 0… 9… 1, un peu d'énergie, 091, peut-être aura-t-il plus de chance cette fois.

– La police ? Allô, prenez note… Je suis Ernesto Teldi, villa « Les Lilas », chemin des Lauriers-roses, numéro 10 bis… Il y a eu un accident ; non… rien de dramatique, ça aurait pu être quelqu'un de la famille, enfin je veux dire que ça aurait pu être bien pire.

Tout en parlant, Teldi enlève le torchon de cuisine que Karel Pligh a posé avec tant de soin sur le Brillat-Savarin, mais la conversation se prolonge, on le fait attendre, la communication est transférée dans un bureau puis dans un autre, et pendant ce temps Teldi fait glisser le capuchon du stylo sur la couverture du livre. Il constate que, pour être un livre de cuisine, il n'en est pas moins d'une propreté méticuleuse ; on n'y voit pas une tache de graisse, pas une croûte, une propreté de missel.

– Comment ? Répéter le nom de la villa ? Oui, oui, je comprends, l'ordinateur est lent. Les Li-las.

Le capuchon du stylo reprend sa promenade sur la couverture du livre, cette fois il contourne les caractères dorés du volume, il entre dans les doux sillons du cuir avant de descendre le long de la tranche et de rencontrer quelque chose qui dépasse des pages : il s'agit de la feuille de papier que Karel Pligh y a glissée, après avoir découvert le cadavre de Néstor.

– Non, non, le 10 *bis* du chemin des Lauriers-roses : *B* comme beurre, *I* comme Italie, *S* comme… c'est ça, il s'agit d'une bifurcation du chemin des Cistes…

Et Teldi joue avec cette feuille qui est là en intruse, il passe un doigt dessus comme sur la corde d'une guitare, mais personne n'observe ses mouvements. Il y a plus important à faire : Serafín Tous suggère que quelqu'un ouvre une fenêtre, tandis que Chloe Trías, avec un haussement d'épaules (et après un regard à Karel, son ami, facilement interprétable), décide de remonter pour mettre au moins un pantalon. Adela, pour sa part, profite des vitres opaques de la fenêtre, le moins cruel des miroirs, pour rajuster une mèche de sa coiffure avant de regarder Carlos qui est le seul à penser au mort et qui a enlevé sa veste pour en couvrir la figure de son ami.

Comme c'est dommage, pense Carlos, que le vêtement ne soit pas assez long pour cacher tout le corps, car le cadavre de Néstor paraît s'être étalé démesurément ; les bras et les jambes forment un X comme si tous les muscles, en dégelant, avaient décidé de s'ouvrir ainsi qu'une fleur mortuaire, même ceux des doigts, particulièrement le pouce droit très tendu et taché de bleu. Pauvre ami, répète Carlos, et ces mots reviennent comme une litanie. Peut-être Néstor, avant l'accident, a-t-il voulu noter quelque chose dans son carnet avec le stylo qui est maintenant dans la main de Teldi. Peut-être a-t-il profité du calme du petit matin pour ajouter quelques lignes dans le carnet relié en toile cirée qui l'accompagnait partout. Où l'a-t-il laissé ? Il doit être par là, sur la table de la cuisine ou à côté du fourneau. Je le chercherai dès que Teldi aura fini de téléphoner, pense Carlos. J'aimerais le conserver en souvenir.

– Comment ? tempête Teldi. Vous ne connaissez pas non plus le chemin des Cistes ? Mais dans quel monde sommes-nous ? Écoutez, mademoiselle, le premier imbécile venu sait qu'il est à la hauteur du kilomètre 24 de la départementale Coín-Ojén... C'est ça, nous allons quand même finir par nous comprendre... De quelles indications avez-vous encore besoin... Allons, allons, ça non plus, vous ne l'avez pas noté, hein ? Je le répète : je m'appelle Ernesto Teldi... non, pas Seldi, j'ai dit Teldi, T-e-l-d-i... oui, c'est ça, T comme tortue.

Carlos le regarde et sourit tristement : le ton, l'insistance, le ridicule de la comparaison. C'est le genre de propos qui aurait fait rire Néstor.

Pauvre ami. Le garçon jette un autre regard dans la cuisine, mais déjà il ne pense plus au carnet de toile cirée, pas davantage à Teldi et à son appel téléphonique ; les autres ont raison : il y a plus urgent à faire, mais dans ses pensées se coule encore la voix du *Gallego* Teldi, qui semble improviser les paroles d'un étrange tango, bien qu'il ne soit pas argentin :

– C'est la vie, vous comprenez ? Ce sont des choses qui arrivent, mourir congelé, comme c'est triste.

DEUXIÈME PARTIE

# Six jours de mars

LE DEVIN : Garde-toi des ides de mars !
CÉSAR : C'est un visionnaire, laissons-le !

SHAKESPEARE, *Jules César*,
acte I, scène 2.

PREMIER JOUR

# Le carnet de toile cirée

Plusieurs semaines avant que Néstor n'apparaisse mort dans la villa des Teldi, et aussi avant que tous ces événements ne soient prédits sur le mode le plus delphique (et mensonger, diront certains) par Mme Longstaffe, les vies des personnages de cette histoire suivaient des chemins bien éloignés les uns des autres. « Les hasards sont des tours que les dieux aiment jouer aux mortels », avait dit la voyante le soir où ils l'avaient consultée ; mais ce n'étaient que des paroles de sorcière, que Néstor et Carlos avaient rapidement oubliées. Pas entièrement, certes : les prescriptions pour rencontrer le double de la jeune femme du tableau, par exemple, avaient été bien suivies ; et même s'il n'avait pas toute la foi qu'il est préférable de mettre dans ce genre d'affaires, Carlos García prenait tous les soirs de pleine lune quatre gouttes du philtre d'amour qui lui avait été prescrit. Au cas où ça marcherait.

En revanche, que ça marche ou pas, le reste de ce qu'ils avaient entendu ce soir-là chez Mme Longstaffe se dilua dans le train-train de la vie quotidienne de la maison « Le Mûrier & le Gui ». Et la vie quotidienne de cette petite entreprise se déroulait de la manière la plus erratique, avec des mois d'activité intense, particulièrement ceux de l'été et du printemps, suivis d'autres parfaitement plats, comme ceux de février et de mars. Les membres du personnel n'étaient que trois, Néstor, Carlos García et Karel Pligh, le culturiste tchèque ; certes, depuis peu, Chloe Trías s'était jointe à eux, mais c'était une aide un peu bizarre ; en tout cas elle ne coûtait rien, puisqu'elle ne demandait pas de salaire.

Ainsi, avec des saisons de travail frénétique et d'autres de morne hibernation, comme les appelait Néstor, « Le Mûrier & le Gui » survivait, grâce surtout à la maestria de son patron pour la confection de desserts et de tartes que des restaurants réputés de la capitale achetaient et servaient ensuite comme des spécialités maison. Aux époques de vaches maigres, quand le téléphone sonnait peu et que les après-midi étaient particulièrement sinistres, sans rien à faire, Néstor Chaffino baissait le rideau de fer de la boutique avec un *porca miseria*, congédiait ses employés et restait à regarder la faïence blanche des murs.

Car tout était blanc, à l'intérieur de la maison « Le Mûrier & le Gui », une boutique gaie, bien située, qui comptait deux pièces. La plus importante était celle du fond : la cuisine, qui était vaste et occupait la meilleure place du local, avec trois fenêtres sur la rue, ouvertes à la manière de vitrines pour que tout le monde puisse admirer un lieu de travail aussi ordonné. Et ce que l'on voyait par les fenêtres était une grande pièce tout en carreaux de faïence – murs et paillasses compris – qui invitaient à la création la plus industrieuse. Aux murs étaient accrochées casseroles et poêles en cuivre, et sur la table centrale, grande avec le dessus en aluminium, on pouvait admirer les meilleurs ustensiles de cuisine, attendant de servir, chacun portant un écriteau bien visible où étaient résumées les instructions pour leur usage. Propreté, ordre, hygiène parfaite étaient les caractéristiques fondamentales du royaume de Néstor Chaffino. Dans la seconde partie du royaume, destinée à la réception des clients, l'ambiance était plus bohème. Néstor, qui n'avait pas lésiné sur les frais d'installation, avait choisi de donner à cette pièce un air… *Ritorna a Sorrento*, ainsi l'appelait-il, et sans savoir ce que cela pouvait signifier, les visiteurs se rendaient compte qu'il y avait là une mise en scène étudiée qui tenait à la fois de la maison sicilienne et de la *trattoria* sans tables de restaurant mais avec tout ce qu'il fallait d'ambiance culinaire pour suggérer, de manière subliminale, les merveilles qui pouvaient sortir de cet agréable endroit. Car si la cuisine du « Mûrier & le Gui » était parfaitement immaculée, la réception était un lieu enchanteur. Si l'arrière-boutique exhalait un doux mélange de sirop de framboise et d'un de ces détergents raffinés que l'on appelle « fées » en anglais, il régnait dans l'entrée un parfum émanant des cires les plus coûteuses et des meilleurs nettoyants, chose compréhensible étant donné la qualité des meubles. Des objets et des souvenirs de voyages en pays lointains décoraient la pièce : ici une barque avec un *O Sole mio* gravé sur la poupe ; là un poncho oublié avec une négligence très esthétique sur un canapé destiné aux visiteurs ; à gauche, une collection de presse-papiers de Murano, à droite une collection de coquillages, petites boîtes et images de saints. Et sur tous ces objets, riant ou régnant sur les murs, on pouvait admirer un grand nombre de photos portant les dédicaces manuscrites de personnages plus ou moins célèbres, plus ou moins tombés dans l'oubli, plus ou moins morts, mais qui avaient tous en commun d'avoir goûté un jour aux délices de la cuisine de Néstor Chaffino.

Du haut des murs de la réception de la maison « Le Mûrier & le Gui » les visages photographiés sourient aux clients qui entrent pour recourir à ses services (si tant est qu'il en entre, ce qui pour le moment, n'est pas le cas). Il y a là la tête d'Aristote Onassis avec pour dédicace : « *Eupharisto* mille fois, ami Néstor, le sorbet à la Churchill est une invention divine. » Et aussi celle de Ray Ventura : *« Ah ! ton bavarois, mon cher, ça vaut bien mieux que d'attraper la scarlatine, dis donc ! »* et celle de Maria Callas : « Bravo, Néstor, bra-vo ! » Oh ! oui, elle, au moins, savait apprécier mon chocolat fondant, se souvient Néstor, les soirs où il est seul dans la boutique, quand ses aides sont partis et qu'en faisant ses comptes, il s'aperçoit que février a été plus maigre que janvier. Il range la calculatrice dans son étui, soupire, pourvu que la bonne saison arrive vite, et avec elle les premières communions, les fêtes en plein air et aussi l'époque des œufs de Pâques (qui étaient la surprise préférée de la Callas, et l'une de tes meilleures spécialités, mon pauvre Néstor), mais… Pâques est encore loin. *Porca miseria...*

Et c'est ainsi que l'idée a dû lui venir, entre l'ennui de l'inactivité professionnelle des mois de froidure et la nostalgie de si bons clients, célèbres ou non, d'écrire un petit traité de secrets culinaires dans un carnet relié en toile cirée. Un carnet dont, pour l'instant, personne, à part ses proches collaborateurs, ne connaît l'existence et dont la rédaction (d'une écriture minuscule et impeccable, trois secrets par page et quelques schémas indispensables) commence de la manière suivante :

PETITES INFAMIES

(UN LIVRE DE SECRETS CULINAIRES)

PAR NÉSTOR CHAFFINO, CHEF PÂTISSIER

Préface

Tous les chefs du monde vous diront que les recettes ne servent à rien, que le secret d'un dessert excellent réside dans ce qu'on appelle le « coup de main » et que parler d'une pincée de gingembre ou de vanille revient au même que d'indiquer un brin ou un zeste. Permettez-moi de vous dire la vérité : tous les pâtissiers, de même que tous les chefs de cuisine, se réservent toujours un secret minuscule mais important qui fait toute la différence dans le résultat, une petite tricherie ou une petite infamie que je me propose ici de révéler au monde.

PETITES INFAMIES

PREMIÈRE LIVRAISON : LES DESSERTS FROIDS

Où sont abordées les particularités des desserts froids et aussi les erreurs les plus fréquentes commises par les pâtissiers débutants.

Il importe de savoir, par exemple, que pour réussir parfaitement une île flottante, il est absolument fondamental que les œufs soient frais. Le fouet peut être à main ou électrique ; l'astuce pour monter les blancs peut inclure ou non une pincée de sel, mais la formule infaillible est un grain de café. Procédez de la manière suivante :

Cependant, arrivé à cet endroit, la rédaction de ce livre si intéressant fut interrompue pour que Néstor écrive une lettre à un vieil ami :

*Don Antonio Reig*
*Pension « Aux Trois Anchois »*
*Sant Feliu de Guíxols*

*Madrid, le 1er mars...*

*Cela te paraîtra étrange, mon cher Antonio, de recevoir ces lignes après tant d'années, et plus encore si je t'avoue que, quand tu les recevras, je serai mort... ou presque.*

Néstor mordit le capuchon de son vieux stylo, un Parker 1954 en bakélite bleue et métal doré, acquis, par hasard, dans un petit stand du marché de San Telmo avec Antonio Reig, son ami et collègue, au temps où tous deux vivaient et travaillaient à Buenos Aires. Ce n'était pas facile d'écrire une lettre comme celle-là, mais il y pensait depuis des semaines. « Quand tu la recevras, je serai mort... ou presque. » Cela faisait romanesque, surtout le « presque », mais un cancer du poumon n'a rien de romanesque et le mieux était de tout préparer. Voilà pourquoi, chacun ayant sa manière à lui de faire son testament, Néstor occupait depuis quelque temps ses moments de loisir à la rédaction d'un singulier livre de cuisine, quelque chose que l'on pouvait considérer comme de la haute trahison par rapport à l'une des confréries les plus hermétiques qui existent, celle des chefs, et particulièrement celle des chefs pâtissiers, qui ne donnent jamais la recette exacte de leurs mets. Et parce qu'il s'agissait d'une trahison, parce que cela faisait plus littéraire, il avait eu cette idée d'intituler son traité *Petites Infamies.* Il y conterait les trucs les mieux protégés, les petits riens qui font la différence entre un soufflé bien levé et un soufflé aplati, le secret et le procédé jamais avoués qui transforment en art les plaisirs de la pâtisserie.

*... Comme j'ignore pour combien de temps j'en ai encore, vu mon état de santé, j'aimerais, Antonio, t'envoyer ce bref testament culinaire petit à petit. Pour l'instant je l'écris à mes moments perdus, mais, dans chaque lettre, je compte t'envoyer dix à douze astuces. Je te serai reconnaissant de les rassembler pour une publication posthume. Cela ne te semble-t-il pas une vengeance délicieuse sur tous ces collègues si fameux et si distingués qui collectionnent des étoiles dans le Guide Michelin tout en cachant au public les secrets*

*les plus élémentaires que toi et moi connaissons ?* Petites Infamies... *me paraît un titre superbe. L'autre jour, j'ai exposé mon idée à mes aides, et les pauvres ont pensé qu'il s'agissait de tout autre chose. « Tu vas révéler les petites infamies de tous ces gens importants que tu as connus avant de t'installer à ton compte ? » C'est Chloe, une fille qui travaille pour moi, qui m'a posé cette question ; et je l'ai laissée croire que c'était bien ça. Tu comprendras que, s'agissant d'un sujet aussi délicat, je préfère que tout le monde ignore ce que je suis en train de faire, qui est beaucoup plus transcendant (immortel, j'ose le dire, et cela m'enchante) que de rassembler des ragots sur les misères d'autrui. Tu t'imagines, si toi et moi racontions ce que nous avons vu et entendu depuis que nous exerçons cette profession ? Cela ferait scandale, tu ne crois pas ? Tu te souviens, par exemple, du temps de Buenos Aires ? Comment s'appelait ce couple pour lequel tu travaillais à l'époque ? Seldi ? Teldi ? Je me demande ce qu'ils sont devenus. C'est curieux : pas plus tard qu'hier, je me suis souvenu d'eux, non parce que j'avais l'intention de t'écrire aujourd'hui, mais parce que, chez eux, on faisait un magnifique pudding à la crème. Tu dois avoir la recette exacte, pourrais-tu me l'envoyer ? Donc, j'étais en train d'essayer de me rappeler, quand soudain, cette Chloe dont je te parle est venue m'interrompre : « Allons, Néstor, dis-nous ce que tu écris, raconte-nous quelques-uns de ces secrets infâmes. » Alors moi, me souvenant de ce jour où nous nous trouvions par hasard chez ces... Seldi ? je lui ai répondu : « Bien sûr, ma chère, bien sûr, mes* Petites Infamies *sont un livre qui traite des péchés des gens, mais ne crois pas que je vais parler de gens célèbres, non, pas du tout. Quand tu seras un peu plus âgée, tu découvriras que les personnes que toi et moi appelons* normales *ont des histoires plus terribles que les gens que nous voyons en photo ; on est toujours surpris, quand on pénètre leurs secrets. »*

*Tu me demanderas, Antonio, pourquoi je lui ai menti ainsi en lui disant que j'écris un livre de scandales et de médisances, alors que je n'ai jamais eu l'intention de faire une chose pareille ; eh bien ! c'est uniquement pour détourner son attention de mon* véritable *propos : les jeunes sont si indiscrets... Toujours est-il que, une fois embarqué dans un mensonge si éloigné de la vérité, j'ai continué en l'enjolivant de plus en plus : je ne peux l'éviter, c'est la déformation professionnelle ; tu commences quelque chose et, même si c'est un tissu de mensonges, au bout d'un moment tu te surprends en train de le décorer le plus artistiquement possible, comme s'il s'agissait d'un grand gâteau de mariage : un peu de nougatine par-ci… un coulis de framboise par-là. Aussi, en regardant fixement Chloe qui était suspendue à mes paroles, j'ai ajouté : « Tu es encore très jeune, mais tu te rendras bientôt compte qu'il existe sur cette terre beaucoup de gens qui ont commis dans leur vie une petite vilenie ; je m'explique : un adultère sans grande importance, par exemple… une trahison… un petit vol… peut-être même un écart homosexuel tout à fait contraire aux tendances habituelles de la personne. En d'autres termes, une action dont ils ont honte mais qui est, en réalité, parfaitement pardonnable… L'ennui, c'est que bien souvent, ensuite, parfois des années et des années plus tard, pour que cette petite infamie ne soit pas découverte, ils se voient obligés d'en commettre une autre beaucoup plus grande, une* grande *infamie, tu me comprends, ma chère ? Oh ! tu serais surprise de voir combien c'est fréquent : je connais plusieurs cas de ce genre. » Tu n'imagines pas la tête qu'a faite la fille, je l'ai laissée tout à fait convaincue que mon pauvre carnet était plein, non de desserts, mais de péchés succulents. Qu'importe ? Ce qui compte, c'est qu'elle ne vienne plus fouiller dans mon vrai propos ; et je l'ai distraite en lui promettant de lui raconter quelque vieille et scandaleuse histoire qui n'intéresse plus personne et qui mourra certainement quand je mourrai.*

*En revanche, les secrets d'un chocolat fondant parfait, ah ! non, ça ne mérite pas de partir avec moi dans la tombe. N'est-ce pas, mon cher Reig ? Alors, tu acceptes ma proposition ? Si tu es d'accord, je commencerai à t'envoyer des recettes dans ma prochaine lettre.*

*Cela t'amusera certainement de savoir que la jeune Chloe dont je te parle ne s'est finalement pas contentée de ce que je lui avais dit et a insisté si lourdement que j'ai été forcé de lui raconter une petite infamie. Cela s'est passé de la manière suivante : comme je pensais déjà à toi et au temps de Buenos Aires, j'ai eu l'idée de lui relater une petite vilenie que tu connais bien : l'histoire de Mme Teldi. Je te jure, Antonio, que je me sentais dans la peau d'Oliveira de Figueras, ce personnage de Tintin qui réunit autour de lui une foule d'auditeurs ébahis et leur raconte une vieille anecdote oubliée pour détourner leur attention d'autres faits qu'il veut garder cachés. C'était tout à fait ton ami Néstor, parlant avec emphase de Mme Teldi ou Seldi, ou quel que soit son nom. J'avais devant moi Chloe, les yeux écarquillés, et Carlos García, mon homme de confiance, et aussi Karel Pligh, un Tchèque qui m'aide pour les livraisons à domicile. Et durant un bon bout de temps (le travail est malheureusement rare, en ce moment) j'ai évoqué avec un réalisme dont je me sens fier, je te l'avoue... l'accident qui s'est produit là-bas, dans cette maison, en 1982 : la visite de la sœur cadette de Mme Teldi accompagnée de son mari. Je n'ai pas prononcé de nom ; tu sais que j'ai toujours pratiqué la discrétion, mais je leur ai raconté en détail la venue de ces parents d'Espagne, et j'ai d'abord fait une brève description du couple : j'ai dit qu'elle était belle, mais avec un air mélancolique, oui, c'est le mot qui m'est venu à l'esprit, presque triste, et que son mari m'avait paru l'un de ces rares spécimens d'hommes qui sont beaux et ne le savent pas.*

*Puis je leur ai parlé du flirt que nous avions tous remarqué entre Mme Teldi et son beau-frère. Mais, à l'époque, les adultères étaient aussi fréquents en Argentine qu'ailleurs ! C'était chose habituelle et on n'y a pas accordé beaucoup d'importance : ni nous, ni le mari, ni personne... sauf la sœur trahie, évidemment. « Parce que vous devez savoir, mes petits, ai-je dit à mes aides, que, finalement, un jour, elle les a surpris dans une chambre du dernier étage où personne ne montait jamais, car il était inhabité... »*

*J'ai raconté tout ça à ces jeunes gens, qui me regardaient avec des yeux de merlan frit. C'est curieux, Antonio, mais les récits d'adultère continuent à fasciner les jeunes d'aujourd'hui ; oui, eux qui ont déjà vécu un tas d'amours, conventionnelles, homosexuelles, peut-être même incestueuses ! Mais c'est que les amours des autres, celles qui sentent le secret et la naphtaline, sont toujours irrésistibles. Et puis, je t'avoue que j'étais vraiment inspiré cette après-midi-là en leur expliquant dans tous les détails comment, quelques heures plus tard, nous avions trouvé la sœur cadette de Mme Teldi morte, « écrasée sur les dalles de la cour de derrière, comme si la pauvre s'était laissée tomber silencieusement, très silencieusement, de la chambre où elle avait découvert son malheur ». J'ai ajouté ensuite : « Nous avons tous pu la voir, défigurée par le choc, avec pourtant dans ses yeux pas encore ternis la douleur causée par ce qu'ils auraient voulu ne jamais voir. Les histoires entre frères ou entre sœurs sont toujours compliquées, mes petits, je ne sais si vous êtes enfants uniques ou non, mais la relation fraternelle est quelque chose d'à part, on y retrouve un tas de vieux comptes pas soldés : "C'est à moi... Tu l'as toujours voulu... non, ça n'a jamais été à toi..." Il y a le fort et le faible. C'est toujours pareil, jusqu'à ce que l'un des deux gagne... De toute manière, il est clair que dans cette histoire la sœur forte portera toujours le poids de cette petite infamie, parce qu'une infidélité passagère, un égarement passager comme il y en a tant, n'aurait guère eu d'importance si sa sœur n'avait pas ouvert la porte d'une chambre du dernier étage ; mais la mort a la vertu de donner une autre dimension à la plus insignifiante des fautes : aux petites infamies. Et depuis ce jour le beau-frère et la sœur survivante ont eu à vivre avec l'image de ces yeux accusateurs qui les regardent du fond de la cour, la tête brisée sur les dalles, et la jupe obscènement relevée sur des jambes si blanches, si innocentes, qu'elles n'auraient jamais dû monter jusqu'à cette partie de la maison. »*

*A vrai dire, Antonio, je ne m'explique pas pourquoi je me suis attardé sur cette histoire que tu connais par cœur, qui n'a absolument rien à voir avec ce qui m'intéresse en ce moment, et qui ne peut évidemment pas t'impressionner comme mes jeunes gens. Car elle les a impressionnés, je t'assure. Carlos me regardait fixement, Karel Pligh n'a rien dit, tandis que Chloe voulait encore plus de détails : « Et comment s'appelait la sœur morte ? » « Peut-être qu'elle soupçonnait l'autre et le beau-frère d'avoir une liaison depuis très longtemps, depuis avant son mariage, Néstor ? » « Et l'autre mari, le cocu ? On dirait que toute cette histoire l'a laissé de bois, mais peut-être que chacun allait de son côté, comme mes chers parents. »*

*J'ai dû lui dire : « Ça suffit, Chloe, assez bavardé pour aujourd'hui », et elle a fait la moue, chose qui, chez quelqu'un d'autre, n'aurait aucune importance, mais qui, chez cette fille qui porte deux anneaux de métal, un à la lèvre inférieure et l'autre à la langue que l'on voit quand elle sourit (il paraît que c'est la mode : une horreur !), lui a donné un aspect inquiétant. « Ce n'est qu'une vieille histoire qui n'intéresse plus personne, et je ne l'ai racontée que pour remplir ce temps mort », ai-je dit, mais elle n'a pas répondu. Elle regardait mon carnet de toile cirée comme s'il contenait un grand trésor. Un fille bizarre, je te jure, Antonio, et si j'écrivais pour de bon un livre sur les infamies des autres, je devrais tôt ou tard l'y faire figurer. Non que je pense qu'elle a déjà pu commettre sa première petite canaillerie, elle est encore trop jeune pour ça, mais à mon âge je peux deviner le destin de certaines personnes... Enfin, je ne veux pas allonger inutilement cette lettre qui fait déjà un kilomètre. Si j'en avais le temps et l'envie, je te raconterais ce que je sais de Chloe Trías, mais ça n'en vaut pas la peine. Elle est l'exemple le plus classique de brebis galeuse d'une famille riche que tu puisses imaginer, punk, dans son cas, et plutôt je-m'en-foutiste, avec un ami culturiste tchèque, rien de très original en vérité, et toi et moi on ne s'intéresse pas à la vie d'autrui, n'est-ce pas, mon cher Reig ? Nous en avons tant vu... En revanche, voici quelque chose qui, j'en suis sûr, te fera plaisir : mon astuce numéro trois, qui parle de la mousse au chocolat. D'ailleurs, quand j'y pense : les gens sont comme les desserts, tu ne crois pas ? Quelle curieuse association d'idées. Si on me demandait une description de cette fille, Chloe, je dirais qu'elle est justement cela : une mousse à la menthe et au chocolat... avec du chocolat très amer et de la menthe très forte. Oui, je crois que je noterai cette réflexion sur mon carnet de toile cirée, elle me paraît très appropriée.*

DEUXIÈME JOUR

# Karel et Chloe

– Tu dois rester complètement perpendiculaire, mec, comme ça, et file-moi le rasoir ; attention, mec, bouge pas, je pourrais te trancher la jugulaire, et n'essaye pas de te regarder dans la glace, hein ? On dirait que je tonds un mouton ; tu vas être super, mec, mais me fais pas chier.

Karel Pligh inclina la tête en arrière, s'efforça de compter combien de fois par minute Chloe répétait le mot « mec », et trompa ainsi sa peur de la lame effilée qui passait et repassait sous sa lèvre inférieure. Il put constater ce jour-là que transformer une barbe classique comme celle qu'il portait depuis son arrivée de Prague en une petite brosse occupant le rectangle de peau qui se trouve entre la lèvre inférieure et le menton est une opération délicate qui prend du temps, vingt-cinq minutes au moins : soixante-trois « mec » comptabilisés, trente « super » et plusieurs « chier ». Par chance, l'espagnol est une langue très pauvre, pensa Karel Pligh, avant de répondre lui-même « super » à une question oiseuse de Chloe. A cette allure, se dit-il avec satisfaction, dans deux ou trois mois je parlerai la langue du pays comme si j'y étais né.

Et c'était vrai. Grâce à ses amours avec Chloe Trías, et aussi à sa passion pour la musique latino, quelques mois après son arrivée en Espagne Karel Pligh parlait avec aisance un espagnol très moderne où se mêlaient des expressions actuelles et d'autres tirées de vieux boléros et de congas.

Moins simple, en revanche, avait été l'apprentissage des codes secrets de l'amour à l'Ouest. Très vite, il avait pu constater la manière dont Chloe (et avant elle, d'autres filles) faisait irruption dans sa vie comme un météorite. Concrètement, ce fait n'avait rien d'extraordinaire : les filles tchèques aussi s'étaient installées dans sa vie sans qu'il ait eu le temps de dire « ce corps est à moi » car, concernant les prolégomènes d'une conquête, les choses étaient fort semblables en Espagne à ce qu'elles étaient dans sa vieille Tchécoslovaquie. Toujours la même histoire : on approche une fille, « tu danses ? », elle vous invite à boire un verre, vous acceptez, et, sans avoir le temps de dire ouf ! vous vous retrouvez dans un lit inconnu, plein d'oursons en peluche et de petits coussins roses qui affirment « tu devras embrasser beaucoup de crapauds avant de rencontrer le prince charmant », tandis que Brad Pitt ou un autre de ces acteurs capitalistes vous épie du haut de son poster épinglé au mur comme s'il voulait s'assurer que vous vous conduisez en tout point comme un homme. Cependant, il y avait d'autres détails de l'amour à l'Ouest, d'autres protocoles, qui s'étaient révélés très compliqués à assimiler pour un nouveau venu. Par exemple, quel est le type de baisers qui marquent de manière définitive la frontière entre une aventure et l'amour.

– K, surtout bouge pas d'un poil, mec, vu que ta fossette à la Michael Douglas elle est super-sexy, mais y passer le rasoir c'est la galère.

Chloe avait commencé à l'appeler K la première fois qu'elle avait accepté de lui donner un baiser d'amour, et Karel avait été ému par cet apparent hommage qui le renvoyait à l'un de ses plus célèbres compatriotes. Il lui avait fallu bien des semaines pour découvrir que, pour Chloe, K ne signifiait pas une réminiscence de Kafka mais celle d'une marque de cirage approximativement semblable à son prénom. Entre-temps néanmoins, l'amour avait grandi jusqu'à devenir adulte. Ils s'étaient connus des mois plus tôt et avaient très vite dépassé les premières étreintes, les divines explorations du corps de l'autre, tout cela sans que jamais leurs bouches se joignent ; car, s'émerveillait Karel, à l'Ouest, on peut étreindre un tas de corps, les lécher, les embrasser, les pénétrer par divers orifices, sans que se présente une seule fois la possibilité d'un baiser sur la bouche.

– Non, vieux frère, non. C'est pas que les choses soient différentes ici que dans ton pays, lui avait expliqué un jour un jeune ivrogne philosophe, dans une de ces confessions très intimes que les hommes ne font qu'aux personnes qu'ils ne connaissent ni d'Ève ni d'Adam. Ce que tu dois comprendre, c'est que les gonzesses, les petites jeunes, elles sont devenues cinglées. Question sexe, tu obtiendras tout ce que tu veux, mais pour qu'elles acceptent de te rouler un patin, il faut quasiment que tu passes devant le curé. Je te dis qu'elles ont perdu la boule. Pour moi, c'est parce qu'elles sont toutes allées voir cette connerie de *Pretty Woman* ; alors, depuis, un baiser sur la bouche, ça veut dire « je t'aime à la vie à la mort, amen », et il y a de quoi se flinguer.

Peut-être était-ce pour cela que, quand Chloe lui avait dit « Embrasse-moi, K », elle avait déjà expérimenté sur son ami le *Kamasoutra* complet.

– Fais gaffe, mec, ce rasoir est bien aiguisé, faut pas que ma main s'échappe.

La main non, mais la langue, elle – au sens littéral du terme – avait échappé à Chloe une nuit dont Karel Pligh se souvenait dans tous les détails. Depuis qu'ils s'étaient connus un matin dans un supermarché où il achetait de la noix de muscade pour une urgence culinaire de Néstor, et elle un sachet de friands au fromage et deux Coca-Cola pour son petit déjeuner, la jeune fille avait confessé beaucoup de choses de sa vie qui s'étaient révélées exactes. Qu'elle squattait avec deux amis marocains dans une mansarde sans électricité depuis plusieurs semaines ; qu'elle aimait la musique de Led Zeppelin, et aussi celle de Pearl Jam, et plus modérément les AC DC (quel dommage d'avoir des goûts aussi disparates) ; qu'elle détestait ses parents, qu'elle méprisait l'argent, et que pour rien au monde elle ne monterait sur une moto. Mais une autre nuit inoubliable, peu après leur rencontre, alors que Karel s'était déjà fait des amis de ses colocataires (Anouar et Kassem, à la saison du Ramadan), il devait découvrir d'autres aspects tout à fait déconcertants de la vie de Chloe. Et tout était venu justement du Ramadan… et d'un baiser.

– Taillons-nous d'ici, lui avait dit Chloe ce soir-là dans sa mansarde. Les garçons deviennent lourds, avec leur jeûne religieux.

Et c'est ainsi que Karel avait découvert l'autre vérité de son amie Chloe. La nuit tombait, et un taxi (parce que Chloe avait exigé de prendre un taxi, alors qu'il avait sa moto devant la porte) les avait déposés devant une de ces maisons dont Karel pensait qu'elles n'existaient que dans les films d'Hollywood des années quarante. Avant même qu'ils aient sonné, un domestique était apparu et s'était chargé du taxi, tandis que Chloe lui demandait par-dessus son épaule si les vieux étaient là.

Les vieux, ça doit être ses parents, avait interprété Karel, et il avait continué à le penser jusqu'au jour où il avait fait la connaissance desdits vieux : elle, quarante et quelques années, ressemblait à Kim Basinger, et lui était l'incarnation d'une publicité pour les Marlboro Light. Voilà donc une autre leçon que l'on apprend en arrivant à l'Ouest, s'était dit alors Karel : les parents des filles riches et rebelles ne sont plus des parents, mais des spots publicitaires.

La raison pour laquelle Chloe, ayant une maison plus grande que la Sportovni Škola de Prague, préférait vivre dans une mansarde sordide en la fréquente compagnie de cafards, avec du papier journal pour moquette et des *lebdas* légèrement pourries déroulées plusieurs fois par jour en direction de La Mecque, la raison pour laquelle elle se nourrissait essentiellement de friands au fromage et de Coca-Cola, devait être un autre insondable mystère du monde capitaliste. Mais cette nuit-là, la première que Karel passait en compagnie de Chloe dans la maison de ses vieux, il lui restait encore à affronter une épreuve initiatique beaucoup plus difficile : ce premier baiser d'amour si longtemps retardé. Et maintenant, en s'en souvenant – pendant l'inactivité forcée à quoi le soumettait son amie avec impétuosité, « faut te rendre un peu présentable, mec, de quoi t'as l'air avec cette barbe jurassique ? Assieds-toi là je vais te mettre nickel, ça sera super, je te jure » –, Karel regarda le miroir, et sans s'arrêter à sa pilosité sublabiale toute neuve ni aux fines et longues pattes que Chloe commençait à dessiner avec le rasoir sur ses mâchoires, il évoqua ce premier baiser.

Il se souvint du contact humide de sa bouche douce et ensuite du goût métallique, comme un mélange de cuivre et d'étain. Est-ce que je vais m'en tirer ? pensait Karel. Allez, plus au fond la langue : si bien qu'un instant, il avait cru qu'il allait frôler sa luette. Mais il avait rectifié juste à temps, en préférant passer la pointe sur les dents parfaites de Chloe : molaires, prémolaires, canines, incisives ; un baiser un peu trop détergent, s'était-il dit, minutieux à l'extrême et d'une précision peu romantique, mais, bon sang, comment embrasse-t-on une fille qui a un *piercing* à la langue et un autre à la lèvre inférieure ?

Comme c'était à prévoir, le lit de Chloe était couvert d'oursons en peluche. Y manquait, en revanche, le coussin avec les instructions sur la nécessité d'embrasser les crapauds, et au lieu de Brad Pitt c'était tout le groupe Nirvana qui, du mur, surveillait d'un œil critique le comportement sexuel de Karel en ce moment stellaire.

La porte s'était refermée. Ils étaient dans les bras l'un de l'autre, dans la maison de ses parents, et Chloe lui donnait son premier baiser d'amour. Je t'aime, K, avait-elle dit ensuite, je veux que nous restions toujours ensemble, toujours, toujours ; je ne veux plus jamais revenir ici, même en visite, merde. Tu m'emmèneras vivre avec toi ? Je pourrai travailler où tu travailles ? Je sais faire la cuisine, je sais aussi servir à table, et gratos ; je me fous du fric, je veux seulement être avec toi. Ton chef m'acceptera dans « Le Mûrier & le Gui » ? Dis-moi que oui. Écoute, pour que tu voies que je t'aime pour de vrai, je vais te montrer quelque chose, c'est un secret, tu sais, je l'ai jamais raconté à personne, avait-elle poursuivi de façon chaotique, et elle avait commencé à tirer de son sac un étui rouge passablement usé ; mais elle avait dû soudain changer d'idée, car elle avait seulement sorti deux CD de Pearl Jam.

– Et puis merde, ça n'en vaut pas la peine.

Karel avait été intrigué : que pouvait bien être ce qu'elle avait voulu lui montrer ? Peut-être la photo d'un amour ancien ? Les filles gardent toujours les photos de ce qu'elles aiment le plus, même quand tout est mort. Mais finalement il n'avait pas osé poser de questions. Maintenant, face au miroir, avec Chloe pour barbier, il ne tentait pas davantage de vérifier si elle trouvait vraiment super cette brosse sous sa lèvre inférieure et ces pattes fines comme une colonne de fourmis en quoi s'était transformée sa pauvre barbe. « *Al país donde fueres, haz lo que vieres* [1] », aurait pensé Karel s'il avait connu le proverbe espagnol. Comme il ne le connaissait pas, il pensa seulement qu'il lui manquait beaucoup de choses pour savoir se comporter dans le monde occidental. Mais, en attendant de s'acclimater complètement, son illusion était d'aider

1. Au pays où tu vis, fais ce que tu vois.

Chloe : si elle voulait travailler pour « Le Mûrier & le Gui » sans être payée, ce ne serait pas difficile de convaincre son chef. « Je dirai à Néstor que j'ai besoin d'aide pour les livraisons et que ça ne lui coûtera rien ; il comprendra, c'est un brave type. »

– Tu sais faire de la moto, Chloe ?

– Va niquer ta mère, avec ta moto, dit Chloe, mais tout de suite, avec cette facilité qu'elle avait de passer sans transition de la colère à l'amour, elle avait ajouté : – Embrasse-moi, K, embrasse-moi très fort.

# TROISIÈME JOUR

## PETITES INFAMIES

### DEUXIÈME LIVRAISON : LES ENTREMETS AUX ŒUFS

On ne fait pas d'omelette
sans casser d'œufs
(Dicton populaire)

*(Note à envoyer à mon cher ami Antonio Reig, en même temps que les recettes.)*

*Ce soir, mon cher Reig, je suis fatigué ; je n'ai guère fait de progrès cette après-midi et je n'ai pas le courage d'écrire. En fait, j'ai eu l'idée saugrenue de rendre visite à une pythonisse, et bien que je ne croie pas à ces sornettes, je t'avoue qu'elle a réussi à me troubler. Tu crois que nous portons tous notre destin et notre mort écrits sur notre visage ? Cela semble une absurdité, et pourtant... Enfin, pour oublier les choses de l'au-delà, je me bornerai cette fois à t'envoyer une recette qui m'est venue à l'esprit pendant que j'observais les clients de Mme Longstaffe, et particulièrement l'un d'eux. (Longstaffe, comme tu l'as deviné, est le nom de la pythonisse en question.) Je crois que j'appellerai ce délice* Œufs intacts, *qu'en penses-tu ? Évidemment, c'est ambigu, j'en suis bien conscient. Mais c'est justement mon intention, il y a dans le monde tant d'œufs intacts... Enfin, voilà la recette :*

Œufs intacts

Prenez deux œufs très, très frais et

# Œufs intacts,
# ou Serafín Tous s'achète un piano

Ce jour-là, après avoir quitté la consultation de Mme Longstaffe, Serafín Tous décida de faire une promenade avant de rentrer chez lui. Il était six heures de l'après-midi, c'était encore tôt ; il pouvait téléphoner à un ou une amie et lui demander s'il était libre pour le dîner, quelqu'un de confiance avec qui il n'aurait pas besoin de faire d'efforts, ni même d'être poli, de s'intéresser à sa santé comme l'exige la bonne éducation. Il savait qu'Ernesto et Adela Teldi étaient en ville ; lui n'était pas vraiment sympathique, mais, avec Adela, il avait partagé tant d'années, échangé tant de confidences tout au long de celles-ci, qu'il lui serait facile de trouver chez elle cette compagnie dans la solitude dont, parfois, les états d'âme les plus déconcertants ont besoin. Serafín Tous pouvait faire appel à elle sans danger : Adela ne l'interrogerait sur rien qu'il ne soit disposé à raconter. Il avait un téléphone portable dans sa poche, il lui suffisait de choisir un numéro de la mémoire, le troisième pour être précis et… As-tu ta soirée libre pour supporter un de mes silences, Adela ? Mais au lieu d'appuyer sur une touche, Serafín coupa le téléphone, comme pour faire une déclaration d'intentions : tiens bon tout seul, comme un homme, se dit-il, et il continua de remonter la rue.

Il passa le premier carrefour, quitta la place Celenque, où habitait Mme Longstaffe ; puis il prit la rue de l'Arenal vers l'ouest, en direction du Palais Royal, tout cela sans savoir où le conduiraient ses pas et ses pensées. Car, ces derniers temps, les uns comme les autres avaient leurs idées à eux, ce qui était très perturbant. Quelques semaines auparavant, pas et pensées l'avaient mené à la porte du club du *Nuevo Bachelino*, et aujourd'hui, de la même manière inconsciente, ils l'avaient conduit chez Mme Longstaffe, mais cette fois il se réjouissait de leur initiative.

– Nous sommes venus, avait-il dit à la sorcière, comme si lui, ses pas et ses pensées étaient des personnes différentes, vous demander notre aide, madame.

Et là-dessus, il lui avait raconté sa pénible visite à ce club de jeunes garçons, pour terminer en suppliant :

– Il doit y avoir, *il faut* qu'il y ait, une manière quelconque de redevenir la personne sensée que j'étais avant la mort de ma femme. Rendez-vous compte : ce n'est pas juste de se retrouver soudain en proie à certaines inclinations… Dites-moi qu'il s'agit seulement d'un mirage, dites-moi qu'il est normal que, lorsqu'on découvre tout d'un coup la photo d'un garçon qui ressemble beaucoup à quelqu'un qu'on a connu dans sa jeunesse, se réveillent en vous certaines passions inconvenantes et en tout cas périmées et, je vous le jure sur ce que j'ai de plus sacré, madame, complètement oubliées. Dites-le-moi. Assurez-moi que cette fièvre qui me dévore depuis le jour où je suis entré dans cet horrible club passera. Il doit exister *quelque chose* que vous pouvez me donner pour que je redevienne tel que Nora le voulait. Nora était ma femme, vous comprenez ? Elle est morte il y a quelques mois à peine, une perte immense…

La rue de l'Arenal coule bruyante avec sa marée de piétons, y compris ceux qui se laissent entraîner, perdus dans leurs pensées, comme des fétus à la merci du courant. Il y a de tout : touristes en sandales qui consultent leur plan, artistoïdes pressés se dirigeant vers un café, voleurs à la tire, promeneurs, passants, charlatans et mendiants, masse humaine liquide canalisée entre chaussée et murs des immeubles, qui dérive parfois vers les vitrines des magasins les plus divers, une boutique de perruques ou un Seven Eleven.

– Et pourquoi voulez-vous oublier ce garçon ? avait demandé Mme Longstaffe, sans attendre la fin de sa supplique. Pourquoi ? Mais puisque Monsieur a toujours des doigts beaux et jeunes comme ceux d'un pianiste… Monsieur est un homme respectable… Monsieur est un homme du monde.

Les pythonisses de Bahía, maudites soient-elles, s'adressent parfois à leurs interlocuteurs en employant la troisième personne, avec la déférence que l'on réserve aux gens de haut rang, mais ça ne change rien. Serafín ne se considère pas comme un homme du monde, ni même comme un homme respectable ; s'il l'était, il est clair qu'il ne ressentirait pas ce pincement au cœur en se rappelant un garçon du *Nuevo Bachelino*. C'est pour lui comme de se retrouver face à son passé : tu vois, Serafín, pense-t-il maintenant, tu es toujours le même qu'autrefois, tu n'as pas réellement changé, tu ressens la même chose que quand tu as rencontré Pedrito Martínez. Tu avais à peine dix-huit ans alors, et tu as passé une année entière à jouer des sonates et d'autres morceaux en cachette dans un entresol de la rue Apodaca. Martínez, ton jeune élève de piano. Pedrito Martínez, un nom tout à fait commun, mais quel beau corps… Remords et extase, Serafín, reconnais-le, il y a eu aussi extase et passion et… non. Non, ce n'est pas ce que tu voulais dans la vie, une existence sordide, toujours dans la crainte d'être découvert : Martínez… presque un enfant. Qu'auraient dit tes chers parents s'ils avaient fini par être au courant ? Qu'auraient dit tes amis ? Tu ne le sais que trop : tapette, tante, enculé, homo, lopette, pédophile, folle, pédé, pédé, pédé.

Rue de l'Arenal, il y a une boutique de robes de mariée avec des modèles en satin brillant et beaucoup de petites fleurs d'étoffe pour le voile. Nora n'aurait jamais choisi une de ces robes pour leur mariage ; elle portait un simple et merveilleux ensemble de soie sauvage qui la faisait paraître plus grande, et même plus jolie, avec cette sérénité des femmes qui savent rendre leur mari heureux. Il y a peu de femmes comme cela, et il avait eu la chance d'en rencontrer une juste à temps. Nora intelligente, Nora compagne, amoureuse de son homme, devinant tout sans jamais rien dire, Dieu la bénisse. Vous ne semblez pas comprendre, madame Longstaffe, elle était parfaite, parfaite pour moi, vous saisissez ?

Mais cela fait longtemps que Serafín Tous a quitté la maison de Mme Longstaffe et ce n'est pas Mme Longstaffe, c'est la marée humaine au milieu de laquelle il est entraîné en remontant la rue de l'Arenal, qui lui répond : « Laisse-toi mener, mon garçon, ne te retiens pas, pour une fois dans ta vie assume ce que tu es. »

Mais quelle idiotie est-ce là ? Il n'est plus un garçon et ne veut pas se laisser entraîner où que ce soit, c'est pour cela qu'il est allé consulter Mme Longstaffe, et elle est restée à le regarder, la tête penchée sur le côté, sa chevelure blonde tombant sur son épaule gauche. Nom d'un chien, quelle situation, même Mme Longstaffe semblait parfois avoir un visage masculin, elle était l'image vivante d'un acteur de cinéma dont Serafín ne se rappelait pas le nom. Ne me regardez pas comme ça, madame, aidez-moi, il doit bien y avoir un remède pour que, après tout ce temps, l'ombre de quelqu'un que je n'ai jamais voulu être, non, jamais, ne revienne pas me tarabuster, et puis imaginez, à l'âge que j'ai maintenant, une vieille tantouse, capable de pervertir des mineurs, qui sait… Grâce à Dieu, les vitrines de la Calle Mayor viennent à son aide comme on lance une bouée à un naufragé : « Articles religieux », affiche l'enseigne du magasin suivant, et l'étalage lui fait l'effet d'un calmant : statuettes en plâtre de divers saints, Antoine de Padoue, un saint qui fait tant de miracles ; le Christ de Medinaceli, autre champion des causes perdues ; Judas Thaddée, patron des impossibles. Des impossibles.

– Le problème de Monsieur est très intéressant, lui avait dit Mme Longstaffe, sur un ton dans lequel Serafín avait cru deviner un rayon d'espoir ; mais la vieille avait ajouté : – Permettez-moi de ne rien vous donner aujourd'hui ; j'ai besoin de temps pour étudier un cas aussi extraordinaire. Ne vous inquiétez pas, je vous téléphonerai très bientôt pour vous fixer un autre rendez-vous.

– Mais, madame, revenir ici, je ne suis pas un homme qui fréquente les voyantes : je suis magistrat, vous savez ? Une profession très délicate, qui a peu de chose en commun avec votre… art divinatoire (un art magnifique, je n'en doute pas un instant), mais comprenez-moi, quelqu'un pourrait me reconnaître et penser… Je prends beaucoup de risques en venant ici.

– Taisez-vous, taisez-vous, *meu branco*, et attendez mon appel, l'avait interrompu Mme Longstaffe, changeant la respectueuse troisième personne pour d'incompréhensibles familiarités brésiliennes tout à fait hors de propos. Après quoi, encore plus irrespectueusement, elle avait ajouté : – Arrêtez de vous agiter comme ça, *vai, vai, vai.*

Au rythme de sambas et de bossas-novas alternant avec des valses et des tangos, on chemine ainsi dans la rue de l'Arenal jusqu'à la place de l'Opéra. Une fenêtre ouverte sur le trottoir abreuve les promeneurs de toutes les musiques d'une académie de danse de salon, accompagnées des un-deux-trois, un-deux-trois, du professeur de danse.

« Vous ne pouvez pas me laisser partir comme ça, madame, sans me porter aide. Ce doit être relativement simple de me donner un de ces filtres ou de ces flacons qui ont fait votre célébrité. Après tout, la seule chose que je demande, madame, c'est de ne pas penser à de jeunes mains sur un piano, à des doigts d'enfant qui volent sur les touches », se souvient Serafín tandis que son pas s'accélère au rythme de la bossa-nova. Heureusement, les sonates qu'il enseigna jadis à Pedrito Martínez n'ont pas grand-chose à voir avec la chanson de Vinicius de Moraes qui s'échappe de l'académie de danse, et cette fois encore Serafín suit le chemin que prennent ses pas et ses pensées en l'éloignant de toute réminiscence musicale. Un peu plus loin il y a un magasin de pyjamas, puis un Pans & Co ; y succède l'antique et beau *Café del Real* ; plus avant, un bar d'où sort l'air reconnaissable entre tous de *Pajaritos* annonçant qu'une machine à sous vient de déverser le jackpot. Je vais bien, se dit Serafín Tous, je vais bien. La marée des passants m'éloigne enfin de la musique, me conduit à l'oubli, au moins jusqu'au prochain rendez-vous avec Mme Longstaffe. Du calme, Serafín, dans quelques secondes toute cette confusion se transformera en ce « ne pense pas - ne sens pas - ne parle pas » qui a marqué ta vie pendant tant d'années. C'est ça, très vite il ne restera plus rien du souvenir du club du *Nuevo Bachelino*, ni du garçon aux cheveux taillés en brosse, aux yeux tristes et aux doigts nerveux ; rien de Pedrito Martínez dans ce pauvre refuge de la rue Apodaca, dont l'a sauvé sa chère Nora avec des années d'amour et de paix. Et la marée des passants qui l'entraîne en ce moment accélère le pas, parce que la rue de l'Arenal se rétrécit brusquement et finit par disparaître dans une zone piétonnière toute récente. Mais là, dans une vitrine, muet, sans émettre une note, il y a un piano.

Lorsque, deux jours plus tard, deux jeunes et jolis garçons installent l'instrument dans le salon de sa maison, près de la cheminée, Serafín s'adresse à la photo de Nora que, par pure ironie, quelqu'un est allé mettre sur le dessus du piano neuf comme s'il y avait toujours été.

Ne pense pas à mal, Nora chérie, ce n'est pas ce que tu imagines, dit le mari à l'image de sa femme. Ce sont mes pas et mes pensées qui m'ont conduit au Real Musical, et je ne voulais pas, mais… Et puis il s'agit simplement d'un prêt, mon trésor, aujourd'hui, même les pianos sont prêtés à l'essai. Il restera chez nous deux ou trois jours, c'est une espèce d'exorcisme, je te jure, rien de plus, fais-moi confiance.

– Vous me signez le bon de livraison, chef ?

Le garçon porte une salopette bleue sans manches, ses bras et ses mains ne sont pas ceux d'un pianiste, mais Serafín les regarde quand même pendant qu'ils lui tendent un carnet à souche : les muscles se dessinent sous la peau jeune, les avant-bras graciles sont couverts d'un duvet blond et enfantin.

– Tenez, voici mille duros pour votre peine, dit Serafín.

Et en glissant le billet dans la poche supérieure de la salopette, il ajoute deux petites tapes, comme s'il y avait enfermé un petit oiseau dont il craindrait qu'il ne s'échappe à l'improviste.

– Vous avez été si aimables…

QUATRIÈME JOUR

# I. Où commencent une histoire d'amour et un chantage

*Don Antonio Reig*
*Pension « Aux Trois Anchois »*
*Sant Feliu de Guíxols*

*Madrid, le 14 mars...*

*Mon très cher Antonio,*

*Tu ne peux savoir combien je suis attristé par ce que tu me racontes dans ta lettre. Un chef de ton envergure ruiné, proscrit et condamné à cuisiner n'importe quoi sur un réchaud dans le lavabo d'une mauvaise pension ! C'est vraiment terrible. Tu me parles de tes problèmes d'arthrose : c'est décidément une malédiction qui guette tous ceux qui cultivent notre art. Par chance, dans mon cas, la fortune a décidé de me dispenser de ce fléau-là, c'est déjà quelque chose.*

*Hélas, je ne peux t'offrir de travail, Antonio. Ma petite entreprise rapporte à peine de quoi couvrir les frais, surtout en cette période, mais ne t'en fais pas, nous trouverons certainement quelque chose. Tu me demandes dans ta lettre (et c'est vrai que l'arthrose se remarque bien dans ta façon d'écrire, mon pauvre ami, quelle souffrance il y a dans ces lignes tordues et cette écriture enfantine que tu enjolives avec coquetterie en employant de l'encre verte) de t'aider à trouver l'adresse du couple Teldi dont je t'ai tant parlé dans la mienne. Pourquoi cela ? J'imagine que c'est pour solliciter leur aide dans cette mauvaise passe. Pour le moment, je ne sais où les chercher, mais vois ce qu'est le hasard : il y a deux ou trois jours, j'ai vu leur photo dans une de ces luxueuses revues étrangères. Tu te souviens de l'allure qu'avait le Gallego Teldi, dans les années soixante-dix, quand sa fortune commençait à grossir ? Je dois te dire que, pour le physique en tout cas, il n'a pas beaucoup changé, il a toujours un air distingué, avec une certaine distance, une* retranca, *comme on dit en Argentine. Pourquoi t'intéresse-t-il tellement ? Tu parles beaucoup de lui dans ta lettre et je ne sais que te dire. Il est vrai que cet Ernesto Teldi est un étrange individu ; même si, déjà à l'époque, la bonne société le considérait comme un personnage des plus respectables, tu disais toujours qu'il y avait quelque chose de trouble derrière toute cette amabilité et ces bonnes manières. En réalité, si tu as découvert un cadavre dans un placard, tu ne m'en as jamais fait part, et en tout cas, au point où nous en sommes, ce doit être un très vieux squelette qui a perdu toute importance ; les péchés des riches sont si facilement oubliés... pas vrai ?* Peccata minuta, *mon cher Reig. De toute manière, voici quelques indications, si elles peuvent te servir : selon la revue, il est maintenant un célèbre marchand d'art ; de plus, il est devenu une espèce de généreux mécène qui vit à cheval sur l'Argentine, l'Espagne et, surtout, la France. De fait, sur la photo dont je t'ai parlé, il porte la Légion d'honneur à la boutonnière ; pas mal, non ? Il doit avoir bien réussi avec son commerce d'achat et de vente de tableaux qu'il a commencé en Argentine quand tu faisais la cuisine pour lui et que j'allais te voir de temps en temps pour bavarder et boire le maté. Mais le sujet principal de cette lettre n'est pas d'évoquer le passé comme dans les précédentes, il est de te donner du courage et de t'aider à rencontrer M. Teldi, si tel est ton désir. Pour le moment, je n'ai aucune idée d'où le chercher, mais, justement pour cette raison, je suis sûr que nous allons le trouver. Ce que je vais te dire te semblera bizarre, Antonio, mais le fait est que, depuis quelque temps, j'ai la sensation que ma vie suit d'étranges mais inévitables rails, et celles de ceux qui m'entourent aussi : c'est comme si tout ce qui arrive ou qui est sur le point d'arriver faisait partie d'un puzzle de pièces apparemment disparates qui, peu à peu, se rapprochent et menacent de s'assembler. Je ne sais comment le dire plus clairement. Mais je crois que tout est en relation avec la visite que j'ai faite à la vieille Mme Longstaffe, dont je t'ai parlé dans ma dernière lettre. T'ai-je raconté comment je me suis retrouvé chez elle ? En réalité, c'était seulement pour accompagner l'un de mes garçons, Carlos García. Il s'était mis dans la tête que la sorcière lui donnerait un filtre magique pour rencontrer, en chair et en os, la femme de ses rêves. Mais oui ! Moi aussi je pense que tout ça n'est que foutaises, mais pour tout te dire, depuis ce jour, j'ai la sensation que le Destin – mon destin, en tout cas – s'amuse à créer d'étranges coïncidences. Je t'explique : un jour, je vois un monsieur complètement inconnu dans une situation compromettante, et à peu de temps de là je le retrouve dans un autre endroit invraisemblable, de sorte qu'avec deux ou trois détails, je connais ses secrets les plus intimes, tu comprends ? Tout est bizarre ! Et là-dessus, il y a les prédictions que Mme Longstaffe s'est permis de me faire (sans que je lui demande rien, naturellement) sur mon état de santé. Tu ne me croiras peut-être pas, mais ça aussi, c'est en train de se réaliser. Elle a dit que je n'avais absolument pas à me préoccuper de ce crabe qui me ronge les entrailles, et il faut bien reconnaître que, depuis ce jour-là, à la surprise des médecins, je vais tellement mieux que quelqu'un de moins sceptique que moi penserait que je suis en train de guérir. Désormais, il ne manque plus que Carlitos trouve la femme de son enfance et que je tombe sur Ernesto Teldi en pleine rue. Mais en réalité tout cela ne peut être que des mirages ; toi qui es quelqu'un de rationnel, dis-moi : crois-tu vraiment que le Destin aime jouer au casse-tête chinois avec les personnes, à assembler des pièces éparses de manière à ce que tout s'emboîte en un étrange et invraisemblable puzzle ? Non, moi non plus je n'y crois pas. Mon imagination me joue sans doute des tours et c'est pourquoi, après tout ce que je viens de te dire, je continue quand même à me comporter comme si ma vie était près de sa fin ; un cancer n'est pas une bagatelle, et donc je travaille toujours à mon projet secret. Cette fois, comme je me suis trop étendu, je ne t'envoie aucune recette, mon cher Reig, nous avons encore le temps ; mon carnet de petites infamies s'enrichit de jour en jour, et maintenant, excuse-moi, le téléphone sonne.*

– « Le Mûrier & le Gui », j'écoute… Parlez… *Allô ? Pronto ?* Comment ? Il n'y a pas d'abonné au numéro que j'ai demandé ?

Mais je n'ai demandé aucun numéro, *porca miseria*, c'était quelqu'un qui m'appelait. Je ne sais pas ce qui se passe avec le téléphone, ces derniers temps. *Porca miseria*, répète Néstor avec impatience, *porco* téléphone, *porco governo*, c'était sûrement un client important.

## II. Carlos et Adela, ou l'amour chimiquement pur

Adela raccrocha le téléphone. C'était la troisième fois qu'elle faisait le numéro et la troisième fois qu'une voix métallique lui répondait qu'il n'y avait pas d'abonné au numéro qu'elle avait demandé, alors qu'elle savait fort bien que ce n'était pas vrai ; l'amie qui lui avait recommandé les services de la maison « Le Mûrier & le Gui » (le *nec plus ultra*, ma chérie, je ne fais pas un pas sans consulter mon vieil ami Néstor, c'est un génie de l'organisation des réceptions, il s'occupera de tout) lui avait répété deux fois le numéro pour qu'il n'y ait pas d'erreur. Mais la voix métallique était implacable : il *n'y a pas* d'abonné au numéro que vous avez demandé.

Un moment, Adela pensa aller en personne au magasin. Après tout, l'adresse qui figurait sur la carte, rue Ayala, presque au coin de Serrano, n'était pas si loin du lieu où elle se trouvait pour l'instant, en pleine rue Michel-Ange. Elle regarda de nouveau la carte comme si elle avait besoin d'en être bien sûre, oui, oui, elle pouvait faire le trajet à pied ou en taxi, et régler le problème en quelques minutes. C'est vraiment la meilleure solution, se dit-elle, dans ce genre d'affaires rien ne vaut le contact direct. Et soudain, comme devinant ses intentions, un taxi s'arrêta à quelques mètres pour débarquer une cliente. Il commençait à pleuvoir. Eh bien ! voilà qui arrange tout, dès que le taxi sera libre, allons-y, se dit-elle. Elle passerait d'abord par « Le Mûrier & le Gui », elle demanderait au chauffeur de l'attendre, et une fois réglés tous les détails de la réception qu'elle pensait donner dans sa maison de campagne, elle aurait encore le temps de retourner à l'hôtel Palace et d'y rejoindre son mari avant trois heures : Madrid devient une ville antipathique, quand il pleut. Pour l'instant, elle n'avait qu'à attendre que la personne qui occupait le taxi en descende.

Une énorme masse de cheveux blonds émergea des profondeurs, puis un pied dans une babouche en soie. Étrange chaussure pour cette époque de l'année, pensa Adela, mais elle ne dit rien, la vie lui avait appris à rester indifférente à toutes les extravagances.

– Excusez-moi, dit alors la voix de la passagère et, un moment, toutes deux restèrent à se regarder. Pardonnez ma question, madame, mais pouvez-vous me dire si nous sommes bien rue Almagro ?

Quelle question stupide, pensa Adela, on était rue Michel-Ange, très loin même de la place Rubén Darío, et, de plus, personne ne descend d'un taxi sans savoir où il est ; c'est pourquoi, au lieu de répondre, elle se contenta de murmurer avec un sourire poli :

– Vous permettez ?

Elle était décidée à monter dans le taxi le plus vite possible.

– N'y allez pas, madame, dit la voix de la babouche. Allez-y un autre jour, demain par exemple. Oui, c'est ça. Remettez à demain après-midi ce que vous vouliez faire aujourd'hui. Il commence à pleuvoir, vous ne vous en êtes pas aperçue ?

Il pleut *déjà*, vieille guenon, pensa Adela, mais elle n'eut le temps de rien dire, car cette babouche étrangère ajouta :

– Et puis, savez-vous bien ce que vous faites ? Savez-vous par où on doit passer pour aller rue Ayala ?

– C'est simple, intervint à ce moment le chauffeur du taxi, qui s'était tu jusque-là, mais que sans doute le bavardage de ses deux clientes énervait. Le plus court, d'où nous sommes, c'est de traverser la place Rubén Darío, de prendre la rue Almagro et ensuite...

– Il va pleuvoir, allez-y un autre jour et par un autre chemin, insista la femme à la babouche. Vous ne voudriez pas abîmer votre manteau de fourrure, n'est-ce pas ? Il est si *jouli.*

Elle avait dit « jouli » ; de même qu'elle prononçait « il va plouvoir » ou « allez-y un outre jour ». Mais elle finit quand même par descendre du taxi pour laisser Adela en prendre possession. C'était une scène absurde, et

Pourtant, une fois à l'intérieur, Adela ne tourna pas la tête. Elle ne saurait jamais quel aspect présentait cette femme de loin, elle ne verrait pas non plus la pluie se charger d'aplatir immédiatement la masse de cheveux blonds, ni comment, pour franchir les flaques qui se formaient, elle devait relever sa jupe verte de manière à bien montrer ses babouches en soie. Quand Adela s'installa enfin dans le taxi, et avant même que celui-ci ne démarre, elle avait déjà pris sa décision.

– Alors, on va rue Ayala ? demanda le chauffeur.

Elle fit non de la tête (sans regarder en arrière, toujours sans regarder en arrière).

– Non. Conduisez-moi à l'hôtel Palace, dit-elle, puis elle ajouta : – Dites-moi, pour y aller, il n'est pas nécessaire de passer par la rue Almagro, n'est-ce pas ?

Ce à quoi le chauffeur, qui était de l'espèce loquace et qui aimait la précision, dit encore une fois :

– C'est simple – apparemment, pour lui tout était simple –, d'ici, si on préfère, on peut descendre directement à la Castellana, traverser Colón, et ensuite tout droit jusqu'à l'hôtel.

Alors Adela ajouta d'une façon complètement superflue :

– Parfait, parce que mon mari m'attend, vous comprenez ?

Et elle ne regarda plus par la fenêtre jusqu'à ce qu'elle soit arrivée à la fontaine de Neptune. La femme extravagante du taxi avait raison, elle pouvait très bien se rendre au « Mûrier & le Gui » demain et, surtout, le faire d'un autre endroit de Madrid. Il pleuvait trop.

Car si Adela aimait toujours revenir à Madrid, ville où elle était née, il y avait quelques rues qu'elle évitait soigneusement. Comme la rue Almagro, par exemple, avec ses platanes aux feuilles couvertes d'une fine peluche qui faisait éternuer, et ses trottoirs qui continuaient de trop ressembler à ceux de son enfance ; à tel point que, si elle s'y était aventurée (chose hautement improbable), elle aurait difficilement pu refréner cet élan enfantin qui, parfois, vous pousse à reprendre quelque vieux jeu, par exemple marcher sans mettre le pied sur la ligne ou s'imaginer en train de sauter à la marelle. Mais Adela n'avait jamais besoin de se rendre dans cette partie de Madrid. Le centre s'était déplacé vers d'autres quartiers, et les magasins, les coiffeurs et les restaurants, même les maisons des amis, n'étaient plus voisins de cette partie de la ville jadis si familière. Heureusement. Voilà pourquoi, le lendemain, vers quatre heures de l'après-midi, Adela n'eut aucune difficulté à se rendre rue Ayala, où se trouvait le traiteur à domicile. Une fois là, un garçon la fit entrer dans une agréable salle d'attente.

– Je suis à vous tout de suite, madame, lui dit le jeune homme. Mon chef est absent. C'est pur hasard ou malchance qu'il ait dû sortir, il le fait rarement ; mais ne vous inquiétez pas, je saurai m'occuper de vous, je vais chercher de quoi noter. Madame… ?

Et comme dans un vieux film, Carlos interrompit la phrase pour qu'Adela remplisse les points de suspension.

– Mme Teldi, avec un T comme Thérèse, répondit-elle. Et toi, comment t'appelles-tu ?

– Carlos García, pour vous servir. Et vous verrez combien notre établissement vous plaira. Je reviens tout de suite.

Pendant qu'il entrait dans l'arrière-boutique pour chercher une liste de menus, puis choisir les albums de photos de buffets et de tables les plus harmonieusement décorés avec des grappes de raisin et des fleurs ou des fruits en céramique, Carlos put voir à travers les rideaux Mme Teldi se promener dans la réception en regardant les portraits affichés aux murs. Il la vit sourire devant les personnages photographiés comme si elle en connaissait certains, puis pencher la tête pour mieux lire telle ou telle dédicace. Presque tout le monde faisait la même chose en attendant. Certains allumaient une cigarette, d'autres s'appliquaient à marcher de long en large comme pour mesurer le terrain et se l'approprier. Et nombreux étaient ceux qui décidaient de se mettre à l'aise, d'ôter leur manteau, de se déboutonner.

Encore un album, pensa Carlos. Il ne faut surtout pas que j'oublie de montrer à cette dame les photos de décorations avec des fruits, et il regarda du côté d'Adela en se sentant un peu coupable : il n'est pas bon de faire attendre les clientes. Mais elle s'était assise confortablement sur le canapé, en écartant un poncho créole qui la gênait, comme devait aussi la gêner son manteau, bien que la chaleur ne soit pas excessive. Avec un mouvement d'impatience, l'inconnue décida d'enlever d'abord son manteau, puis le foulard qui lui couvrait la gorge. Et elle le fit avec tant de hâte, que durant une fraction de seconde, Mme Teldi laissa toute sa gorge à découvert, un cou très blanc et fragile, qui se creusait légèrement en arrivant à la ligne de l'épaule.

Quel dommage, quelques années plus tôt ce devait être un cou particulièrement inoubliable, se dit Carlos, avant de revenir dans la réception avec les prospectus et les albums.

Deux ou trois jours plus tard, dès que la porte de la chambre 505 de l'hôtel Fénix se refermait sur eux, il n'existait plus d'autre monde pour Carlos et Adela. La musique d'ambiance pouvait aussi bien être *Love me tender* ou une chanson d'El Fari. Les ébats amoureux pouvaient être accompagnés d'un Fanta citron ou d'un Bailey's sirupeux et sans glace. C'était peut-être le jour, ou peut-être pas. Qu'il fasse froid ou une chaleur étouffante, tout leur était égal : ils ne sentaient que l'amour. Rencontre typique non recherchée entre une femme mûre et un jeune homme, qui avait commencé par une conversation professionnelle sur la manière d'organiser une réception, s'était poursuivie en mangeant des sandwichs à l'Embassy et s'était prolongée en buvant force verres au bar de l'hôtel Fénix, pour se terminer au lit. Tout était arrivé par hasard, même si tout était prévisible. Mais ils s'étaient revus le lendemain et puis le jour suivant, et encore le suivant ; la porte de la chambre refermée, chemises au sigle du « Mûrier & le Gui », robes d'Armani, cravates avec des oiseaux roses et chemisiers bleu pâle tombaient par terre, en silence, puis c'étaient les baisers qui ouvraient la voie de la chair nue. Et, toujours sans un mot, ils l'exploraient centimètre par centimètre avec une minutie pleine d'amour : « Il n'y a pas un endroit de toi où je n'ai déposé un baiser », chantait Wilfrido Vargas, mais ils ne portaient aucun intérêt à la musique de fond qui leur entrait dans l'oreille : Carlos et Adela écoutent, voient, sentent et respirent par la peau, « aucun endroit sacré où je ne sois passé », et pour Adela c'est une fête de parcourir de ses doigts dotés des cinq sens cette peau si jeune qui, un baiser après l'autre, appelle plus la tendresse que le désir. Quelle chance, quelle chance tu as, Adela, se dit-elle, embrasse-le tant que ça dure, sans questions, sans passé, sans futur, comme aiment les naufragés et les hallucinés, comme seules peuvent le faire les vieilles femmes comme toi. Passe tes mains sur ses cuisses, perds-toi dans ses cheveux et bois à fond cette saveur unique de tant d'endroits si beaux, aussi longtemps que tu le pourras ; tu es une femme heureuse. Et lui ? Qu'en pense-t-il ?… C'est une bénédiction que la nature ne nous ait pas accordé le don de lire dans les pensées des autres. Et elle ajoute : promène ta bouche et ta langue, aime, Adela, et plus tard, oublie. Mais n'oublie pas d'oublier, pour l'amour du ciel ; l'oubli est fondamental, car le monde s'arrête au-delà de la porte de la chambre 505.

Carlos s'est laissé emporter dans cette aventure sans regarder en arrière. A l'inverse de la femme de Lot, en amour il ne faut jamais s'arrêter pour se retourner, car on court le danger d'être changé en statue de sel. Sel stérile ou impuissant, sel trop sensé qui se demande : mais bon sang, qu'est-ce que je fiche ici trois après-midi de suite avec cette femme qui pourrait être ma mère ? Est-ce que je l'ai bien regardée ?

Non, Carlos ne l'a pas bien regardée, car dans le microcosme de la chambre 505 il n'a pas le recul suffisant. Il lui est impossible de juger l'immensité que constitue la courbure d'un cou, par exemple, ou le lobe d'une oreille, parce que, quand on vit un amour chimiquement pur, on arrive tout juste à voir quelques millimètres de peau électrisée par le désir, des chemins toujours nouveaux par où Carlos s'aventure sans boussole. « De tes hanches à tes pieds je veux faire un long voyage… » Il ne lit pas de poésie, Neruda ne l'intéresse pas spécialement, et pourtant les parcours de l'amour sont identiques, pour les poètes comme pour les serveurs. Les uns et les autres ont, une fois au moins, connu tous les accidents géographiques d'un voyage amoureux : doigts-péninsules, genoux-monticules, aines-vallées, le chemin est long et l'exploration prend son temps pour arriver au pubis, où la langue de Carlos se perd et a ses idées à elle ; oui, pour la première fois de sa vie, sa langue a ses propres idées.

Avec d'autres femmes il a parcouru des sentiers semblables, mais il l'a toujours fait en tenant un rôle. « Les femmes aiment ça… et ça… ensuite une exploration plus médicale qu'amoureuse mais toujours efficace… » et il se considérait comme un acteur consommé, parce que, jusqu'au moment où il est entré dans la chambre 505, ses expériences amoureuses (en plus d'être la recherche de la femme du tableau) ont toujours été comme un examen d'entrée. Entrée dans le club des amants infaillibles ou infatigables. Dans celui des amants tendres qui étreignent les filles quand, ce qu'ils veulent, c'est jouir un bon coup ; très bien, très bien, je lui jouerai un peu la comédie avant de filer, un petit baiser par-ci, un je t'adore par-là, tout en douceur… attention, pas de gaffe, elles s'alarment dès que tu sors du scénario.

Dans la chambre 505, en revanche, il n'y a ni scénario ni boussole, de même qu'il n'est pas nécessaire pour s'exciter d'imaginer dans la courbure d'un cou cet autre cou parfait qu'il a découvert enfant dans une armoire. Avec les autres femmes c'était facile et en même temps trompeur : il fermait les yeux et le tour était joué : Lola, Laura, Marta, Mirtha, Nilda, Norma… et ainsi de suite jusqu'à épuisement de son agenda aussi bien tenu que complet : toutes avaient le cou de la femme du tableau.

Mais cette peau, celle de… Adela (Carlos ose à peine dire son nom, par une sorte de peur superstitieuse, aussi superstitieuse que sa volonté de ne pas regarder en arrière : la statue de sel), la peau d'Adela n'a pas d'autre surface que le microscopique sentier tracé par les baisers. Et les yeux de l'amour ne s'arrêtent jamais sur une ride ou une imperfection, ils sont si myopes qu'ils seraient capables d'adorer une tache de son parce qu'elle est *à elle.*

Adela, elle, n'est pas myope. Cela fait des années qu'elle a renoncé à appartenir au club des amantes complaisantes qui, chez les femmes, a d'autres statuts que dans les clubs masculins. Pour les filles, la règle d'or ce sont les gémissements simulés et les mots osés, utilisés intelligemment aux fins d'augmenter la température amoureuse au moment opportun. Le langage de la passion est toujours en équilibre sur un fil : dire con est bon ; chatte, très mauvais ; queue, OK ; bite, plutôt mourir… règle infaillible ; simulations plus sûres que la vérité, mais il faut savoir s'y prendre, savoir quand les dire, comment moduler la voix ou la poser, car dans les obscénités comme dans les aliments, il y a des aphrodisiaques mais aussi des vomitifs.

Adela sait tout cela, même si depuis longtemps elle ne recourt plus à ces artifices, ni avec ses amours passagères, et encore moins avec ce garçon. Cependant, même si elle se considère comme une actrice si chevronnée qu'elle peut se permettre le luxe de se concentrer sur le plaisir de jouir sans se soucier de feindre, les chemins que parcourent ses baisers sur le corps de Carlos ne lui semblent pas neufs. C'est comme si ses mains avaient exploré avant, il y a très longtemps, le même territoire ; quelle bêtise, quelle sensation absurde, mais pour la première fois depuis des années, elle sent qu'elle ne contrôle pas la situation. Comment est-ce possible qu'une chose semblable lui arrive, à elle, qui est experte en amants, en amours fugaces de tous genres pour tuer la solitude ?

Solitude : le nom de sa sœur, *Soledad*, s'est glissé de façon si imprévue dans ses pensées qu'Adela sursaute.

– Qu'est-ce que tu as, tu te sens bien ?

– Mais oui, bien sûr, viens, embrasse-moi encore.

Mais voilà que même les baisers ne suffisent pas à éloigner tout à fait ce nom lié à une histoire qu'elle prétend oublier. Et maintenant, en étreignant Carlos de toutes ses forces, Adela tente d'user avec lui de la méthode qui lui a été si longtemps utile. Elle l'a expérimentée avec succès depuis ce malheureux jour où sa sœur est morte : la meilleure façon d'oublier des caresses coupables est de les noyer dans mille autres caresses, car pour oublier un péché le mieux est de le vider de tout contenu en le commettant mille fois. Et c'est ce qu'Adela a fait durant toutes ces années, aimer beaucoup de corps pour en oublier un seul.

Un moment, l'artifice semble encore une fois marcher. Adela sourit : elle a de nouveau conjuré le danger, elle est une femme très savante ; mais voilà qu'elle sent monter dans ses pouces cette étrange et bien connue impression de picotement.

Cette sensation dans mes doigts me dit que quelque chose de pervers s'approche, pense-t-elle aussitôt. Tout cela, je l'ai déjà vécu, je connais ce corps, je suis sûre d'avoir déjà aimé cette peau… Allons, Adela, se reproche-t-elle. La seule chose qui soit perverse dans cette histoire, c'est que tu sois tombée amoureuse d'un garçon de vingt et un ans. Ne fais pas ça. Profite et tais-toi, tu pourras l'aimer demain, vendredi aussi, et peut-être une troisième ou une quatrième fois, mais ne pense pas plus loin ; tu ne le sais que trop, ma chère : les rêves existent, c'est vrai, mais seulement à la condition de ne pas les transformer en réalité. La chambre 505 est parfaite tant qu'elle dure deux, trois, quatre jours, ou même beaucoup plus, penses-y ; tu pourras jouir de *mois* d'amour, si…

Si – se commande-t-elle à elle-même – tu es intelligente et si, sans perdre une minute, dès que ce garçon sera parti, tu appelles « Le Mûrier & le Gui » pour annuler irrévocablement l'organisation de la réception : jure que tu le feras.

Adela embrasse, Adela se laisse prendre par les mains, le corps et, ce qui est encore plus délicieux, elle se laisse prendre par l'odeur douce de cette peau jeune.

Quand Carlos s'en ira, tu décrocheras le téléphone pour changer tous les plans. Prétendre passer un week-end dans une maison pleine d'invités avec *lui* est complètement stupide, quand on y réfléchit : seule une femme aveuglée par l'amour essaierait de vivre sa passion en dehors de ces quatre murs, *carpe diem*, baise et ne pense pas, aime et oublie, Adela ; les rêves se dissolvent au contact de la réalité. Jouis maintenant et paie ensuite en renonçant à le voir en dehors d'ici, appelle ce traiteur sans hésiter.

Et, comme elle l'a planifié, deux heures plus tard, quand la chambre de l'hôtel Fénix est vide, quand l'amour a cédé la place au bon sens, Adela s'assied sur le lit en désordre pour faire le numéro.

– « Le Mûrier & le Gui » ? M. Chaffino, s'il vous plaît… ? Enchantée de faire votre connaissance, même si c'est seulement au téléphone, je suis Mme Teldi… C'est ça, vous avez bien compris, *Teldi* avec un T comme Thérèse. Je suis venue l'autre jour dans votre établissement pour passer une commande, et comme vous n'étiez pas là, j'ai parlé avec votre commis, vous a-t-il transmis ce que je voulais ? Bien, bien, mais maintenant je vous appelle parce que j'ai changé d'avis… (Adela passe la main dans les draps et ferme fortement les yeux, alors que ce qu'elle veut, en réalité, c'est fermer d'autres sens beaucoup plus têtus. Quel piège, quel piège, les draps de la chambre 505 qui gardent intacte l'odeur de la peau de Carlos, encore plus délicieuse que quand il est là, mon Dieu, le parfum de l'absence est toujours plus dangereux que celui des corps auxquels il appartient.)

Adela veut allumer une cigarette pour ne plus sentir ce parfum, mais quelque chose l'en empêche.

– Pardon ? Si, excusez-moi, je suis toujours là, monsieur Chaffino, je voulais vous dire que… (Maintenant la main s'aventure un peu plus loin, les doigts cherchent et trouvent des tiédeurs sous les draps délaissés : attention, Adela, il s'est commis tant de bêtises pour un creux vide dans le lit… femmes romantiques, femmes sans expérience qui ne connaissent pas les règles du jeu.)

– Vous m'entendez, monsieur Chaffino ? Excusez-moi, je réfléchissais… Écoutez, je vous appelle parce que… (Ne fais pas ça, Adela, ne fais pas ça.) En réalité, je vous appelle… pour confirmer ce que nous avons convenu – et voici Adela traîtresse à elle-même, parce que la forme du corps de Carlos est encore dans les draps : cela ne fait pas dix minutes qu'il est parti ; et elle sent encore sur ses lèvres le baiser, « A demain, mon amour »… comme elle sent aussi cet inexplicable picotement dans ses pouces qui l'avertit : *by the pricking of my thumbs something wicked this way comes.*

– Oui, oui, c'est ça, je vous confirme… sauf que, au lieu d'un week-end, nous nous limiterons à un seul dîner le samedi soir. (Tu es lâche, ça ne règle rien, quelle différence, qu'il vienne un jour ou un week-end ?) Alors, c'est d'accord ? Je vous rappelle demain pour mettre les détails au point, cela vous va ? (Tu as perdu. Tu es vaincue. Tu commets la même maladresse que toutes ces femmes stupides dont tu te moques si fort.)

– C'est ça, c'est décidé. Dites-moi, monsieur Chaffino, vous et vos commis, comment préférez-vous aller là-bas ?… Parfait, parfait, je vous enverrai un chèque. Il n'y aura qu'un jour de réception, mais quel grand jour !

# CINQUIÈME JOUR

## PETITES INFAMIES

### TROISIÈME LIVRAISON :

### LES SORBETS ET AUTRES ENTREMETS GLACÉS

*Madrid, 25 mars...*

*Cher Antonio,*

*Je te l'avais dit ! Je te l'avais dit ! Ma prédiction s'est réalisée : les Teldi sont apparus. Tu ne me croiras pas, mais le jour même où je t'ai écrit ma dernière lettre Adela Teldi en personne m'a appelé dans mon établissement ; elle veut que je l'aide à organiser une réception dans sa villa du Sud, qui s'appelle « Les Lilas ». D'abord, ce devait être un week-end complet avec de nombreux invités logés dans la maison, déjeuners, dîners et petits déjeuners, etc., tu t'imagines, mais finalement ce ne sera qu'une grande réception le samedi. Peu importe. Ça fera moins d'argent, mais l'incroyable, c'est que mon pressentiment n'ait pas été trompé.*

*Qu'en dis-tu ? En tout cas, ce hasard t'est profitable ; maintenant je peux te donner l'adresse des Teldi comme tu me le demandais (celle de Madrid est facile, ils sont descendus au Palace) et je te joins aussi celle de leur villa des Lilas, si tu préfères leur écrire là-bas. Et maintenant revenons à notre affaire, malgré toutes ces coïncidences et ces surprises, il ne faut pas délaisser les sujets professionnels.*

*Prépare-toi à te réjouir des délices que je t'envoie dans cette lettre. Il s'agit des meilleures astuces pour faire des sorbets, les rois des desserts froids. Mais avant de commencer avec mes petites infamies, une prière.*

*Il est logique, Antonio, que je t'écrive des lettres, puisqu'elles accompagnent mes recettes, mais je crois qu'il serait plus pratique, dorénavant, que tu me répondes par téléphone. Naturellement en PCV, il ne manquerait plus que ça. J'espère que ce que je vais te dire ne t'attristera pas, mon ami, mais j'ai beaucoup de mal à lire ton écriture. De plus, comme tu te sers toujours d'encre verte, ton écriture ressemble... ressemble à une triste rangée de perruches sur un fil. Il y a même des parties entières que je n'arrive pratiquement pas à déchiffrer ; par exemple un paragraphe dans lequel tu me confies un vieux secret concernant les Teldi, une affaire qui, d'après ce que j'ai compris, est liée aux disparus d'Argentine, et je ne sais quoi encore ; ce qui est sûr, c'est que cette partie de ta lettre est presque incompréhensible, mais demain, pendant le voyage, je te jure de la déchiffrer en entier. Seulement, quoi que tu aies à dire à Teldi, je te recommande de le faire en soignant ton écriture ; les gens n'ont pas la patience de lire trois ou quatre pages mal écrites et à l'encre verte ; ils se découragent tout de suite, c'est le mal de notre époque, Antonio : tout le monde se décourage.*

*Tout le monde sauf moi, dois-je ajouter. Voici mes projets dans l'immédiat : je pars pour Malaga organiser la grande réception des Teldi pour un groupe de collectionneurs qu'ils veulent fêter pour je ne sais quelle raison. Je te raconterai, mais je suis déjà sûr que ce sera intéressant ; j'aime beaucoup les réunions, la maison pleine de gens divers : il y a tant d'imprévus. Pour m'aider, j'emmène Chloe, la petite dont je t'ai parlé dans ma première lettre, qui sert bien à table, avec Karel Pligh et Carlos García. Tous trois ont l'habitude de ce genre de dîners à la campagne et je n'aurai à m'occuper que de la cuisine et de mes chers desserts. Je crois même que je vais en inventer un pour l'occasion, un sorbet surprise digne des Teldi : froid, cher et très spectaculaire, qu'en penses-tu ?*

*Et à propos de desserts : je t'envoie mes trucs secrets de la semaine qui, cette fois, traitent des sorbets et des glaces. Mais auparavant, rappelle-toi ce que je t'ai dit : soigne ton écriture, mon cher Reig... Mais dis-moi : tu ne penses pas à faire chanter Teldi, n'est-ce pas ? Il faut faire attention à ces choses-là. Si je ne suis pas trop indiscret, j'aimerais bien que tu m'expliques ce que tu projettes, nous sommes amis, non ?*

*Bon. Voici mes deux infamies de la semaine.*

Astuce du maître Paul Bocuse
pour améliorer la consistance d'un sorbet à la mangue

Pour que la texture d'un sorbet aux fruits, et particulièrement à la mangue, ne s'effondre pas, il est nécessaire d'avoir à portée de main une tige de souci en fleur, ou mieux, deux tiges : on procède ainsi

SIXIÈME JOUR

# Ernesto Teldi et Mlle Ramos

La rotonde de l'hôtel Palace a été photographiée une infinité de fois pour servir de fond serein et respectueux à des reportages sur les personnages les plus divers. Ses tapis de la Fabrique royale ont amorti les pas félins de Julian Barnes à la recherche du fauteuil adéquat pour poser en exhibant de luxueux mocassins français. Les palmiers du hall ont permis à Latoya Jackson d'essayer les poses les plus originales ou, simplement, d'exhiber sa figure très blanche apparaissant entre les branches comme une méduse de Versace. Et des sportifs célèbres, des acteurs devenus légendes. Des intellectuels de gauche, aussi, et des hommes politiques de droite (toujours modérés) : tous ont choisi un jour ou l'autre ce ventre lumineux et accueillant, unique parmi les hôtels madrilènes, non seulement pour être à leur avantage sur la photo, mais aussi parce que les ambiances parlent d'elles-mêmes et que cette fameuse rotonde ajoute à la personnalité du photographié le message muet suivant : prenez note, mesdames et messieurs, je suis quelqu'un qui ne dédaigne pas le luxe, mais sans ostentation ; le confort, oui, mais avec une touche de décadence bien imitée. Je respecte l'aspect intellectuel de la vie, c'est certain, mais la sensibilité artistique doit comporter, ah ! c'est indispensable, une imperceptible pincée de sophistication : juste, équilibrée, parfaite.

Telle est l'ambiance unique de la rotonde du Palace, ou du moins telle est l'opinion qu'en a Ernesto Teldi, et c'est la raison pour laquelle il y a donné rendez-vous au photographe et à la journaliste de *Mécènes des arts*, une revue spécialisée que reçoivent près de 350 000 abonnés ou entités triées sur le volet dans toute l'Europe ; une publication prestigieuse qui sollicite depuis des mois une interview « de nature professionnelle mais avec une touche humaine, le côté intime des gagnants, quelque chose de haut niveau, dans la ligne de la revue *Fortune*, vous voyez ce que je veux dire ».

Cela fait un moment qu'Ernesto Teldi attend Mlle Ramos et son photographe ; et comme dans une mise en scène bien préparée, on peut voir sur la petite table qui est devant lui les reliefs d'un petit déjeuner frugal : jus de pamplemousse, tasse de thé, quelques miettes de toast, tandis que son propriétaire feuillette le *Financial Times*, seulement les pages culturelles, naturellement.

– Bonjour, mademoiselle Ramos, Agustina Ramos, c'est bien cela ? Un baiser pour elle, une poignée de main avec une petite tape dans le dos pour le photographe. – Permettez-moi de me présenter, je suis Ernesto Teldi, ajoute-t-il avec cet air, entre camaraderie et distance, dont il sait qu'il est apprécié des journalistes d'élite, particulièrement des demoiselles Ramos de ce monde qui sont, en général, très cultivées, parfois gauchères, voire bigles, ce qui leur confère la légère originalité que leur refuse le reste de leur aspect. De plus, elles sont souvent, étonnamment souvent même, filles, nièces ou parentes très proches d'un peintre inconnu ou injustement oublié mais d'un immense talent (que d'inculture il y a en ce monde !), toutes raisons qui font que les demoiselles Ramos se considèrent comme des femmes peu chanceuses, conscientes de ce que leur intelligence est misérablement sous-employée dans une revue très chère mais pseudo-intellectuelle comme *Mécènes des arts* et, surtout, oui, surtout, très malheureuses d'être forcées d'aller partout en compagnie de Chema.

Chema, c'est l'inévitable photographe. Beaucoup plus jeune que Mlle Ramos, avec l'habitude impardonnable de mastiquer du chewing-gum et d'être vêtu d'une manière peu artistique : une funeste alliance de Nike rayés et de pantalons à carreaux qui dénote son mauvais goût mais ne l'empêche pas de prendre des photos splendides, tellement splendides qu'elles éclipsent les textes toujours brillants de Mlle Ramos, laquelle, cette fois, n'a absolument pas l'intention de se laisser éclipser, et d'ailleurs elle a préparé à l'intention de Teldi une batterie de questions incisives (parfois acides, voire impertinentes), mais toutes solidement documentées : intelligence et piment à parts égales, telle est la recette infaillible, pense Ramos, ils vont voir, ses imbéciles de chefs de la revue *Mécènes*... ce qu'est une interview de première classe.

– Bonjour, monsieur Teldi.

Mlle Agustina Ramos s'est enfoncée, en disparaissant presque, dans l'un des énormes fauteuils à la tapisserie couleur cire, très confortables sans doute, mais trop enveloppants pour une personne de dimensions réduites comme elle, ce qui ne l'empêche pas de préparer le magnétophone.

– Un-deux-trois, essai, dit-elle, et elle ajoute, en manière de référence : – Interview d'Ernesto Teldi, marchand et grand collectionneur hispano-argentin.

– Je dirais plutôt hispano cent pour cent, précise Teldi, avec un accent américanisé qui semble le démentir. Beaucoup pensent que je suis argentin parce que j'ai passé la moitié de ma vie à Buenos Aires et que j'ai, de plus, un nom à consonance italienne, mais je vous certifie que mes quatre grands-parents sont espagnols.

Mlle Ramos n'aime pas les interruptions, c'est la barbe : il faut rembobiner la bande. Et puis la précision n'est absolument pas nécessaire. Elle a préparé l'interview à fond, elle sait très bien que Teldi était un jeune Madrilène qui avait peu d'argent et beaucoup d'ambition, et qui, vers la fin des années soixante – et contre l'avis de tous –, a décidé de quitter un emploi assuré pour tenter sa chance en Argentine. L'époque ne semblait pas des plus propices, les temps glorieux de ce pays étaient déjà loin mais, malgré tout, Teldi a réussi à faire fortune, particulièrement dans les années soixante-dix et quatre-vingt, en achetant une grande quantité d'œuvres d'art à un prix infime en comparaison de la cote qu'elles atteignaient en Europe : Sorollas, Guttiérez Solanas, Rusiñoles, Zuloagas, même parfois de petits Monet, Bonnard ou Renoir, des œuvres superbes arrivées à Buenos Aires au début du siècle. Grâce à ces succès, Teldi est aujourd'hui un homme arrivé, un professionnel respecté qui, de plus, est devenu récemment un généreux mécène, tout ce qu'il faut pour être le personnage idéal dans une revue d'art à laquelle elle a la disgrâce de collaborer, une revue qui ne sait parler que de richards et de talents consacrés par les dollars d'une bande d'analphabètes.

– Dites-moi, monsieur Teldi, dans l'art, quel est l'aspect qui compte le plus pour vous : distractif ou lucratif ? demande la demoiselle, parce que cette question originale prélude à toute interview de *Mécènes des arts.*

Tu parles d'une connerie, pense Ramos, en maudissant mentalement M. Janeiro, promoteur et maître à bord de la revue millionnaire, et maître aussi d'une chaîne de magasins de chaussures qui lui permet d'humilier des personnes sérieuses comme elle, qui se voient forcées de poser des questions aussi stupides : distractif ou lucratif ?

Teldi s'est cambré dans son fauteuil. Lui aussi trouve que la question est une fumisterie : tout le monde, aujourd'hui, sait que l'art tient beaucoup plus du commerce que de n'importe quoi d'autre, mais cela ne l'empêche pas de donner la réponse adéquate.

– Ni distractif ni lucratif, bien sûr. L'art est un plaisir esthétique, un bien pour l'humanité ; il est ce qui nous différencie de l'animal et nous rapproche des dieux.

Bien, pense Ramos. Une fois accomplie la corvée obligatoire, elle peut attaquer à fond : elle sort un carnet dans lequel elle a eu la patience de noter tous les faits et dates de la vie de Teldi. « Fais gaffe, Teldi, se dit-elle, accroche ta ceinture, je t'envoie le premier Exocet. » Et elle se lance dans une question très provocatrice, saupoudrée d'intelligence au vitriol et pourtant… pourtant, avant de l'énoncer en entier, sa concentration est perturbée par deux bruits. Le premier provient des mâchoires du photographe, qui mastique son chewing-gum en cadence pour accompagner le second, clac, clac, clac, CLAC, pendant que Chema tournique autour de Teldi en faisant photo sur photo, chose qui révolte toujours Mlle Ramos, car elle n'a pas le droit de se plaindre : le directeur de *Mécènes des arts* veut que les photos soient réalisées pendant la conversation, « pour donner du mouvement et de la véracité au reportage, Ramos, vous ne comprenez rien, vous ne vous rendez pas compte que l'image est *fondamentale* dans le monde moderne, une expression vaut mieux que mille mots. Ramos, s'il vous plaît, ne faites pas votre tête de mule ».

Et Ramos ne fait pas sa tête de mule, même quand Chema s'interpose entre elle et l'interviewé pour immortaliser la façon toute personnelle dont Teldi se caresse le menton en répondant à la dangereuse question que la demoiselle a laissée inachevée :

– Non, non, vous vous trompez, ma chère. Je vous assure que

la facilité avec laquelle on pouvait acheter des tableaux en ce temps-là n'a *rien* à voir avec la situation politique de l'Argentine dans les années soixante, rien à voir avec la répression militaire ni avec les crimes atroces de l'armée. Le boom artistique est antérieur à cette époque. Vous comprenez qu'étant, comme je le suis, membre depuis des années d'une commission d'enquête des U.N. – You-Ene, dit Teldi, comme s'il prononçait Nations unies en anglais, pour donner un ton plus cosmopolite à son travail humanitaire. – Je suis membre, je le répète, d'une commission d'enquête sur les droits de l'homme et, dans ces conditions, jamais je n'aurais profité d'une conjoncture aussi lamentable pour…

– Pour devenir riche aux dépens des pauvres familles qui, en sus de leurs terribles souffrances, ont vu leurs biens dévalués durant la dictature militaire.

– Mais naturellement, ma chère, l'interrompt Teldi – qui sait bien qu'avec ce genre de viragos, le mieux est de se mettre en tête de la manifestation et, plus encore, de la devancer –, c'est bien la raison pour laquelle nous avons créé l'APAVTE, l'Association Philanthropique d'Aide aux Victimes du Terrorisme d'État ; il est de notoriété publique que j'en suis l'un des fondateurs, et au prix de grands risques personnels, croyez-moi. Rappelez-vous que nous parlons de la période 1976-1983, et que l'époque n'était pas la meilleure pour jouer aux héros, je vous assure.

Il la regarde. Ses yeux débonnaires de philanthrope semblent se poser avec indulgence sur les mollets de Mlle Ramos, qui sont la partie la plus gracieuse de son anatomie : « jolis mollets », disent ces yeux, et Mlle Ramos sourit presque, car elle n'est pas du tout insensible aux yeux masculins, surtout s'ils appartiennent à un *connaisseur.* Même ainsi – le devoir avant tout –, elle arrive à poursuivre sans rien perdre de sa fermeté inquisitrice :

– D'accord, d'accord, ce n'était pas un temps propice aux attitudes héroïques, mais la situation telle qu'elle était permettait de devenir riche. Oui, c'était le temps du terrorisme d'État. Alors, quel est votre secret ?

– Il n'y a pas de secret, répond Teldi (le regard est descendu des mollets aux chaussures de Mlle Ramos qui aimerait les dérober à sa vue, il ne faudrait pas que ces yeux galants découvrent qu'elles ne sont qu'une imitation de chaussures de luxe). Voyez-vous,

Agustina (comme son petit nom sonne bien dans la bouche d'un homme comme lui), le seul secret, pour s'en sortir dans des époques aussi terribles que celles dont nous parlons, c'est beaucoup de travail et un grand mépris des militaires. Mais nous sommes ici pour parler d'art et non de politique, n'est-ce pas, ma chère ? Nous devrions peut-être recentrer un peu le fil de la conversation.

A ce moment, Chema profite de la véhémence que Teldi a mise dans le mot *fil* pour attraper au vol une image superbe de lui, une expression à la fois bonhomme et majestueuse, qui, soudain, déclenche chez une dame qui prend son petit déjeuner à deux tables de là une exclamation à voix basse, un « oh ! » accompagné d'un coup de coude dans les côtes de son mari.

– Regarde, Alfredo, une célébrité ! dit la voisine. Tourne la tête, à gauche, ça ne serait pas Agnelli, le patron de Maserati ? On dirait vraiment un cardinal florentin !

Et le mari, qui est au courant de tout, répond qu'Agnelli n'a jamais été le patron de Maserati, idiote, mais de la multinationale Olivetti, tandis que les flashes de Chema se succèdent à la cadence d'un tir de mitrailleuse et que Mlle Agustina Ramos fait un grand effort pour resserrer le cercle de ses questions incisives autour de Teldi.

– Très bien, vous avez raison, il n'a jamais été démontré que vous ayez eu des relations avec les militaires, et cela parle en votre faveur, car c'eût été impardonnable. Revenons donc à l'art, et seulement à l'art, mais, vous voudrez bien m'excuser, à ce sujet également se sont tissées certaines légendes sur votre fortune. Est-il exact, par exemple, qu'une fois vous avez acheté un Monet magnifique pour une valeur dérisoire à un homme qui, plus tard, acculé par ses créanciers, a fini par se suicider, et que vous l'avez revendu par la suite pour vingt fois cette valeur ?

– Oui, dit Teldi avec un sourire enchanteur, l'information est correcte du point de vue économique, mais le reste de l'histoire diffère légèrement de la réalité. Non seulement le propriétaire du Monet est vivant, mais il est aujourd'hui l'un de mes meilleurs amis et un des hommes les plus riches du Cône Sud. J'aime aider les autres pour qu'ils m'aident à leur tour : y a-t-il là quelque chose de répréhensible, Agustina ?

Mlle Ramos trouve M. Teldi de moins en moins répréhensible.

Surtout quand ses yeux se fixent sur elle, chose qui ne se passe que de temps en temps, juste ce qu'il faut pour se faire désirer. En réalité, alors qu'elle se targue d'une intuition infaillible dans sa connaissance des gens, elle trouve de plus en plus admirable l'attitude de cet homme séduisant qui, malgré ses questions mordantes, sourit toujours, et a même une fois (une seule, bonté divine !) tendu sa main droite vers le canapé sur lequel elle est assise, sans aller pourtant jusqu'à la toucher : tout d'un gentleman, cela ne fait pas de doute. Il la regarde de nouveau. Mlle Ramos se sent fondre et court le risque de se répandre comme une flaque sur le canapé couleur cire. Mon Dieu, aucun appareil photo ne réussira jamais à capter l'aura de ce mécène, de ce philanthrope raffiné. Et puis, se convainc la demoiselle, elle a beau vouloir rester mordante comme son devoir l'y oblige, les faits parlent d'eux-mêmes : Teldi énumère ce à quoi il a dépensé une grande part de l'argent honorablement gagné grâce à sa passion pour l'art.

– Deux écoles pour enfants abandonnés, sais-tu, ma chère (comme ce tutoiement sonne merveilleusement, et ce « ma chère ») ; et aussi des bourses pour les artistes de talent, pas seulement des peintres, mais également des musiciens, des écrivains ; l'art le mérite bien, il faut savoir rendre ce que la vie nous donne, tu ne crois pas ?

Et Mlle Ramos croit tout ce que lui dit cet homme si sensible, quel prodige de simplicité et que de vérité il y a dans ses paroles.

– Ça y est, dit la femme de l'homme prénommé Alfredo, deux canapés plus loin. Ce type n'est pas Agnelli. C'est un acteur. Comment s'appelle-t-il… ? Anthony Hopkins ? Sean Connery ? Non, je ne suis pas sûre, ce monsieur a une moustache et des cheveux gris, mais en tout cas, pour moi c'est certain, c'est une personnalité du spectacle, les acteurs, même dans la vie réelle, restent si simples, tu ne crois pas, Alfredo ?

Mais Alfredo ne croit rien. Il s'en fiche complètement. C'est vrai que les hommes qui ont l'air distingué et les cheveux gris fascinent les femmes, mais en revanche ils ne sont guère sympathiques aux maris, surtout quand ceux-ci sont chauves. Et puis Alfredo n'arrive pas à saisir ce qu'ils disent, il a seulement la certitude que cet individu n'est pas Sean Connery et que cette pauvre fille, la journaliste, est en train de tomber dans la même transse hypnotique que sa femme. Pour moi, pense Alfredo, c'est juste un frimeur à la gomme, mais il se borne à dire :

– Allez, Matilde, on s'en va.

– Bon, bon, je ne veux pas que nous parlions seulement de l'Art avec une majuscule, dit au même moment Teldi à Mlle Ramos. C'est très bien de parler de Monet et de se féliciter d'être l'heureux possesseur de tant de merveilles, mais il y a autre chose dans la vie qui me donne beaucoup plus de plaisir, et je crois que je peux le raconter à quelqu'un comme toi. Mais d'abord arrête le magnétophone, cela n'intéresse pas une revue comme *Mécènes*..., même si elle a 350 000 lecteurs parmi... *Mercenaires de l'art*, voilà comment elle devrait s'appeler, et non *Mécènes*, tu es d'accord ?

Mlle Agustina ne peut qu'être d'accord. Elle arrête le magnétophone. Puis elle regarde Chema pour voir si ce rustre ne va pas gâcher la confidence ; mais Chema, qui a fini ses photos, mastique du chewing-gum à dix mètres de là, tout en vérifiant une cellule photoélectrique.

– C'est une petite bêtise, je sais, mais j'y prends tant de plaisir. Tu vas voir, je sais que, toi, ça te plaira. Je suppose que les grands philanthropes que tu interviewes te racontent leurs relations avec les autres mécènes, ils t'expliquent comment ils se réunissent pour parler des objets qu'ils acquièrent et organisent une fête à seule fin que leurs amis et rivaux admirent, par exemple, une vierge byzantine qu'ils viennent d'acheter à un marchand spécialisé dans l'exportation d'œuvres des pays de l'Est ; et tu penses bien, ils trichent tous. Naturellement, il m'arrive de temps en temps de me prêter à ce genre de pantomimes ; je vais à leurs cocktails et je fais des affaires avec eux, mais ce que j'aime vraiment, ma chère, ce sont les amoureux de l'Art avec une majuscule, et quand je dis majuscule, je ne parle pas de ce qui est cher, mais de ce qui *m'est* cher. Si tu savais ce que je prépare pour la semaine prochaine...

Si je pouvais en savoir plus sur toi, Ernesto Teldi, pense Ramos, je serais prête à oublier le mercenaire *Mécènes*, et aussi les interviews incisives et toutes ces informations troubles que des gens malintentionnés se creusent la cervelle à inventer sur toi, alors que ce ne sont que des calomnies déversées sur quelqu'un de vraiment formidable, si je pouvais, si je savais... Voilà ce que pense Ramos, même si, au moins extérieurement, un prurit professionnel lui fait encore garder le maintien d'une journaliste inaccessible. Résiste, Agustina, se dit-elle comme si elle défendait les remparts de Saragosse en 1808. Résiste toujours. Mais la poudre des canons de cette Agustina-là est mouillée.

– Écoute, j'organise une petite fête dans quelques jours, et tu *dois* y venir, lui dit alors Teldi, comme si l'idée venait de lui traverser l'esprit, comme s'il ne s'agissait pas d'une méthode pour neutraliser un perroquet, ou mieux un cacatoès, plein de prétentions artistiques et de dangereuses questions sur son passé argentin. Je suis un homme du peuple et j'aime revenir au peuple. Tu vas voir, je t'explique : je veux réunir dans ma maison un groupe de collectionneurs. Mais pas de grands collectionneurs, non, rien à voir avec ceux qui trustent les Picasso ni avec les richards stupides qui collectionnent les premières éditions de *Hamlet* sans avoir jamais dépassé la première page, même s'ils citent tout le temps *To be or not to be* sans connaître, comme toi, ce merveilleux passage : « Mon Dieu, combien me semble abject, plat, fatigant, stérile l'ordinaire de cette vie… etc. », enfin, tu vois, des gens qui n'aiment pas l'art mais la *possession* ; tout le contraire de mes invités.

Et Ernesto Teldi passe à l'acte suivant : séduire Mlle Ramos (ou, ce qui revient au même, les 350 000 lecteurs de sa revue, tous gens intéressés au commerce des tableaux) avec une de ses idées originales.

– Une idée que, naturellement, je ne veux pas voir reproduite dans *Mécènes*. Restons-en, pour ces mercenaires de l'art, à la partie politiquement correcte de ma personnalité, tu comprends : tu leur raconteras comment j'ai développé mon activité de mécénat, mes efforts pour que l'art parvienne au plus grand nombre, mes bourses pour les jeunes talents, et basta ! De toute manière, ils n'ont aucune sensibilité et ne méritent rien de plus profond. Toi et moi, en revanche, nous sommes différents.

Et comme pour illustrer son propos, il lui explique immédiatement qu'elle lui ferait une grande joie si elle acceptait de se joindre à eux le week-end suivant, pour rencontrer des collectionneurs vraiment très originaux : amateurs de soldats de plomb, amoureux de pots à bière ou d'animaux empaillés, spécialistes de poupées en porcelaine, de livres de fantômes ou de casseroles, etc. Des personnes, conclut-il, qui vénèrent vraiment les objets en les mettant au-dessus de tout, ces divines babioles qui sont le paradigme de ce que j'appelle l'authentique amour de l'art.

Avec prudence, Ernesto Teldi évite de dire que, parmi toute cette faune extravagante (et avec l'aide des alcools de sa cave), il lui arrive souvent d'acquérir, à très bon prix, des pièces rarissimes que l'on voit rarement sur le marché ; mais la demoiselle n'a pas à connaître ces détails insignifiants. Ce qu'une personne qui possède la sensibilité esthétique de la demoiselle ne doit pas ignorer, c'est sa généreuse initiative de réunir de *vrais* connaisseurs, des gens les plus divers dans le milieu le plus artistique et le plus sensible, très loin de tout snobisme et de tout intérêt mercantile.

– Et tu peux venir, si cela te fait envie, insiste-t-il.

Et Mlle Agustina pense que la vie est très injuste. Toujours engloutie dans le canapé couleur cire, gagnée par la mollesse enveloppante des coussins, elle imagine, une seconde, ce que doit être une réunion dans une compagnie aussi intéressante. Loin des peintres consacrés mais insupportables, des nouveaux riches incultes qui ne savent pas distinguer un Monet d'un Manet, et de toute cette plèbe qui forme la clientèle de *Mécènes des arts*. La sensibilité artistique à l'état pur, pense-t-elle, tout en admirant les belles mains d'Ernesto Teldi qui, de nouveau, se sont aventurées jusqu'au bras du canapé : leur propriétaire la regarde en attendant une réponse.

– Eh bien ! Agustina ? Eh bien ! chère mademoiselle Ramos ?

La vie est vraiment injuste. Agustina, la « chère mademoiselle Ramos », donnerait n'importe quoi pour dire oui, mais pour son malheur, à cette date elle doit être à l'autre bout du monde pour interviewer un collectionneur japonais propriétaire d'un Van Gogh que beaucoup soupçonnent d'être faux. Il n'aura qu'à bien se tenir, ce malfrat, devant les questions qu'elle lui prépare, les pires qu'elle trouvera. Un stupide rendez-vous au Japon au lieu d'une fête chez Teldi ; je n'ai jamais eu de chance, se dit-elle, non, jamais.

– Ah ! combien, oui, combien je le regrette, dit Teldi qui a choisi ce moment psychologique pour signifier que l'entretien est terminé. Vous me manquerez, mais n'oubliez pas, ma chère, pas un mot sur notre secret. Les gens sont si *petits*, ajoute-t-il, on a peine à y croire, la seule chose qui les intéresse, c'est de savoir combien d'argent je donne aux jeunes talents et combien je dépense dans mon activité de mécénat. Mercantilisme, rien que du mercantilisme, mais donnons-leur ce qu'ils demandent, tu ne crois pas, ma chère ?

Agustina prend congé. Il lui baise la main, cette main qui écrira pour *Mécènes des arts* un article soporifique mais élogieux et un profil conventionnel d'Ernesto Teldi, l'homme qui, en quelques années, a réussi à devenir un philanthrope de renommée internationale.

– Vous êtes un être exceptionnel, monsieur Teldi, lui dit-elle, pendant qu'il lui dit adieu avec une œillade caressante qui ressemble presque à un baiser.

– Nous nous reverrons, Agustina.

Et tandis que Mlle Ramos, dont le cerveau crie « quand ? quand ? », se dirige vers la sortie, tandis qu'Ernesto Teldi retourne s'asseoir avec un soupir de soulagement comme s'il récupérait son souffle après une course d'obstacles, deux faits se produisent presque simultanément.

– Maintenant je sais qui est ce type. C'est l'acteur qui jouait le cannibale dans *Le Silence des agneaux*, s'exclame la dame du canapé voisin. Tu crois, Alfredo, que ça l'embêtera si je lui demande un autographe ?

– Monsieur Teldi, dit un groom sorti d'on ne sait où, avec la discrétion propre à son office, on vient d'apporter une lettre pour vous.

L'épouse d'Alfredo s'approche de Teldi ; elle va enfin pouvoir entendre sa voix ; son mari aussi pourra l'entendre.

– Merde ! s'exclame Teldi en voyant l'enveloppe que lui tend le groom, et il se lève trop brusquement : c'est la seconde lettre de ce genre qu'il reçoit en vingt-quatre heures. Toutes deux rédigées laborieusement à l'encre verte, ce qui fait en ressembler les lignes à des rangées de perruches sur un fil.

– Tu l'as entendu, Matilde ? dit le monsieur nommé Alfredo à sa femme.

– Tu vois ? Je t'avais bien dit que ça ne pouvait pas être un acteur d'Hollywood.

Ernesto Teldi ne parvient pas à déchiffrer la signature figurant à la fin de la lettre, mais une partie du texte, écrite en majuscules, est suffisamment claire pour identifier six mots qui étaient déjà dans la lettre précédente : « Lieutenant Minelli… » « Aérodrome de Don Torcuato », et ensuite, griffonné en caractères grossiers qui ressemblent presque à un ricanement : « Tu te souviens, Teldi ? »

TROISIÈME PARTIE

# Le soir précédant le départ

*D'autres plus loin sont assis*
*Sur une colline retirée, et envahis*
*De plus hautes pensées, réfléchissent*
*Sur la providence, la prescience,*
*La volonté, le sort et le destin*
*Immuable, la libre volonté,*
*La prescience absolue, et ils ne trouvent pas*
*D'issue, perdus dans de tortueux labyrinthes.*

MILTON, *Le Paradis perdu*, livre II.

NOTE DE L'ÉDITEUR : La recette que le lecteur trouvera ci-dessous est la dernière que Néstor Chaffino ait expédiée à son ami Antonio Reig. Il pensait recommencer ses envois après son voyage chez les Teldi. Comme nous le savons, il ne devait plus y avoir de lettres ; le destin a voulu qu'une œuvre aussi intéressante reste irrémédiablement inachevée. Le chapitre consacré aux *petits-fours* est daté du 27 mars ; mais il a été écrit la veille du départ et, comme toujours dans les notes de Néstor, celles-ci sont parfois interrompues pour raconter certains événements nouveaux.

## PETITES INFAMIES

### QUATRIÈME LIVRAISON :
### LES PETITS-FOURS D'APRÈS DÎNER

Un des moments les plus exquis d'un bon repas est l'arrivée de ces petits amuse-gueules d'après dîner que l'on sert d'habitude avec le café. Truffes au chocolat, griottes caramélisées, quartiers d'orange confits… Il n'existe pas de point final plus approprié pour un menu que ces délicieuses bouchées qui, comme nous allons le découvrir ci-dessous, ont aussi leur secret, leur petite infamie. Par exemple, les soufflés miniatures du maître Lucas Carton dont voici la recette :

*… mais auparavant, cher Antonio, permets-moi une parenthèse dont je te promets qu'elle sera brève. Tu te souviens de ma dernière lettre où je te disais mon pressentiment que tout, dans ma vie, était en train de s'ordonner et commençait à former un puzzle de hasards très étrange ? (déconcertant, dirais-je, et méchant, si je*

*n'étais à moitié italien et, gettatore, gettatore, attentif à ne pas réveiller le mauvais œil). Eh bien ! c'est fini, le déterminisme s'est brisé. Une des prédictions de Mme Longstaffe, qui devait pourtant se réaliser inexorablement, ne se produira pas. Je parle de la rencontre amoureuse prévue pour mon aide Carlos García, qui est le seul coupable de l'intrusion de cette voyante dans ma vie. Comme tu t'en souviendras, nous avons eu recours à elle pour obtenir un filtre susceptible de lui permettre la rencontre d'une réplique de sa femme idéale. Or, à mon grand soulagement, il s'est passé quelque chose de surprenant : avant de terminer le traitement, mon ami s'est désintéressé non seulement des filtres d'amour, mais de la dame du tableau. D'après ce qu'il me dit, il est tombé amoureux d'une femme réelle – elle est faite de chair et d'os, et ce qui est encore plus important, elle a le sang chaud – qui lui a fait oublier toutes ses lubies passées. Je ne la connais pas et j'ai eu beau essayer de lui tirer les vers du nez, je n'ai pas encore réussi à obtenir qu'il me dise le nom de la dame, mais j'ai le sentiment qu'elle doit être plus âgée que lui. Qui sait, peut-être s'agit-il d'une femme de trente ans divorcée, je n'en serais pas surpris, elles sont si attirantes... En tout cas, si ta curiosité est éveillée, je pourrai te donner plus de détails dans ma prochaine lettre, car il se peut que je fasse sa connaissance ce soir. Carlos a besoin de vendre d'urgence la maison qu'il a héritée de sa grand-mère et il m'a demandé de l'aider. Je l'ai mis en relation avec un ami qui est dans l'immobilier et nous allons y passer tout à l'heure pour jeter un coup d'œil. Dans ces conditions, je vais connaître la maison, je verrai le portrait et, sûrement, l'amie de Carlos, car il est fort probable qu'elle sera là dans un moment aussi important pour le garçon. Ce serait normal, tu ne crois pas ? Finalement, comme toujours, je m'étends trop longuement dans mes lettres, car que t'importent ces détails ? Ce qui compte, c'est que le charme qui me conduisait sur je ne sais quelle voie fatidique est rompu. Fini, le déterminisme ? Oui, je crois que c'est le mot qu'on emploie quand le destin est fixé de longue date. Mais tu vois : le filtre de Mme Longstaffe n'a servi à rien, le garçon est amoureux d'une autre femme qui n'a rien à voir avec ses vaticinations et, en conséquence, je me sens libre. C'est vraiment un soulagement de constater que personne ne connaît le destin, que personne ne peut le fixer, pas même les voyantes avec leurs tricheries. Aussi suis-je tout content, mon cher Reig, si content qu'avant de poursuivre la recette de Lucas Carton, je vais t'en confier une autre, meilleure encore. Il s'agit de ma petite infamie préférée. La voici :*

En 1911, le chef du Waldorf Astoria de New York a découvert un secret infaillible pour obtenir un soufflé froid qui ait en tout point l'aspect du chaud. Aujourd'hui, l'un des petits-fours les plus intéressants est précisément le soufflé froid à la pistache ; ses dimensions réduites sont parfaites pour

# 1

## Néstor
## et la femme du tableau

– Ces dimensions réduites fascineront mon client, dit Juan Solís, l'agent immobilier, en laissant échapper un sifflement d'admiration. Quelle *trouvaille*, Néstor !

Néstor Chaffino et Carlos se regardèrent, puis regardèrent Solís qui ouvrait et fermait les tiroirs des commodes, farfouillait dans les boîtes de biscuits, mesurait les distances d'un pas expert, parcourait et soupesait, comme pour se livrer à un inventaire détaillé. Juan Solís avait fait une entorse à une vieille habitude pour accompagner Néstor et Carlos au 38 rue Almagro. Jamais, en vingt ans de métier, il n'avait accepté d'effectuer une visite un samedi soir : tabou total. Ses samedis, il les consacrait au tai-chi, la seule discipline qui lui permette de maintenir son équilibre émotionnel dans une activité aussi épuisante. Mais, pas de doute, le sacrifice en valait la peine. Solís croyait avoir découvert une perle et ne se lassait pas de le répéter. Aussi fit-il l'éloge point par point des qualités de l'appartement du 38 rue Almagro : la hauteur de plafond, l'excellente orientation des fenêtres et la qualité des poutres, en répétant sans cesse que « ces dimensions parfaites et réduites » seraient idéales pour son client.

Néstor ne s'attarda pas à écouter qui pouvait bien être ce client pour qui deux cent cinquante mètres carrés dans la rue Almagro pouvaient constituer « des dimensions réduites ». Cependant, tandis qu'il s'écartait des deux autres, il entendit quand même la voix de Solís prononcer, dans un chuchotement discret encore qu'intentionnellement sonore, le nom d'un certain Bigbagofshit.

– Un jeune chanteur de *heavy metal*, ajouta le chuchoteur en manière d'apostille : un monstre, un phénomène.

Je n'en doute pas un instant, pensa Néstor avant de disparaître discrètement par une porte sur la gauche. Il était déçu : Carlos était venu seul au rendez-vous, sans sa nouvelle amie, de sorte que la curiosité de Néstor se trouvait frustrée. Maintenant, il avait le choix : soit suivre Carlos et Solís de pièce en pièce, admirer l'appartement et faire les commentaires pertinents, soit se livrer à quelque chose de plus accordé à son état d'âme. Laissons, se dit-il, Juan Solís découvrir les possibilités inexplorées du 38 rue Almagro. Pendant ce temps, je vais m'asseoir pour les attendre dans ce petit salon et j'en profiterai pour faire le point sur les choses indispensables pour le voyage de demain.

En allumant, Néstor se rend compte qu'il n'y a aucun endroit où s'asseoir. Les meubles de la pièce sont recouverts de draps, et le gros fauteuil dont on devine la silhouette sous le plus poussiéreux de tous les draps ne paraît guère accueillant, on dirait plutôt une relique du passé. Il regarde autour de lui et voit qu'il se trouve dans une pièce semi-circulaire dont les murs ont dû jadis être jaunes. Au fond, une vieille cheminée, et au-dessus du foyer, comme observant le monde par l'encadrement d'une fenêtre, le portrait de la dame.

Néstor s'approche avec curiosité pour voir ses traits, cette jeune femme ne peut être que celle dont il a tant entendu parler, la dame de l'armoire… Mais l'état précaire des économies de Carlos ne permet pas plus d'une ampoule dans tout l'appartement ; la lumière est si faible qu'il se voit obligé d'ouvrir la porte toute grande pour que la clarté du couloir entre jusqu'au fond et éclaire le portrait.

– Bigbagofshit sera fasciné par ce vestibule pourpre, pourquoi cette couleur pourpre, mon garçon ? On n'y voit que dalle, dans ta maison, entend-il dire Solís dans l'entrée.

Oui, c'est vrai. Malgré le renfort de la lumière du couloir, Néstor, lui aussi, n'y voit que dalle. Il cherche dans ses vêtements. Un cuisinier, même s'il n'est pas fumeur, porte parfois sur lui un briquet, ou au moins une boîte d'allumettes ; et Néstor, en effet, trouve dans la poche de son gilet une boîte sur laquelle la firme

« Le Mûrier & le Gui » figure au milieu d'un motif mi-floral, mi-magique. Un motif qui s'accorde bien avec ce qu'il représente : le mûrier est l'arbre des vers à soie, et le gui est le talisman qui permet de découvrir les trésors inconnus. N'importe qui établirait un parallèle entre ce dernier détail et ce qui est sur le point de se passer, n'importe qui sauf Néstor, qui, innocemment, gratte une allumette.

– Mon client voudra savoir combien de meubles sont vendus avec la maison. Mon garçon, réalise bien que Bigbagofshit achète tout. Il a presque le même âge que toi, tu sais, mais les millions lui sortent par les oreilles. Tu as entendu son dernier tube : *Kill me with the lawnmower* ? Fantastique, mon garçon.

Solís appelle Carlos « mon garçon » avec une insistance qui traverse chaque fois la porte ouverte du petit salon jaune. Néstor peut entendre chacune de ses paroles, et elles sont comme un étrange contrepoint de ce qui se passe à l'intérieur. A la lueur de l'allumette, avec la précision incertaine de quelqu'un qui est au bord d'une étrange découverte, le cuisinier passe la flamme devant le tableau en commençant par le haut. Ainsi, le halo de lumière éclaire d'abord un front féminin, puis une chevelure d'un blond métallique, s'arrête trop longtemps sur les yeux bleus du portrait, ce qui fait qu'en reprenant sa route, la lumière décline. Néstor tente de profiter de la dernière lueur pour éclairer un autre trait de la jeune femme, arriver au moins jusqu'à la bouche, mais la flamme languit et meurt, comme si elle voulait préserver un secret. Il n'y a pas de secret. Il n'y a plus aucun secret. Pendant que Néstor cherche une autre allumette, il jurerait que ces lèvres moqueuses profitent de la pénombre pour moduler, d'une voix qui vient du fond de sa mémoire : « Tiens ! Encore vous, Néstor ? », ou plus simplement : « Bonsoir, Néstor. »

La flamme de la deuxième allumette strie l'obscurité du salon jaune et aussitôt la voix se tait, comme tous les enchantements quand ils sont surpris par la lumière. Mais, en se rapprochant, Néstor devine que les lèvres restent entrouvertes, comme si elles venaient juste de parler.

– Qu'y a-t-il derrière cette porte, mon garçon ?

C'est la voix de Solís, l'explorateur, le découvreur de terres inconnues, mais celle de Carlos l'arrête.

– Attendez, monsieur. Laissons cette pièce pour la fin. Je veux d'abord vous montrer celle de gauche : c'est une lingerie, elle pourra peut-être servir de gymnase à votre client, je crois même qu'il y a une ancienne table de massage.

– Parfait, tu as de la chance, parce que Bigbagofshit achète tout. Tout. Jetons-y un coup d'œil.

Encore un répit pour permettre à Néstor de s'assurer définitivement de ce dont il est déjà certain : la jeune femme du portrait est Adela Teldi, celle qu'il a connue à Buenos Aires quand elle avait une trentaine d'années, celle qui a été le personnage de cette petite infamie que lui, imprudent comme il est, a relatée à ses aides pour qu'ils ne lui posent pas de questions sur le contenu de son carnet de toile cirée plein de secrets culinaires. Néstor n'a pas besoin de plus d'éléments, mais la troisième allumette, tel un notaire scrupuleux, constate que, masqués par la jeunesse, adoucis par son manque d'expérience de la vie, il a devant lui tous les traits d'Adela. Cet air un peu lointain et ces yeux bleus que Néstor a vus s'ouvrir démesurément à Buenos Aires devant le corps sans vie de sa sœur Soledad. Aujourd'hui encore, à la lueur capricieuse de la flamme, Néstor a l'impression de retrouver ce regard incrédule qu'elle avait ce jour où il a croisé le sien après la découverte du corps sur les dalles de la cour. Chez les Teldi, au pied de trois étages menant à l'enfer, Néstor, Adela, tous ceux qui étaient là ont pu voir écrasée au sol la tête de Soledad petite et noire comme un point à la fin d'une phrase, tandis que son corps disloqué dessinait un absurde point d'interrogation. C'est la sœur, la sœur cadette de la maîtresse de maison, certifiaient tous les yeux, pendant que le point d'interrogation, en bas, laissait échapper une flaque noire, premier signe de sa longue vengeance sur deux des présents : Adela et le mari infidèle. Le sang des suicidés est tenace, on ne l'oublie jamais.

A mesure que vont s'emboîtant les éléments apparemment fortuits, Néstor pense à Soledad, la jeune mère de Carlos, une femme qui n'a pas de visage dans la mémoire de son fils. Et il comprend que tout acquiert un sens : la maison du 38 rue Almagro qui, un jour, s'est fermée au père de Carlos, l'attitude distante de la grand-mère, les silences des uns et des autres... pendant que ce portrait, celui qu'il a en ce moment sous les yeux, est allé échouer dans le fond d'une armoire, sûrement pour que Grand-mère Teresa puisse oublier ses filles. Les deux : la morte, pour ne pas souffrir, la vivante, pour ne pas haïr. Encore une allumette qui s'éteint. Néstor en gratte une quatrième, descend vers les épaules du portrait, arrive aux mains... quelle est cette sphère verte qu'elle tient dans ses doigts ? On dirait un bijou, peut-être un camée... Mais il ne prolonge pas son inspection, il promène la flamme jusqu'à la hauteur des yeux de la femme, et c'est comme la dernière étincelle qui achève d'assembler les quelques pièces éparses qui manquaient encore. Ce qui le surprend surtout, c'est l'aveuglement de Carlos. Sur le tableau, Adela ne peut avoir plus de seize ou dix-sept ans. Néstor l'a reconnue instantanément, mais c'est vrai qu'il a, sur Carlos, l'avantage de l'avoir vue dans sa jeunesse. En revanche, le garçon qui, l'autre jour, a reçu Adela Teldi dans la boutique en son absence, ignore qui elle est. Cela semble presque incroyable que Carlos García, qui la cherche partout, qui croit deviner ses yeux dans les yeux de toutes les femmes, son cou chez tant d'autres, qui connaît les traits de son visage centimètre par centimètre, ne l'ait pas reconnue. « Les personnes ne sont pour moi que des *morceaux* de personnes, Néstor, lui a-t-il dit à peu près, quelques jours plus tôt, chez Mme Longstaffe. Je ne vois que de petits détails de leur corps, qui les identifient sans risque d'erreur... » Tout à fait comme un homme dans l'obscurité, éclairé par une minuscule allumette, pense Néstor, sans se rendre compte que c'est précisément ce qu'il a fait lui-même pour découvrir Adela.

– ... Celui qui ne voit que des bouts de la réalité ne parviendra pas à voir le tableau complet.

– Naturellement, mon garçon, dit la voix de Solís, tu dois savoir qu'en plus de *Kill me with the lawnmower* mon client est l'auteur du fameux *Eyeless in Caca.* Comment ? Vraiment, tu ne le connais pas ? Mais dans quel monde vis-tu, mon garçon, atterris ! Il a vendu deux millions de disques. Et maintenant, pense, oui, pense, que son prochain succès, il l'écrira ici. Ta maison va être la sienne, avec tout ce qui est dedans.

Oui. Pourvu que Bigbagofshit prenne tout ; ce serait la meilleure solution. Et en pensant cela, Néstor passe la main sur le cadre du tableau qui, à la différence des autres objets de la pièce, paraît ne pas garder la poussière. Que la maison soit vendue en bloc, se dit-il, avec tout ce qui est dedans, car il existe des espaces maléfiques où se concentrent trop de hasards. L'appartement du 38 rue Almagro. C'est d'ici, probablement, qu'est parti le cadavre rapatrié de Soledad pour aller occuper une tombe que Carlos ne visitait jamais. C'est ici que la présence du père de Carlos a été interdite, que les portes lui ont été fermées ; mais en revanche, le 38 rue Almagro vient de s'ouvrir à Néstor pour qu'il y découvre d'autres choses inattendues : une histoire d'adultère entre beau-frère et belle-sœur, la triste fin de Soledad, la sœur d'Adela… Et voilà que le sort, comme s'il n'avait pas déjà fait assez de grimaces pour remplir toute une vie, se charge d'ajouter de nouvelles ironies : un garçon qui ne se souvient pas du visage de sa mère est amoureux du portrait de celle qui a été la cause de sa mort. Puis la femme apparaît dans sa vie (sans qu'il la reconnaisse, c'est vrai), mais… à quand de nouvelles coïncidences ? se demande-t-il : non vraiment, le plein est fait.

A ce moment, Néstor, la main encore posée sur le cadre du tableau comme si c'était l'appui d'une fenêtre, pense que lui et la dame du portrait forment un couple étrange dans une situation fausse, chacun de son côté du miroir ; Adela le regarde sans voir, lui ne voit que trop, et ce qu'il voit ne lui plaît pas. Le destin s'amuse avec les hasards, pense-t-il. Sans doute la vie en est-elle pleine. Combien de fois est-il arrivé que deux personnes, liées par un passé commun, se croisent dans la rue sans se reconnaître… ou que deux frères séparés depuis l'enfance se retrouvent un jour assis, sans le savoir, sur la même banquette d'autobus… ? Des personnes, se dit-il, qui se rencontrent et ne se rencontrent pas, hasards incroyables, et pourtant très peu arrivent à se reconnaître. Et parfois c'est mieux ainsi.

Quand Néstor rejoint Carlos et Solís, qui s'apprêtent maintenant à inspecter la pièce au fond du couloir, sa décision est prise.

– Regardez, monsieur, c'est l'une des pièces de l'appartement qui me plaît le plus, est en train de dire Carlos au même moment. Je sais qu'elle n'est pas très belle, mais vous voyez cette armoire ? C'est là que je jouais quand j'étais petit, elle est pleine d'objets divers. Il en reste encore à l'intérieur. En héritant de la maison, je me suis juste occupé d'en sortir le portrait d'une femme que j'aime beaucoup.

Et c'est ici que tu dois réapparaître, Adela Teldi, toi, ou plutôt ton histoire, pense Néstor, car il sait maintenant que les hasards, si terribles soient-ils, ne peuvent se rencontrer, à moins qu'un témoin extérieur soit là pour les rendre manifestes. Silence, prudence, c'est la politique qu'il a toujours suivie dans son métier, une manière d'agir dont il a toujours pensé qu'elle est bénéfique quand, comme lui, on connaît les failles cachées de tant de vies. La majorité des farces du destin qui se produisent en ce monde, pense-t-il, passent inaperçues, et celle-là aussi. Voilà pourquoi, Adela Teldi, ton histoire ne sortira pas de cette maison. Tu resteras ici, ma chère, exactement comme si tu étais encore enfermée dans l'armoire avec ta petite infamie aux conséquences imprévisibles, avec ton espèce de tragédie grecque, avec ton scandale de feuilleton, parce que telle est ma volonté. Demain, nous irons chez toi, nous servirons tes invités, je préparerai mes meilleurs entremets… et nul ne saura jamais que d'étranges fils unissent une cliente distinguée de la maison « Le Mûrier & le Gui » à ce garçon.

– Carlos, tu es là ?

– Attends une seconde, Néstor, je suis à toi tout de suite, laisse-moi voir ce que veut M. Solís.

– Cette bassine en cuivre m'intéresse, mon garçon, et aussi cette vieille lampe, mais surtout j'aimerais jeter un coup d'œil au portrait que tu as trouvé dans l'armoire.

Néstor préfère ne pas écouter ; les tractations financières entre Carlos et Juan Solís doivent être très avancées, mais lui ne pense qu'à la découverte qu'il vient de faire et à la facilité avec laquelle on peut tromper le destin. On peut piéger les dieux, conclut-il avec une certaine complaisance, et ensuite, dans une inévitable comparaison gastronomique, il se promet que cette petite infamie ne se saura jamais, car les hasards sont comme les soufflés : ils ne montent pas si personne ne s'occupe d'agiter, de battre ou de fouetter les blancs d'œufs.

De l'endroit où il est, Néstor peut observer maintenant Solís qui continue à tout mesurer et à tout évaluer, en marchand averti. Il s'approche même pour estimer le portrait de la dame. Et tout plaide en faveur du silence, ajoute Néstor pour lui-même, en le voyant si intéressé, cette maison sera vendue et d'ici peu tout tombera dans l'oubli. Et la chance a fait que Carlos semble avoir rencontré une autre femme qui lui a fait oublier la dame du tableau. Parfait, car ainsi il ne saura jamais que, depuis son enfance, il a été amoureux de

– Un bien joli tableau, mon garçon, mais sans grande valeur. Je te conseille de le vendre avec la maison. Tu as de la veine, Bigbagofshit adore les blondes. J'espère que tu ne voudras pas garder d'autres pièces du mobilier.

– Seulement le tableau, dit Carlos, parce que c'est un souvenir d'enfance.

– Ne fais pas l'enfant, Carlos, intervient Néstor, en s'immisçant pour la première fois dans la conversation. N'étions-nous pas tombés d'accord sur ce constat que les femmes fantômes ne t'intéressent plus ?

– Ah ! te voilà, Néstor, s'étonne Carlos, où étais-tu donc fourré ?

Mais Néstor, au lieu de répondre, dit seulement :

– Je viens de la voir, Carlos ; elle fait très bien dans cette pièce jaune, personne ne devrait déplacer le tableau, laisse-le là où il est.

Carlos ne comprend pas, Carlos ne comprend rien… Et même, la réaction de son ami lui fait plaisir.

– Mais que se passe-t-il, serais-tu par hasard tombé, toi aussi, amoureux de la femme du tableau ?

– Ça me semble un peu exagéré, à mon avis, dit Solís. Combien en veux-tu ?

– C'est que je ne crois pas que j'aie envie de le vendre… répond Carlos. Je vous l'ai dit, il s'agit d'un souvenir d'enfance ; on ne vend pas les souvenirs, même s'ils n'ont plus la même signification qu'avant…

Mais tant Solís que Néstor insistent d'une façon disproportionnée :

– Allons, mon garçon, profites-en, ne sois pas idiot, où trouveras-tu un client pareil ?

– Réfléchis un peu, *cazzo* Carlitos, tu peux tirer un bon prix de cette femme dont tu ne sais même pas qui elle est. Qu'est-ce que ça peut te faire, maintenant ? Ton rêve était un caprice idiot.

– C'est vrai, si tu étais malin, tu ne négligerais pas une occasion comme celle-là, surenchérit Solís, parce que Bigbagofshit… Big-bag-of-shit (l'agent immobilier détache chaque syllabe du nom de son richissime client) prend tout, y compris les souvenirs d'enfance. En payant, naturellement.

## 2

## Chloe Trías et les fantômes

Le soir précédant le départ pour la villa des Teldi, Chloe pensa que ce serait une bonne idée d'aller prendre quelques vêtements. Elle n'aurait probablement pas l'occasion de mettre un bikini, mais ce ne serait pas plus mal d'en emporter un, au cas où. Mars est un mois où tout le monde est assoiffé de soleil, même les filles comme Chloe qui se fichent de tout, ou celles qui ont, deux ou trois mois plus tôt, claqué la porte du domicile familial, et qui, soudain, se voient dans la nécessité de retourner dans leur ancienne chambre en cachette pour y récupérer une chose ou deux ; mais, putain, qu'est-ce que ça serait chiant de se retrouver nez à nez avec les vieux.

Chloe regarde la maison du dehors : cinq fenêtres éclairées annoncent une grande activité dans le salon ; à l'étage au-dessus, en revanche, deux balcons obscurs couverts de saletés noirâtres et oubliées indiquent que les Trías sont devenus ce qu'ils appellent entre eux, par un sage euphémisme, « un couple sans enfants ». Depuis que Chloe est partie, ils ont adapté toute la maison à cette nouvelle condition, c'est pourquoi l'on peut voir de grands salons remplis de gens en bas, et des volets fermés à l'étage supérieur ; c'est une manière comme une autre de survivre aux absences.

Chloe le sait, et d'ailleurs elle le comprend. Le gravier qui est devant la porte principale crisse sous ses pas, mais heureusement ce bruit qui est tellement lié à son enfance ne lui fait pas revivre ses jeux de gamine, au même endroit, avec son frère Eddie. Tout s'efface, tout finit toujours par s'exorciser quand on prend la précaution de recouvrir les souvenirs douloureux avec d'autres, moins importants et répétitifs. Cela fait longtemps qu'il est parti, aussi Chloe n'éprouve-t-elle pas de nostalgie en foulant le chemin et en entendant le bruit du gravier ; en réalité, il n'y a dans la maison qu'un endroit qui soit dangereux pour la nostalgie, et Chloe n'a pas l'intention d'y pénétrer. Elle regarde vers le haut. L'obscurité des fenêtres la tranquillise.

Les chambres de ceux qui sont morts jeunes sont le sanctuaire de leur absence, mais aussi le refuge de la lâcheté des vivants. Peu nombreux sont ceux qui se risquent à vivre avec les souvenirs et à les intégrer dans le présent. Seuls les plus forts sont capables de laisser la photo d'un enfant mort dans leur salon en s'exposant aux questions des inconnus et au poids de ce sourire juvénile immuable qui ignore le passage du temps. Nous vieillissons tous pendant qu'eux, parallèlement, rajeunissent, en nous faisant sentir coupables de ne pas avoir joui jusqu'à la dernière seconde de leur brève présence, de ne pas avoir deviné qu'ils pourraient partir, laissant tout à moitié chemin. Laissant non seulement inachevées leur vie et leurs illusions, mais, ce qui est plus douloureux encore, laissant en suspens ce qui s'est passé le jour de leur mort, peut-être une discussion idiote dont nous nous rappelons tout juste quelques mots désagréables que nous regretterons toujours : « si je ne lui avais pas dit… si je ne lui avais pas fait… ». Mais personne ne peut ressusciter les morts ni compléter leur destin.

Voilà pourquoi beaucoup de gens préfèrent oublier ceux qui sont partis, sans pour autant les trahir, et les effacent ainsi de leur vie quotidienne, tout en les gardant présents dans un endroit de la maison : un petit sanctuaire coupable et à la fois rassurant, comme l'est la chambre d'Eddie Trías chez ses parents.

De même qu'une blessure très profonde finit par former un bourrelet de chair dure et insensible, l'absence des enfants – celle des morts et celle de ceux qui ont déserté – se cicatrise ; ils ne sont pas là, donc ils n'existent pas. Alors que, peu à peu, les photos, les livres et les affaires d'Eddie, et aussi de Chloe, ont disparu de toute la maison, leurs chambres, en revanche, demeurent intactes, avec les lits faits et les vêtements dans les placards comme s'ils étaient toujours des enfants et sur le point de rentrer du collège ; absence, et en même temps présence. Une bonne méthode. Il faut continuer à vivre.

Chloe est passée sur la pointe des pieds devant la porte du salon pour ne pas avoir à saluer qui que ce soit. Elle sait exactement ce qui se passe derrière le panneau de bois : c'est le jour consacré à *la canasta* chez les Trías. Il doit y avoir deux tables de jeu avec des tapis verts, une de chaque côté de la fenêtre. La plus bruyante présidée par sa mère, et l'autre par son père – « le couple idéal, pour spot publicitaire », comme les a décrits un jour Karel Pligh. Et c'est bien ce qu'ils semblent être : la parfaite imitation d'un mariage réussi ; elle est belle, il est beau, ils sont tous deux modérément infidèles, modérément malheureux et aussi modérément insomniaques.

En montant l'escalier en cachette, Chloe ne peut éviter de s'arrêter quelques instants devant un des barreaux en bois, plus précisément le cinquième, qui est plus sombre que les autres. Il s'agit d'un rite de son enfance : quand elle était petite, elle parvenait à voir, dans la veinure du bois, la figure d'un gnome, et il était indispensable de déchiffrer, pour savoir ce que serait la journée, si l'esprit souriait ou s'il était renfrogné. Aujourd'hui il rit, bravo, ça veut dire que j'aurai une bonne note en maths ; aujourd'hui il est de mauvaise humeur, mieux vaut ne pas tenter le sort… Pourtant, cette fois, Chloe se rend compte qu'elle ne peut plus lire dans ces veines : elle est devenue trop grande et, au passage, elle effleure du doigt ce vieil ami comme un talisman qui aurait perdu son efficacité mais qu'elle caresse encore par superstition. Une marche de plus, deux puis trois, et Chloe a parcouru avec succès tout l'escalier sans être trahie par un grincement des vieilles planches ; elle arrive sur le palier, passe sans s'arrêter devant la chambre de ses parents, elle a encore quelques mètres à faire pour gagner la sienne et elle pense à ce qu'elle veut emporter chez les Teldi : elle a juste besoin d'un bikini et de deux tee-shirts ; dans quelques minutes elle aura terminé et elle sera dehors. C'est facile, chaque chose est rangée à sa place, lavée et repassée, parce que sa jolie maman de film publicitaire ne permettrait pas qu'il en soit autrement : « C'est la chambre de Chloe, ce sont les ours en peluche de Chloe, c'est la belle robe de Chloe, tout continue pareil, il ne s'est rien passé. »

Avant d'arriver à la porte de sa chambre, la jeune fille hésite. Du salon montent les voix des joueurs de canasta amplifiées par le vide de l'escalier. Il s'agit d'un murmure uniforme d'où s'échappe par moments une voix particulièrement aiguë, car il y a toujours une volaille plus criarde que les autres dans le poulailler.

– Putain, quelle bande de tarés, dit Chloe, heureusement que je vois pas leurs tronches.

Mais une tronche qu'elle ne connaît que trop bien apparaît sur le pas de la porte, en bas dans le hall. Chloe peut l'apercevoir à travers les barreaux. C'est celle d'Amalia Rossi, la vieille amie italienne de sa mère qui doit avoir bu plus que d'habitude, car elle l'entend dire :

– Laisse-moi, Teresa, tu sais que je suis comme de la famille, t'as pas besoin de monter avec moi. Ton Carosposo est peut-être enfermé depuis une heure dans le *pipi room*, mais c'est pas une raison pour que je me soulage sur ton tapis, non ? Allons, ne sois pas sotte, je connais le chemin : juste un instant pour aller dans la chambre de Clo-clo, et voilà.

Et elle monte, la salope, elle monte, bordel ; Chloe peut entendre son pas pesant dans l'escalier, elle passe devant le gnome silencieux, et Chloe est forcée de reculer dans le couloir jusqu'à la porte du fond, celle qu'elle ne franchit jamais (elle non plus n'a pas beaucoup de courage avec les souvenirs), et là, elle essaye de se rencogner dans l'encadrement de la porte. Aplatie ainsi contre le panneau, elle passera peut-être inaperçue ; mais le refuge est exigu. Il faudrait que Carosposo soit vraiment tout à fait bourrée pour ne pas voir les épaules de Chloe qui dépassent. Aussi, quand la respiration lourde se rapproche trop, la jeune fille n'a d'autre solution que d'ouvrir la porte. Mon Dieu, putain, c'est l'ancienne chambre d'Eddie, connasse de Carosposo, et maintenant ? Bon, qu'est-ce qu'elle peut faire d'autre, Chloe, puisqu'elle est entrée, que de refermer la porte, d'allumer la lumière… ça faisait combien de temps, bordel, combien de temps.

Est-il possible que l'odeur de quelqu'un persiste sept ans après sa mort ? Oui, ça l'est. Il peut s'être écoulé beaucoup de temps, les chambres-sanctuaires ne sentent ni le renfermé ni la naphtaline ; il est faux que le moisi s'empare des coins les plus inaccessibles, faux aussi de prétendre que l'on y sent le souffle de l'oubli, en tout cas pas dans la chambre d'Eddie. Celui ou celle qui s'occupe de continuer à faire croire que cette chambre est habitée doit avoir un sens aigu de la mise en scène. Et Chloe avance, attirée par la sensation de vie que donnent les rideaux et le couvre-lit sur lequel une tache d'encre semble dire : passez donc et voyez, mesdames et messieurs, ici tout est resté pareil, sentez, touchez, regardez, il ne faut qu'un minimum d'efforts pour imaginer que cette chambre appartient à un garçon qui vient de sortir pour prendre un pot avec des copains. Cependant, au second regard, la première impression dépassée, la rigidité de la mort se trahit par certains détails, par une mise en scène trop parfaite. Dans cette chambre, tout est à sa place. La bibliothèque d'Eddie, qui lui permettait de lire tant de belles histoires. Sa collection de voitures miniatures qui s'alignent avec une perfection mortuaire sur les étagères ; à côté d'elle, un fanion entouré de trophées sportifs. Et trop d'ordre aussi dans l'étalage des objets sur ce qui fut la table de travail d'Eddie, papiers et dossiers soigneusement empilés, tandis qu'un stylo et un crayon posés hors de leur place habituelle par une main romantique ne parviennent pas à neutraliser l'effet de décor de théâtre. Pourtant ce ne sont ni la fausse odeur de vie ni l'ordre excessif qui fascinent vraiment Chloe. Elle, ce qui l'a impressionnée dès qu'elle a pénétré dans la chambre de son frère, c'est la taille des choses. Les années ont passé, le temps s'est arrêté dans la chambre d'Eddie, et la jeune fille découvre avec étonnement que tout ce qui s'y trouve a rétréci : le lit, la table de chevet, et aussi un canapé sur lequel Eddie s'étendait, les pieds sur le dossier ; tout est beaucoup plus petit que dans son souvenir. Et, surprise comme une Alice au Pays des Merveilles, Chloe découvre que dans les chambres que l'on n'a pas fréquentées depuis son enfance se produisent les mêmes prodiges que dans les contes où les filles mangent des biscuits mystérieux qui commandent en anglais : *eat me.* Elle doit avoir trop grandi, elle est sûrement devenue immense, car avant les choses étaient différentes. Avant, son frère était grand et elle était petite ; aujourd'hui, la chambre entière semble faite à sa mesure, et Chloe vérifie, en s'asseyant dessus, que ce qui était *sa* chaise quand elle venait chez Eddie est une toute petite chaise. Un pas de plus dans l'audace, et elle se lance dans d'autres explorations : elle ouvre le placard, et elle y trouve les vêtements d'Eddie, ses chemises petites et ses souliers petits, tout ce que son imagination avait surdimensionné pendant des années. L'ordre de la mort campe sur les vêtements parfaitement pliés dans des housses en plastique, mais à part ce détail rien n'est inerte, petit certes, mais pas mort, car ici, prise dans les étoffes, survit l'odeur d'Eddie d'une façon si réelle que la jeune fille se sent forcée de reculer, le regard atone, silencieuse, jusqu'à la vieille table de travail de son frère qu'elle heurte.

Il en est de cette table comme du reste : cette table devant laquelle elle a vu si souvent Eddie écrire ne lui paraît plus impressionnante, mais juste à sa taille. La petite Alice s'assied sur la chaise, ses pieds reposent confortablement sur le sol, de même que sa main peut toucher les cahiers d'Eddie, ceux qu'il ne lui permettait jamais de lire. Chloe en ouvre un, regarde et feuillette pour la première fois ses brouillons, une vingtaine de pages d'une écriture appliquée et enfantine, suivies d'autres lignes couvertes de ratures et de corrections qui rendent tout illisible. Ce cahier si difficile à lire doit être son journal secret. Ce sont sûrement ces pages-là qu'il n'a pas voulu lui montrer avant de mourir. « S'il te plaît, Eddie, lui a-t-elle tant de fois demandé, raconte-moi ce que tu écris. Il s'agit d'une histoire d'aventures et d'amour, et aussi de crimes, pas vrai ? » Mais son frère lui faisait toujours la même réponse : « Ne regarde pas, Clo, attends. Un jour je te ferai lire ce que j'écris, je te le promets, ça ce n'est rien, rien d'important. » Et en effet, maintenant qu'elle tente de lire les cahiers de son frère, ce qu'elle arrive à déchiffrer n'est qu'une poignée d'idées désordonnées, des esquisses de sujets et beaucoup de phrases décousues ou inachevées qui manquent de sens. « Bah ! ça ne vaut rien, Clo-clo, je suppose qu'avant d'écrire une bonne histoire je devrai obligatoirement passer par un tas d'expériences, me soûler la gueule, m'envoyer mille filles, commettre un crime, que sais-je… » Et en entendant la voix de son frère dans sa mémoire, la jeune fille essaye de neutraliser son influx, car elle ne veut pas se rappeler ce qu'ont été leurs adieux avant qu'il parte pour ne jamais revenir. Non, non, je veux pas me rappeler, merde. Putain, Eddie, si t'avais pas eu cette idée tordue d'aller chercher des histoires sur une moto à deux cents à l'heure, tu serais avec moi en ce moment ; je te déteste, Eddie, t'avais pas le droit de te tailler comme ça… Chloe tend une main vers la bibliothèque de son frère, puis vers les dossiers. Comme une enfant capricieuse et contrariée, elle balaye d'un coup les papiers et les fait tomber par terre, semant le désordre dans les écrits de son frère Eddie, ses tentatives d'assembler des mots harmonieux et ses notes décousues pleines de phrases maladroites… tous ses efforts inutiles qui, selon Chloe, lui ont coûté la vie.

– Écoute, ma petite Teresa, dit dans le lointain une voix imprudente qui se faufile dans les fentes des portes et parvient jusqu'aux sanctuaires des morts. Je n'arrive pas à y croire, c'est un vrai prodige, j'ai failli tomber raide en la voyant…

Enchaînant sur ce murmure, quelqu'un interrompt la voix lointaine par une question que Chloe n'arrive pas à entendre. Et ensuite :

– Oui, ma chérie, je parle de la photo de ta fille Clo-clo que je viens de voir dans sa chambre : elle est sur la table, une photo divine, et récente en plus, non ? Eh bien ! j'en suis restée baba, c'est fou la génétique, mon trésor ; oui, il fallait que je voie ça pour y croire, Chloe est devenue le portrait vivant de son frère Eddie. Mais si, ma vieille, ne fais pas cette tête. Les yeux sont différents, bien sûr, ceux d'Eddie étaient très noirs, mais à part ce détail, je te jure : Chloe a beau avoir une dégaine d'haré-krishna famélique, si elle ôtait ces anneaux qu'elle s'obstine à se planter dans les lèvres, elle serait tout à fait pareille à ton fils, *poveretto mio*, qu'il repose en paix.

– Qu'il repose en *paix*, insiste la voix téméraire de Carosposo montant d'on ne sait quel endroit de l'escalier, très loin de là où se trouve Chloe.

Mais Chloe peut l'entendre parfaitement, dans la chambre fermée et morte qui semble avoir rétréci pour s'adapter à sa taille : « … Et que se passera-t-il si tu n'as pas envie de te soûler la gueule, Eddie… et si tu ne peux pas t'envoyer mille filles, et si tu n'oses pas commettre un crime ? » Le souvenir de la dernière conversation qu'ils ont eue recouvre maintenant le bavardage de Carosposo. Chloe peut entendre sa propre voix enfantine qui interpelle son frère, c'est comme une réponse inespérée, comme si la magie de cette chambre avait la vertu de transposer sur le papier la réponse d'Eddie à sa question, elle voit sur une des feuilles froissées, écrite de la main de son frère, entre mille ratures, une phrase de seize mots : « Alors, Clo-clo, je n'aurai plus d'autre solution que de tuer quelqu'un, ou de voler une histoire. »

– Tout le portrait de son frère, croit entendre Chloe, mais elle ne peut plus faire le tri entre les voix qui montent de l'escalier et les voix qui se forment dans la magie de cette chambre qui fut celle d'Eddie.

– Chloe va avoir vingt-deux ans d'ici peu, l'âge d'Eddie, n'est-ce pas ? Écoute, Teresa, je ne sais pas ce que tu en penses, mais cette petite, où qu'elle soit, et même si elle est devenue punk, grunge, agitée du bocal et maniaque du *piercing*, elle est la vivante incarnation de son frère, que Dieu le garde dans sa gloire.

## 3

## Serafín Tous et la pizza

Le soir précédant le départ pour la villa des Teldi, deux personnages de cette histoire se sentaient seuls. L'un était Karel Pligh, que Chloe avait laissé dans un bar, en lui promettant de ne pas tarder plus de quelques minutes, mais elle ne revenait pas.

L'autre était Serafín Tous.

C'est une chance que personne ne voie le comportement des gens quand ils sont dans la plus stricte intimité car, si c'était le cas, même les plus sensés passeraient pour fous. Si, par exemple, un laveur de carreaux, un voisin indiscret avaient observé à travers les vitres de l'appartement de Serafín Tous, ils auraient vu un monsieur d'un certain âge avec une barbe de trois jours, vêtu seulement d'une veste de pyjama très sale et de chaussures aux lacets dénoués, assis devant un piano à queue et en train de regarder fixement un téléphone, comme s'il n'avait pas bougé depuis des mois. Une inspection plus minutieuse du laveur de carreaux ou du voisin indiscret leur aurait appris que l'homme n'était pas aussi nu qu'il pouvait le paraître au premier coup d'œil. De temps en temps, surtout quand, porté par une musique inaudible, sa jambe se balançait de haut en bas, on pouvait entrevoir sous la veste de pyjama crasseuse un pudique caleçon rayé. Mais alors ils auraient pu découvrir aussi que le monsieur n'était pas assis sur une chaise, mais en équilibre sur une inconfortable pile de livres d'art ; qu'il avait les coudes posés sur le piano et qu'il tenait le carton d'une pizza au saumon à moitié consommée, posée sur le dessus de l'instrument. Tout cela ajoutait à la scène une note sordide. Les yeux vitreux du personnage, ses cheveux collés par la sueur et ses épaules affaissées complétaient cette vision de désolation. Bref, Serafín Tous, les mains folles et le regard rivé sur le téléphone, était l'image vivante d'un homme dominé par l'inquiétude et traqué par une atroce insomnie. Et son aspect correspondait exactement à la réalité : il était neuf heures du soir, il n'avait pas dormi depuis quatre jours et tout présageait qu'il ne dormirait pas encore cette nuit.

Une personne observatrice sait qu'il existe deux façons de regarder intensément un téléphone. L'une est l'espoir-désespoir de celui qui attend la sonnerie, de celui qui désire avec véhémence qu'à l'autre bout du fil surgisse enfin la voix aimée ou, peut-être, une proposition de travail promise depuis longtemps. L'autre est celle que pratiquait en ce moment Serafín Tous : comme s'il s'agissait d'un appareil maléfique, d'un aimant maudit qui attire celui qui *ne veut pas* s'en servir, *Vade retro Satanas*, ou, ce qui revient au même, Mon Dieu écarte de moi ce calice de perdition.

Tant que la pizza était restée chaude dans son carton, Serafín avait assez facilement réussi à refréner son envie de composer un numéro qu'il avait appris par cœur. C'était une méthode absurde mais efficace : il mordait dans la pâte, se tachait les doigts, la tomate dégoulinait… un morceau, et puis un autre… Et ainsi, il tenait la tentation à distance ; on peut dire que son comportement oscillait entre deux impulsions contradictoires : il détestait la pizza, mais il se forçait à la manger ; il désirait de toutes ses forces appeler le numéro, mais il s'interdisait de le faire.

Depuis combien de temps se trouvait-il dans cette position, devant un piano dont il essayait de *ne pas* jouer, en mangeant quelque chose qu'il détestait et en évitant de décrocher le téléphone ? Très longtemps. Il avait derrière lui cette succession sordide de nuits durant lesquelles, quand il essayait de retrouver son bon sens, il finissait invariablement par voir se glisser au milieu de ses bonnes intentions l'image d'une porte rouge avec une plaque sur laquelle on pouvait lire, écrit en caractères gothiques, *Nuevo Bachelino*. Il avala un autre morceau de pizza. Le goût du poisson lui procurait une sensation mêlée, à la fois répugnance et plaisir. Il savait maintenant comment mûrit chez quelqu'un cette dégradation, ce pourrissement, que l'on peut voir dans certains films américains : des individus qui ne s'habillent pas, qui ne sortent pas de chez eux pendant des jours, retranchés dans des appartements puants, avec des cendriers débordant de mégots, entourés de bouteilles de bourbon vides et de cartons de repas à domicile, presque toujours du *chop suey* ou des pizzas. Leurs maisons sont l'image même de la fosse d'égout dans laquelle peut choir une personne respectable au moment le plus imprévisible. Il est très facile de se laisser glisser sur cette pente, et le domicile de Serafín Tous commençait à trop s'en rapprocher. Par chance, il ne fumait ni ne buvait ; au moins évitait-il cette partie de la dégradation : il n'y avait ni l'odeur âcre de mille cigarettes ni la présence de flacons consommés dans l'angoisse qui se confond avec la soif la plus terrible. Mais pour le reste de la descente aux enfers, il le subissait complètement.

Quand la nuit tombe, Serafín n'allume pas la lampe, il reste là, dans la même attitude, noyé dans l'obscurité, avec pour unique éclairage les lampadaires de la rue. C'est mieux ainsi : de cette manière, personne, pas même lui, ne peut voir que sa barbe a poussé et que ses yeux sont devenus vitreux. Quelle situation stupide que la sienne. Ce qu'il aurait de mieux à faire, au point où il en est arrivé, c'est d'appeler ce maudit numéro du *Nuevo Bachelino* : la seule manière de combattre la tentation est d'y céder, disait quelqu'un qui était certainement très sage. Et pourquoi ne pas le faire ? C'est pourtant bien facile. On prend le combiné, après quoi le doigt forme sur le clavier le numéro qu'on a appris par cœur, et ensuite on n'a plus qu'à dire d'une voix ferme et impersonnelle : « Bonsoir. Je suis bien au *Nuevo Bachelino* ? Écoutez, je suis (et ici Serafín hésite : même s'agissant d'un appel qui n'existe que dans son imagination, il n'ose pas prononcer son nom), je suis… un client ; je voudrais parler avec un de vos jeunes gens, son nom est Julián. Il est là ? »

Oui, ce serait facile, tentant même, et cependant la main de Serafín Tous ne touche pas le téléphone mais se cramponne, telle la main d'un naufragé, au carton de la pizza, comme si cette misérable planche de salut pouvait lui être vraiment utile. Il l'ouvre, arrache un bout de pizza froide qu'il enfourne dans le gosier, la pâte paraît gonfler, il note le goût caoutchouteux du fromage et l'arrière-goût acide de la tomate… Une nausée naît et lui monte jusque dans le nez, il se sent si mal qu'il vomirait, ah ! s'il pouvait le faire, après tout le vomissement est une manière de purifier ces putains d'entrailles.

C'est cette expression vulgaire, bien étrangère à son vocabulaire, qui le fait réagir : il se redresse et cherche des yeux le portrait de son épouse. Comme un gamin coupable, il regarde autour de lui : la photo n'est pas sur le piano comme il y a quelques jours, ni sur la cheminée, sa place habituelle depuis des années. Nora, ma vie, où es-tu ? Et, à ce moment précis, le téléphone sonne.

Le timbre est si imprévu que Serafín sursaute, comme si c'était Nora elle-même qui l'appelait de l'au-delà. Il essuie sa main sur la veste du pyjama et s'apprête à décrocher, quand une folle pensée vient le bouleverser : et si c'était *lui* ? Absurde. La dernière personne qui l'appellerait serait le petit Julián, le garçon aux cheveux si courts et si blonds ; mais le téléphone insiste, il faut bien répondre, Serafín tend la main.

– Allô ?

D'abord, il n'identifie pas la voix d'Adela Teldi. Ce qui fait qu'il n'arrive pas à comprendre ce qu'elle dit. Comment, comment, quoi, quoi : Adela lui parle avec la rapidité et l'absence de modulation qu'on emploie en s'adressant à un ami de longue date : un torrent de paroles que Serafín parvient à ordonner peu à peu et qui finit par prendre forme. Il arrive quand même à comprendre de quoi il s'agit : d'un plan d'évasion, oui, c'est la meilleure façon de le définir. Son amie lui demande de lui tenir compagnie pendant une petite réception de professionnels de l'art que son mari organise dans leur villa du Sud, « et je n'admettrai pas que tu dises non, mon chou, c'est exactement ce dont tu as besoin ; après, si tu veux, tu pourras rester deux ou trois jours de plus pour te dorer au soleil et regarder passer les nuages ; je n'aime pas du tout la tête que tu as, ces dernières semaines, et il serait temps que tu commences à oublier Nora ».

Ce n'est pas précisément sa femme que Serafín souhaite oublier, mais l'invitation lui fait l'effet d'une libération : le piano, la pizza, les taches de tomate et son allure déplorable, la tentation du téléphone, tout cela pourrait être derrière lui en un instant.

– Oui, ma chérie, avec grand plaisir, dit-il, et il s'émerveille de constater qu'il lui reste encore un peu de volonté pour échapper à son cauchemar.

– Mon idée est que nous partions aujourd'hui même. Tu veux que je passe chez toi et que je t'aide à faire ta valise ?

Serafín tremble : la simple éventualité qu'Adela ou qui que ce soit d'autre puisse entrer dans cette porcherie l'épouvante.

– Non, non, ma chérie, tout est déjà prêt, je suis un homme tellement ordonné, dit-il, et après avoir écouté une nouvelle série d'explications d'Adela concernant la fête, il se dépêche de raccrocher, comme s'il craignait que le téléphone puisse transmettre l'odeur infecte à son amie.

Il reste quelques instants les mains croisées sur l'appareil, on dirait que celui-ci est le bras d'un ami fidèle. Alors Serafín pense que l'invitation tombe miraculeusement au moment le plus opportun. Sortir de tout ça… partir n'importe où. La seule chose qu'il regrette est que le plan inclue Ernesto Teldi, car il n'a jamais eu beaucoup de sympathie pour le mari d'Adela.

Dans la même attitude que tout à l'heure, mais aussi sans avoir assez d'énergie pour se séparer du téléphone ou s'éloigner du piano, Serafín pense qu'il ne connaît pas la raison de cette hostilité. Tout le monde admire Ernesto Teldi, et pourtant il se souvient de situations dans lesquelles son comportement ne lui a pas paru correct du tout. Peut-être que je l'envie, se dit-il, tout le monde envie Teldi, et je ne devrais pas être aussi rigide dans mes jugements quand le Destin m'envoie une bouée de sauvetage juste au moment où les circonstances étaient désespérées.

Que Dieu bénisse Adela, qu'il la bénisse et la protège, comme jusqu'à maintenant, de son horrible mari.

La haine ou plutôt le mépris sont de puissants neutralisants de toute autre passion. Pendant un moment, et à sa grande surprise, Serafín se rend compte que les quelques minutes durant lesquelles son esprit a été occupé à penser à Teldi sont les seules où il s'est senti bien. Il regarde le carton de la pizza et se dit : « Il faut que je mette de l'ordre. » Il caresse le piano, il l'ouvre même, et pour une fois la vision du clavier ne s'associe pas à sa visite au club du *Nuevo Bachelino*, ni à l'irruption dans sa vie de ce garçon angélique. Que c'est étrange, et quel puissant remède, pour apaiser le désir, d'avoir des pensées mesquines ; et comme pour vérifier son efficacité, Serafín décide de s'y abandonner. Il se redresse sur son siège improvisé, laisse encore davantage ses jambes se balancer et s'amuse à évoquer le prétentieux mari d'Adela. Et de nouveau, ô prodige, il parvient à oublier son état d'esprit antérieur, à tel point que sa main, sereine, se pose sur les touches du piano sans que leur contact ne provoque le frisson des autres fois. Voilà. La descente aux enfers s'est arrêtée, et comme pour le prouver, ses doigts effleurent le clavier en composant des accords sans suite mais tout à fait inoffensifs qui ne le transportent dans aucun passé honteux mais, au contraire, anticipent délicieusement sur le temps à venir. Les jours qu'il va passer chez les Teldi seront très probablement ennuyeux, mais il arrive parfois que l'ennui soit bienvenu. Presque inconsciemment, ses doigts qui courent sur le clavier se font plus précis, ils improvisent une musique conventionnelle, sans relief, comme il s'imagine que sera la fête d'Ernesto Teldi. En tout cas, il n'y aura pas de jeunes garçons, juste un groupe de spécialistes assommants qui parleront tout le temps de tableaux et d'œuvres d'art. Parfait, parfait, se dit-il, bien que (et ici le pianiste s'arrête), d'après ce qu'il a cru comprendre des explications hâtives d'Adela au téléphone, il soit possible que pour une fois les invités soient plus originaux que lors des réceptions habituelles ; « des collectionneurs excentriques », c'est l'expression qu'elle a employée, avant d'ajouter que c'étaient aussi des futurs clients de Teldi. « Des futures victimes des entourloupes de ce vieux chenapan qui cache ses grandes dents », pense Serafín, et les doigts sur les touches exécutent maintenant quelques mesures qui s'accordent bien avec l'idée que Serafín se fait d'Ernesto Teldi : son piano imite exactement un trio de trompes ; il joue Prokofiev, *Pierre et le Loup*, les pas du loup sur la neige. La musique coule toute seule, tandis que Serafín pense à Teldi, et seulement à Teldi.

La trêve dura dix minutes, dix longues minutes sans se souvenir de ce garçon aux cheveux taillés en brosse. Et c'était beaucoup plus que ce qu'il avait obtenu depuis le jour où il avait eu la malencontreuse idée d'entrer au *Nuevo Bachelino*. Au bout d'un moment, l'angoisse revint, mais désormais Serafín avait fait l'expérience des vertus du mépris comme antidote passager, mais combien efficace, d'une passion mauvaise. Il faudra m'en souvenir, se dit-il, cette méthode paraît même plus efficace que d'aller voir des voyantes. Mme Longstaffe, la célèbre voyante extralucide, lui avait promis d'étudier son cas et de l'aider, mais elle n'avait plus donné de ses nouvelles. Vieille cabotine, se dit Serafín, où es-tu en ce moment ?

# 4

## Karel et Mme Longstaffe chantent des *rancheras*

Dans la rue Corderitos, au numéro 29, tout près de Malasaña, se trouve une petite boîte appelée *Juanita Banana* que fréquentent les amoureux des rythmes tropicaux. A la nuit tombée, on peut y voir un public de néophytes, admirateurs peu exigeants de musique latino, ainsi que des danseurs de merengués et de congas qui ont suivi les cours d'une de ces nombreuses académies que l'on trouve partout. Dans cette première partie de la nuit qui va jusqu'à trois heures du matin, les banquettes du *Juanita Banana* sont pourvues de moelleux coussins rouges, fort propices aux enlacements amoureux. Le service est fait par des garçons et des filles latinos dont les corps sont aussi beaux que l'expérience hôtelière est rudimentaire, et la musique est excellente, encore que commerciale et simpliste. Y abondent, par exemple, les chansons de Juan Luis Guerra, les *rancheras* d'Ana Gabriel, les *vallenatos* de Carlos Vives et les *sones* américano-cubains de Gloria Estefan, que tout le monde reprend en chœur et en désordre. Tout en dansant ou en bavardant entre amis, les clients boivent d'innombrables *mojitos* au rhum Bacardi ou de la tequila avec du sel, au cri de *« dele nomás ! »*, ce qui veut dire cul sec et donne au lieu, selon les habitués, un air d'authenticité irréfutable ; ils en partent heureux et satisfaits : ah ! que la musique de l'Amérique tropicale est jolie et quel bon moment nous avons passé.

Cependant, à l'heure où s'en vont les derniers de ces latinologues néophytes en chantant en chœur

*vacilón, qué rico vacilón,*
*cha-cha-chá, qué rico cha-cha-chá*

à l'heure où s'éteignent leurs voix et s'estompent leurs silhouettes, surgit, comme par enchantement, un autre *Juanita Banana*, très différent : un club secret, auquel n'ont accès que quelques initiés. D'un coup, le *Juanita Banana* semble se replier sur lui-même. Les banquettes et les coussins rouges disparaissent pour laisser apparaître le bois nu. En un clin d'œil, l'atmosphère s'embrume, comme si quelqu'un, derrière les rideaux, s'employait à souffler d'épais nuages de cigares, pendant que les jeunes et jolis serveurs sont remplacés par les personnages suivants : le premier à entrer est René, un Cubain, large face noire, nez épaté. René est le barman, le champion des *daiquirís*, qui sait aussi concocter un certain nombre de mixtures congo extraordinaires, réalisées à base de plantes telles que le *kolelé batama pimpí* (le sésame, pour les profanes), ingrédient qui, comme chacun sait, constitue, mélangé au café, un excellent aphrodisiaque, en plus d'être très efficace pour soulager de l'asthme.

Le deuxième personnage digne d'être mentionné dans cette ambiance nouvelle et initiatique est Gladys, chargée de s'occuper des tables avec toute la célérité que lui permettent ses quatre-vingt-dix-sept kilos de chair tendre et colombienne (mais il faut aussi la voir danser les *sones* du maestro Escalona, car alors Gladys fait preuve d'une agilité de jeune fille). Le troisième membre du personnel – les troisièmes, faudrait-il dire –, c'est les jumeaux Gutiérrez, identiques et inséparables, musiciens d'une virtuosité sublime qui, à eux deux, maîtrisent tous les instruments, du tambour et des bongos cubains à l'accordéon guajiro, en passant naturellement par la guitare, les trompettes mexicaines et même la quena, la flûte indienne, instrument à vrai dire peu usité au *Juanita Banana* spécialisé dans les rythmes afro-américains.

C'est vers cette boîte hors du commun que, cette nuit-là, se dirigent deux personnages, deux mordus de musique latino et désireux l'un et l'autre de se détendre en chantant accompagnés par les frères Gutiérrez.

Ils marchent chacun de leur côté. L'un sur le trottoir de gauche, les mains dans les poches, en sifflant un petit couplet dont il se promet déjà de tirer un grand plaisir. L'autre sur le trottoir de droite, enveloppé dans une cape qui le protège de la curiosité d'autrui. Ils arrivent en même temps à la porte… Passez le premier.

Non, je vous en prie, madame, après vous, il ne manquerait plus que ça. Mme Longstaffe entre. Karel Pligh entre, s'apprêtant à passer une nuit blanche avant le départ pour la villa des Teldi. Et tous deux se saluent avec la cordialité froide et polie de gens qui ne connaissent ni d'Ève ni d'Adam mais qui sont pourtant liés par leur commune appartenance à une quelconque confrérie ou loge.

Et une fois dans l'ambiance, chacun son verre à la main (*caipirinha* pour madame, *daiquirí* pour Karel), chacun assis à une extrémité du bar, tous deux se préparent à passer une soirée délicieuse. Ils sont seuls dans la boîte et, comme d'habitude dans ces cas-là, la fraternité entre clients et employés s'installe vite. Trois *caipirinhas* plus tard, René est déjà sorti de derrière le bar pour venir s'asseoir près de Mme Longstaffe, tandis que Gladys et Karel improvisent un duo sur la piste. La chanson choisie est de Bola de Nieve et, dans la version instrumentale des frères Gutiérrez dont la cadence évoque Santiago de Cuba, elle ravit la voyante. Après cette interprétation, Mme Longstaffe demande son nom à Karel, qui le lui dit ; elle l'invite également à se joindre à elle pour savourer un alcool de sa terre brésilienne.

C'est de la *cachaça* ; goûte-moi ça, c'est formidable pour améliorer l'interprétation musicale.

Et en effet, Karel constata son efficacité ; quelques minutes plus tard, Mme Longstaffe et lui étaient le centre de l'attention des employés du *Juanita Banana*. Madame était assise sur un haut tabouret, tandis que Karel, à côté d'elle, s'éclaircissait la gorge en préparant sa voix pour mettre dans son interprétation tout le sentiment dont il était capable.

Si Néstor Chaffino avait eu la chance d'observer cette scène, il aurait pu sans aucun doute ajouter un argument à sa théorie selon laquelle les hasards ne viennent à se rencontrer que lorsqu'un témoin est là pour les rendre manifestes. Karel et Mme Longstaffe passèrent une nuit superbe à chanter en duo *Aurora*, *Yo tenía que perder*, *En eso llegó Fidel*, et même *Garota de Ipanema*, en brésilien ; mais comme ils ne s'étaient jamais rencontrés, ni l'un ni l'autre ne pouvait imaginer qu'ils étaient unis par des amitiés communes. Même les puissants pouvoirs paranormaux de Mme Longstaffe ne firent pas le lien. Avec ses dons bien connus de voyance extralucide, elle aurait pu alerter Karel sur les événements qui surviendraient le lendemain dans la villa des Teldi. Comme ses ancêtres, les sorcières de la sombre forêt de Birnam, Mme Longstaffe aurait pu informer Karel de la mort imminente de Néstor. Et des curieuses circonstances dans lesquelles se produirait cette mort. Elle aurait pu surtout, lui répéter la prédiction qu'elle avait faite à Carlos et à Néstor le jour où ils étaient venus la voir : *Néstor Chaffino n'a aucun danger à redouter jusqu'à ce que se liguent contre lui quatre T.* En effet, tout cela, Madame aurait pu le confier à Karel Pligh et, en même temps, lui expliquer comment, dans l'éther, se préparait une conjonction de forces inhabituelles et de petites infamies. Mais Mme Longstaffe ne dit rien : probablement parce qu'elle était trop occupée à enseigner au garçon un air charmant de Paquita la del Barrio, qui convenait parfaitement pour être chantée à deux voix.

Bien sûr, connaissant le talent de Mme Longstaffe et son sens très particulier de l'humour, il reste possible que *si*, elle tenta de dire quelque chose au garçon. Mais le doute planera toujours dans l'air du *Juanita Banana*, comme y flottent encore aujourd'hui les paroles de la chanson, qui n'est ni cubaine ni brésilienne, mais mexicaine, et que tous deux chantèrent en chœur et enlacés, la voix éraillée par la *cachaça*. Car, accompagnée par les frères Gutiérrez, l'un à la guitare et l'autre au piano, Marlène Longstaffe fit répéter trois fois à Karel le refrain de cette fameuse *ranchera* chantée par Paquita la del Barrio :

*Tres veces te engañé, tres veces te engañé, tres veces te engañé,*
*y después de esas tres veces, y después de esas tres veces,*
*no quiero volverte a ver*[1]*...*

1. *Trois fois je t'ai trompé, trois fois je t'ai trompé, trois fois je t'ai trompé, et après ces trois fois, et après ces trois fois, je ne veux plus te revoir...*

# 5

## Ernesto et Adela dans l'ascenseur

Le soir précédant leur départ pour leur villa des Lilas, Ernesto et Adela Teldi repassaient en revue quelques détails de la fête.

– En comptant les Stephanopoulos, nous serons trente-trois au total, et ce nombre ne m'a jamais plu, dit Ernesto Teldi.

– Parce que c'est l'âge auquel sont morts le Christ… et Alexandre le Grand, et aussi Evita Perón ? s'enquit Adela. Je ne crois pas que ça doive te préoccuper, je pensais que tu avais d'autres superstitions.

La conversation se déroulait au téléphone. A l'hôtel Palace, le ménage Teldi avait des chambres contiguës qui communiquaient par une porte, mais ni l'un ni l'autre n'empruntait jamais cette voie directe, alibi parfait, ordinairement, pour tant d'amours ; porte bénie, qui avait sûrement permis de préserver les apparences à de nombreux couples qui, après une après-midi de passion, pouvaient en quitter séparément la scène sans avoir rien à craindre. Dans le cas présent, en revanche, la porte servait exactement au contraire : elle semblait les unir, mais elle ne s'ouvrait jamais, car les Teldi menaient des vies parallèles. Leurs vies étaient comme deux lignes voyageant de conserve dans le Temps et qui ne se rejoindraient qu'à l'infini… ou peut-être un peu plus tôt : les conventions sociales les réuniraient certainement dans la même tombe, car telle est la fin inévitable de tout ménage bourgeois. Et aussi de ces couples où règne la plus complète indifférence.

– T'ai-je déjà expliqué le problème de M. Algobranghini, Adela ? Il déteste Stephanopoulos ; je crois qu'ils se sont disputés pour un cimeterre perse ; arrange-toi pour que deux collectionneurs aussi susceptibles ne se retrouvent pas à la même table et ne nous gâchent pas la soirée.

Ces deux noms peu courants, ainsi que trois dizaines d'autres tout aussi inconnus, faisaient partie de la liste des invités qu'Adela consultait tout en parlant avec son mari. Et en face de chaque nom, l'écriture sobre d'Ernesto Teldi précisait la spécialité : il y avait deux collectionneurs d'armes blanches, deux « fétichistes de tout ce qui a un rapport avec Dickens » (c'étaient les termes employés), trois fanatiques des icônes grecques – mais seulement celles où figure saint Georges ; un « amoureux des statuettes Rapanui » (qu'est-ce ça peut bien être ? se demanda Adela avant de poursuivre), et la liste était complétée par des collectionneurs moins exotiques, comme ceux qui se spécialisent dans les lettres d'amour de gens célèbres, les soldats de plomb, les livres de fantômes ou les œufs de Fabergé. Adela relut la liste pour voir si elle connaissait quelqu'un, mais aucun nom fameux dans le domaine de l'art n'y était, et Adela, avec un sourire, se demanda lequel de tous ces gens était dans la ligne de mire d'Ernesto Teldi. Algobranghini, le collectionneur d'armes blanches ? Mme Liau Chi, spécialisée dans les livres sur les fantômes ? Ou peut-être l'élu était-il le seul qui ne fût pas accompagné d'une quelconque annotation, un certain M. Pitou. Adela haussa les épaules, cela faisait tant d'années qu'elle voyait son mari se livrer avec une intuition aiguë à son jeu favori, payer le moins cher possible des objets de grande valeur pour les revendre ensuite, qu'elle avait fini par trouver la chasse amusante. Surtout ces derniers temps, maintenant que Teldi, désormais très riche, poursuivait parfois un objet particulier, peu coté certes, mais très rare : s'emparer de pièces uniques et extravagantes constituait l'apogée de toute une vie dédiée à l'art. Il était évident qu'une fête avec ces invités-là devait avoir pour objectif la capture d'une pièce possédée par quelque excentrique que son mari cajolerait et flatterait jusqu'à ce qu'il succombe sous son charme.

– Je ne veux pas que les places à table soient fixées à l'avance, Adela. Tout doit sembler être dû au hasard ; mais, de toute manière, je te fais confiance pour que Stephanopoulos et M. Pitou soient assis près de nous : Pitou à ma droite et Stephanopoulos à la tienne.

M. Pitou. Adela trouva son nom sur la liste des invités, mais quelle était sa spécialité ? Quelle qu'elle fût, Adela comprit que c'était sans doute cet inconnu qui était la proie, car Ernesto Teldi, invariablement, asseyait à sa droite l'invité qui, à ce moment précis, était le plus important pour lui. Mais qu'est-ce que son mari finirait par acheter après la réception, et à un prix de solde ? Une dague turque rarissime, peut-être un *billet doux* ?

– Enfin, ne t'inquiète pas, nous reverrons ça en détail plus tard, laisse, Adela, nous n'avons plus le temps maintenant, dit Teldi à l'autre bout du fil. Quand auras-tu fini de t'habiller ? Pourrons-nous partir à neuf heures ? Il faut plus d'une heure pour aller chez les Suárez.

Ce soir, Ernesto et Adela Teldi sont invités à dîner chez des amis qui ne font pas partie du monde de l'art. Il est huit heures et quart. Adela, pas encore maquillée, reste assise sur son lit, mais elle est experte en ravalements rapides.

– Fixons-nous rendez-vous à neuf heures devant la porte de l'ascenseur pour descendre ensemble, dit son mari.

Et ils se retrouvent à l'heure exacte : la ponctualité est la seule qualité qu'ils partagent. Ils entrent dans l'ascenseur et Adela en profite pour se regarder dans le miroir. Elle calcule qu'elle peut compter sur trois étages de descente en douceur pour vérifier qu'elle est très jolie, comme toujours quand elle s'habille pour *lui*. Naturellement, Carlos García n'est pas invité au dîner chez les Suárez, mais les femmes amoureuses (non, pas amoureuses, Adela, ne dis pas ce mot même en plaisantant : de la raison, de la prudence), les femmes *illusionnées*, rectifie-t-elle avant de poursuivre son idée, s'habillent toujours pour leur homme, même s'il ne peut pas les voir. C'est pour cela qu'avec le zèle d'une fiancée qui se fait belle pour son époux, elle s'est inondée de parfum et que, plus tard, elle a réussi à faire surgir une Adela rayonnante, yeux vifs et lèvres douces, qui resplendit si fort qu'elle attire même l'attention de son mari.

– Tu es ravissante ce soir, Adela, tu sembles presque une adolescente, dit-il, et elle, heureuse, sourit car elle sait qu'il dit la vérité : les fabricants de cosmétiques peuvent raconter tous les mensonges qu'ils veulent, l'amour (ou l'illusion de l'amour) est l'unique miracle d'éternelle jeunesse qui existe.

L'ascenseur descend un nouvel étage, le dernier avant d'arriver au hall : Adela pense qu'il lui reste encore quelques secondes pour se réjouir de son bonheur. Demain nous serons ensemble, un jour, quelques heures, mon royaume pour quelques heures. Brusquement, l'ascenseur s'arrête. L'éclairage clignote, menace de s'éteindre et, finalement, l'habitacle se trouve plongé dans une semi-obscurité, à la lueur agonisante de la lampe de secours.

– Merde, dit Teldi, qui cherche et trouve le téléphone de la cabine pour appeler la réception et demander ce qui se passe.

– Une panne de courant, monsieur, nous sommes vraiment désolés, ce n'est pas notre faute, tout le quartier est concerné. Puis-je faire quelque chose pour vous ?

Teldi, contrarié, demande qu'on avise les Suárez du retard possible, avant d'ajouter :

– Et, s'il vous plaît, appelez la compagnie d'électricité, ou la municipalité, ou qui vous voudrez, mais tenez-moi informé ; nous ne sommes pas dans le tiers-monde, je suppose qu'à Madrid les pannes ne peuvent pas durer longtemps.

– Oui, monsieur, naturellement. Je vous informerai dès que je saurai quelque chose.

Les époux se regardent dans la lueur jaunâtre de la cabine. Teldi a un geste d'impuissance, tandis qu'Adela étudie les parois et la porte de l'ascenseur. Entrera-t-il assez d'air ? La température va-t-elle se mettre à monter cruellement et à faire fondre son maquillage ? Quel désastre, même les visages rajeunis par le bonheur résistent mal aux situations absurdes. Et celle-là l'est. Vraiment absurde.

– Si au moins il y avait un petit banc comme dans les anciens ascenseurs, dit Teldi. On attend mieux assis, non ? Enfin, le pire qui puisse nous arriver est d'être en retard chez les Suárez, et ça n'est pas grave : des gens plutôt rasoirs, soupire-t-il, avant de desserrer son nœud de cravate, plus par réflexe que du fait de la chaleur.

Coincée là avec son mari, Adela pense à Teldi, pendant que Teldi pense à une lettre d'amour. Avec le calme d'un homme habitué à affronter des situations imprévues, Ernesto profite de cet enfermement inattendu pour se remémorer mot après mot une belle missive qu'il a prévu d'acheter demain à l'un de ses invités : « J'ai besoin de toi, je te veux, je vais vers toi », ainsi commence un feuillet écrit de la main d'Oscar Wilde. Il ne s'agit pas d'un extrait de l'original d'*Un mari idéal*, comme on pourrait le penser, mais d'une prière écrite trois années plus tôt dans une lettre d'amour adressée à un inconnu et mystérieux Bertie. Qui peut bien être ce personnage au nom victorien ? Teldi a une hypothèse aussi intéressante que scandaleuse, mais il ne pourra la vérifier avant que la lettre soit à lui. *I want you, I need you, I'm coming to you*, répète-t-il avec la délectation d'un collectionneur, car il est très possible qu'il se réserve cette trouvaille et refuse de la revendre, même s'il est sûr qu'on lui paierait très cher une pièce comme celle-là. Mais, de plus en plus, Teldi préfère la possession à l'argent. Une belle lettre d'amour, se dit-il, et il en est tout ému : une belle lettre d'amour.

Adela, pour sa part, ne pense pas à des choses tendres car, soudain, elle prend conscience de la gêne que lui cause la proximité physique de son mari. Cela fait longtemps qu'ils ne se sont pas trouvés si près l'un de l'autre. En presque trente ans de pacte conjugal satisfaisant (je ne me mêle pas de ta vie ni toi de la mienne, c'est civilisé et, en plus, c'est confortable), ils n'ont pas eu de frictions. Les vies parallèles ne se rejoignent qu'à l'infini ou dans la tombe, mais jusque-là tout restera pareil. Adela s'arrête un moment à cette idée : « Réunis tous les deux pour l'éternité. » Cela sonne comme un châtiment, mais elle n'a jamais réussi à comprendre ce souci qu'ont les gens de savoir où et avec qui finiront par reposer leurs restes : cendres d'amants répandues dans la mer ou sur un champ de marguerites, cadavres qui reposent l'un près de l'autre jusqu'à la fin des temps… tout cela fait romantique et même sublime, mais les cendres sont des cendres, et les cadavres des cadavres. Adela n'a pas l'outrecuidance de penser que ses restes puissent éprouver de l'amour ou regretter des absences.

La vie, en revanche, avec sa charge de désir, de douleur, d'amour ou d'agonie, est *ici*, très présente, en lui faisant éprouver tout cela et bien plus encore… Et la voilà qui se surprend à sentir l'absence du corps de Carlos et la proximité de celui de son mari, qui ne l'avait jamais perturbée avant cet instant où elle l'a trop près d'elle, et Adela se représente durant une seconde ce qui se passe quand deux personnes étrangères l'une à l'autre se trouvent coincées dans un ascenseur : chacune se réfugie aux extrémités de la cabine, et toutes deux regardent le plafond pour que leurs yeux ne se rencontrent pas, pour que leurs corps ne se touchent pas. Ils se balancent, mal à l'aise, font semblant de siffloter ou de consulter leur montre, avec le désir violent que la porte s'ouvre une fois pour toutes, qu'elle soit déjà ouverte, parce qu'il nous est insupportable qu'un étranger envahisse notre territoire.

Teldi s'est retranché dans un coin de l'ascenseur. Lui n'est pas gêné par le voisinage du corps d'Adela, pourquoi celui-ci le gênerait-il ? Elle fait partie de sa personne. Depuis qu'ils ont conclu ce pacte tacite, il y a bien longtemps, de vivre des vies parallèles, Adela est autant à lui que le sont ses mains, ses jambes, sa peau ou les vêtements qui couvrent son corps. Et il l'aime bien, pourquoi dire le contraire ? Comme on aime quelqu'un qui est devenu une prolongation de soi-même.

C'est également ainsi qu'Adela a vécu jusqu'à maintenant sa relation conjugale. Avec des amants qui lui faisaient sentir qu'elle était vivante. Elle a même, une fois, connu une telle passion qu'elle a été tentée de prendre la fuite. Mais en fin de compte elle est toujours restée avec Teldi, parce que la fuite est inutile quand la liberté est totale, quand le pacte de vies parallèles est parfait et le territoire commun suffisamment étendu pour ne pas se gêner l'un l'autre : deux lits dans des chambres séparées, deux salles de bains, deux portes d'entrée et de sortie. Disposer d'un vaste espace est une des plus grandes bénédictions que procure l'argent, et l'une des moins connues.

En revanche, maintenant, dans l'ascenseur, avec la proximité indésirable de son mari qui est en train de défaire deux boutons de sa chemise et qui décide ensuite d'enlever ses chaussures, Adela est prise d'une émotion qui ressemble à une nausée. La moustache de Teldi commence à se peupler de gouttes de sueur, la chevelure faussement abondante colle à son crâne… tout cela se mêle au souvenir de Carlos, qui n'en finit pas de grandir à la faveur de la comparaison. Elle avale l'air comme s'il lui manquait, et tous ses muscles lui font mal du simple désir de sortir de là, de se jeter dans des bras qui ne soient pas ceux de Teldi puant la viande avariée. Adela, une fois de plus, a peur d'être tombée amoureuse plus qu'il n'est prudent. Souviens-toi, ma chère, tente-t-elle de se dire avec un détachement mondain qui détonne dans la situation où elle se trouve, que l'amour rime avec toujours… tant qu'il dure. Je t'aimerai éternellement jusqu'à huit heures et demie du soir. Telle a été sa sage manière de procéder avec d'autres amants car, au long de sa vie, elle a appris qu'aimer ne doit se conjuguer qu'au présent. Et Adela se répète ces principes en essayant de ne pas regarder Teldi, de ne pas voir que sa chemise commence à lui coller au corps. « La seule passion durable est celle que l'on dose et que l'on n'épuise pas, celle que l'on ne boit pas en entier, celle où le désir l'emporte sur la possession… » Toutes consignes de prudence qu'elle a su respecter.

Maintenant, la chaleur est insupportable. Dans l'ambiance poisseuse, chacun respire l'haleine de l'autre. Teldi appelle une nouvelle fois la réception, et à la stridence de ses cris et de ses protestations se mêlent d'autres tourments dus à la proximité, comme l'odeur aigre de sa sueur, sa main poisseuse qui, sans le vouloir, s'est abattue sur le bras droit d'Adela. Le contact produit une décharge électrique qui parcourt son épine dorsale, précise et terrible comme une révélation. Elle s'aperçoit que, jusqu'à cet instant, elle a pu vivre avec ce corps vieux, avec un mari aux cheveux clairsemés qui, quand il transpire, se collent au crâne, simplement parce qu'elle ne voyait pas tous ces détails comme elle les voit en ce moment, dans la proximité forcée de l'ascenseur. Ils ont toujours été indépendants, indulgents, voyageant beaucoup et se voyant peu, sans se gêner ni se faire du mal, respectant chacun le territoire de l'autre. « Mais la liberté se rétrécit avec le passage du temps », pense tout à coup Adela. Inévitablement, avec les ans, viendra la fin de cette vie factice qui a toujours été son salut ; le moment arrivera de la solitude à deux où il n'y aura plus ni amis ni voyages… mais où il y aura toujours davantage de proximité, d'infirmités, de maladies. Mon Dieu : la vieillesse est l'envahissement de tous les territoires.

Quinze minutes. Adela n'aurait jamais soupçonné que, pour faire le tour du monde et mettre sens dessus dessous les convictions de toute une existence, il lui suffirait de passer quinze minutes enfermée dans un ascenseur avec l'avenir qui l'attend. Aussi, quand, à l'improviste, la cabine se met en marche, le mouvement lui donne un tel vertige qu'au lieu de descendre vers le hall elle croit parcourir le chemin qui la mène tout droit en enfer. Et dans ce bref trajet, avec la lucidité de ceux qui vont mourir, Adela voit passer dans le miroir toute sa vie amoureuse. Elle voit la jeune Adela Teldi, belle et inaccessible, sans autre désir que de collectionner des amants qui la feront se sentir encore plus belle, et aussi plus inaccessible.

Et puis une vague d'émotions que, durant des années, elle a tout fait pour réprimer la force à s'arrêter devant l'image d'un homme sans visage, mêlée au sang de sa sœur Soledad qui tache la cour de leur maison de Buenos Aires. Heureusement, les images se succèdent à une telle vitesse que le défilé ne s'arrête pas, mais au contraire vole et continue de montrer d'autres amours banales dont le seul but est de masquer ce sang. Beaucoup d'aventures insignifiantes jusqu'à ce qu'apparaisse dans le miroir le beau corps de Carlos, comme s'il était là, avec eux, dans l'ascenseur.

L'ascenseur est arrivé en bas et la porte s'ouvre.

– Il était temps, dit Teldi, et il se met à rassembler ses affaires.

Il cherche sa cravate qui est tombée dans un coin, puis ses chaussures.

– Mais où est donc mon soulier gauche ? C'est pourtant petit, ici, et je ne le retrouve pas.

Adela se penche ; elle est sur le point de le ramasser sans autre commentaire, quand une impulsion folle la fait demeurer dans cette posture servile. Elle regarde Teldi et, comme s'il lui fallait sceller par un geste ce qu'elle a découvert au cours des quinze dernières minutes, elle dit :

– Viens, Ernesto, laisse-moi t'aider.

Et, à genoux, elle s'oblige à lui mettre la chaussure.

– Que fais-tu, Adela, tu es devenue folle ?

Mais Adela n'est pas folle, elle veut sentir encore une fois l'odeur de viande avariée, plonger jusqu'au fond du sordide, pour être sûre que, quand elle sortira de l'ascenseur, la vie quotidienne ne lui fera pas oublier ce qu'elle a ressenti durant ces quinze minutes qui sont la préfiguration de l'avenir qui l'attend. La vieillesse est l'envahissement de tous les territoires, se répète-t-elle, et elle arrivera quand je n'aurai plus de forces pour prendre la fuite, quand il ne me restera plus de raisons pour changer de vie, parce que la vie sera devenue trop petite et que je n'aurai plus d'endroit où aller, ni personne avec qui partir. Le pied d'Ernesto Teldi a gonflé avec la chaleur, le talon ne parvient pas à entrer, et le contrefort craque.

– Laisse, ça suffit, je ne comprends pas ce que tu fabriques. Allez, lève-toi, dit Teldi, et en voyant sa figure, il ajoute : – Tu as un aspect lamentable, Adela, tu devrais aller te changer, et moi aussi.

– Oui, dit-elle, mais je crois que, cette fois, je prendrai l'escalier.

Adela ne regarde pas en arrière. Elle ne sait pas si son mari est resté dans l'ascenseur pour remonter dans sa chambre ou ce qu'il a fait, mais elle sait qu'elle a trois étages pour penser à Carlos et à tout ce qu'elle ressent. Il est trop tard pour annuler le dîner de la villa des Lilas, se dit-elle ; rien ne sera changé pour les jours qui viennent, mais ensuite, adieu Teldi. Adela ne se fatigue pas. Adela gravit les trois étages en apesanteur, comme le font les enfants, car elle vient de se jurer que, pour une fois dans sa vie, elle se laissera aller aux illusions, elle sera idiote et elle sera folle, mais elle donnera une chance à l'amour.

QUATRIÈME PARTIE

# Le jeu des miroirs

– Dans cet incident, dit le père Brown, il y a eu un élément tortueux, laid et complexe qui ne correspond pas aux rayons directs du ciel ou de l'enfer (ni à ceux de la magie). De même que l'on reconnaît le trajet tortueux d'un escargot, je reconnais le chemin tortueux de l'être humain.

G.K. CHESTERTON,
*La Candeur du père Brown.*

L'astuce, ce sont les miroirs, n'est-ce pas ?

AGATHA CHRISTIE

# 1

## Arrivée à la villa des Lilas

Les maisons où une mort subite est sur le point de se produire ne se distinguent en rien des autres, plus innocentes. C'est un mensonge d'affirmer que le bois des escaliers grince avec des bruits semblables au croassement d'un corbeau et que les murs ressemblent à des sentinelles lugubres dans l'attente d'un événement maléfique. Il est faux également de dire que les chambres frigorifiques Westinghouse qui, dans quelques heures, se refermeront pour toujours sur leur victime, ronronnent en invitant le malheureux à entrer. Tout cela n'est que propos fallacieux : et cependant, sur le paillasson de l'entrée des Lilas, on pouvait voir nettement un énorme cafard. Les cafards sont des insectes désagréables qui, de plus, possèdent un sens très poussé de l'équipe. Souvent, quand on met fin à la vie d'un spécimen, un autre, identique, surgit d'on ne sait où pour le remplacer. Un deuxième cafard aussi gros et luisant que le premier, qui se comporte pareillement, avec une exactitude stoïque ; et c'est ce qui se passa ce matin-là lorsque les personnages de cette histoire, au fur et à mesure de leur arrivée aux Lilas, rencontrèrent le cafard (ou plutôt plusieurs cafards).

Si cette présence peut être considérée comme un présage ou un signe, il est certain que ce signe fut vu de tous, en train d'agiter ses antennes pour les défier. Et, à sa vue, chacun fit ce que font tous les gens quand ils rencontrent un cafard : l'écraser du pied.

En voyant l'insecte répugnant, Ernesto et Adela Teldi, les premiers arrivés, en profitèrent pour échanger quelques mots : les premiers après des heures de silence partagé. Ils ne s'étaient pas parlé dans l'avion qui les amenait de Madrid, et ils s'étaient bornés aux quelques commentaires indispensables durant le trajet entre l'aéroport et Coín, l'endroit où se trouvaient les Lilas, une vieille maison recouverte en grande partie d'une glycine que, du coup, les profanes, abusés par le nom, prenaient souvent pour du lilas.

– Je te l'avais bien dit, les gardiens que tu as engagés sont un désastre, soupira Ernesto. Trouver un cafard dans un jardin, voilà qui est inédit, Dieu sait ce qui nous attend à l'intérieur.

Il mit la clef dans la serrure tout en jetant un coup d'œil aux alentours. Le reste du jardin semblait convenablement entretenu : des hortensias bleus poussaient des deux côtés de la porte principale, d'autres plates-bandes étaient également belles et, à part quelques feuilles que le vent avait amassées dans un coin, le gazon semblait convenablement tondu et nettoyé, ce qui permettait d'apercevoir dans le fond un petit bassin avec des nénuphars et une bordure de buis.

– En tout cas, le jardinier semble travailler consciencieusement, commenta Teldi ; mais ce couple de gardiens fainéants n'est même pas là pour nous ouvrir la porte. Je me demande ce qu'ils fichent, ajouta-t-il en faisant tourner la poignée.

En entrant Ernesto Teldi écrasa le cafard ; la carcasse de l'insecte crissa sous son pied et, en lançant un « Merde ! », il en essuya les débris sur le paillasson. Quelques secondes plus tard Adela et lui se trouvaient à l'intérieur des Lilas où ils eurent immédiatement à affronter un deuxième contretemps domestique : les gardiens les attendaient dans un état de grande agitation pour les informer qu'ils ne pourraient pas rester pour la réception, vu qu'ils devaient se rendre sans tarder à Conil de la Frontera à cause d'une affaire familiale très grave, oui, madame, très grave, je regrette de tout mon cœur, quelle contrariété.

– Alors partez tout de suite et ne revenez pas, dit Teldi en s'adressant, non à ses employés, mais à Adela, comme si c'était elle la coupable de l'affaire familiale très grave.

Et Adela, conciliatrice, avait réussi à les convaincre de rester, au moins jusqu'à l'arrivée de l'équipe du « Mûrier & le Gui », afin d'expliquer à celle-ci le fonctionnement de la maison et la place de chaque chose. A ce moment, Teldi s'était adressé pour la première fois directement aux gardiens, sur le ton tranchant et contrarié que l'on emploie avec les déserteurs :

– Et avant de disparaître à jamais de ma vue, faites-moi le plaisir d'emporter avec vous ce cafard mort.

– Oh ! le répugnant cafard, s'exclama Chloe deux heures plus tard, en trouvant sur le paillasson une bestiole identique, mais bien vivante celle-là, qui agitait ses antennes en signe de bienvenue. Pouah ! c'est dégueulasse, faudrait quand même que quelqu'un le zigouille. Ma conscience ne me permet pas de faire souffrir les bêtes, mais trop, c'est trop.

Néstor et Carlos s'arrêtèrent pour observer l'insecte. Néstor, comme tous les cuisiniers, ne supportait pas les cafards, et il ne se priva pas de le faire savoir aux gardiens quand ils vinrent leur ouvrir la porte.

– Je ne sais pas d'où qu'il peut bien sortir, s'excusa la gardienne, nous venons juste d'en balayer un tout pareil. C'est sûrement M. Teldi qui les a apportés du dehors collés à sa semelle, parce que, dans cette maison, y a pas de cafards. La cuisine est nickel, je vous jure, entrez et voyez vous-même.

Néstor et la gardienne entrèrent.

– Et ce putain de cafard, alors ? demanda Chloe. Tue-le, Carlos.

Et Carlos, qui ne faisait pas de sentiment dans ce genre de besogne, écrasa l'insecte exactement comme l'avait fait Ernesto Teldi.

– Voilà, dit-il. Allons, Chloe, porte ces paquets dans la cuisine. Karel va garer la voiture et il faut que je l'aide à décharger le reste.

– Nom de Dieu, voilà un *šváb* vraiment dégoûtant, pensa Karel en voyant un troisième cafard sur le paillasson, aussi luisant et humide que ses frères. Comment peut-on bien dire *šváb* en espagnol ? réfléchit-il pendant une seconde, sans se rendre compte que sa grande culture musicale lui avait fait bien souvent chanter… *La Cucaracha*, célèbre chanson mexicaine dédiée à cet insecte. Mais, pour l'heure, Karel n'avait pas le temps de poursuivre ses réflexions entomologico-musicales. Il portait sur ses épaules un panier rempli de casseroles, poêles et autres ustensiles nécessaires à Néstor pour préparer le dîner aux Lilas. Karel se contenta donc d'écraser le *šváb* en passant, de toute la force de ses baskets Nike, et continua son chemin jusqu'à la cuisine : il restait beaucoup à faire, une foule de choses à mettre en place avant l'arrivée des invités.

Le couple Teldi et les employés du « Mûrier & le Gui » consacrèrent toute la matinée et une bonne partie de l'après-midi aux préparatifs, chacun dans son domaine. Teldi, par exemple, s'enferma dans la bibliothèque pour téléphoner : il voulait être sûr qu'aucun de ses invités n'avait été victime d'un empêchement de dernière minute. De son côté, Adela passa minutieusement le menu en revue avec Néstor (quelle drôle d'idée, elle avait l'impression d'avoir déjà vu cette tête-là, mais où, oui, où avait-elle donc rencontré une moustache pareille ? A coup sûr, ça lui reviendrait dans un moment, en tout cas mieux valait faire comme si cette tête ne lui était pas familière, dans l'éventualité où elle lui rappellerait des souvenirs désagréables, et en pareil cas il est toujours préférable de faire comme si on ne se souvenait de rien), puis elle expliqua au cuisinier qu'elle préférait ne pas donner d'ordres directs à ses aides.

– Occupez-vous de tout, monsieur Chaffino, y compris des fleurs, cueillez en toute liberté celles du jardin si nécessaire, dit-elle ; j'ai un certain nombre de choses à régler avec mon mari à l'étage et, dès que je pourrai, je viendrai dans la cuisine pour que nous voyions ensemble les problèmes imprévus qui pourraient se présenter.

Néstor la rassura en disant que c'était là, justement, l'avantage d'avoir contracté ses services : elle n'avait à se soucier de rien. Ni du repas ni de l'arrangement de la maison (malgré la disparition des gardiens).

– Nous ne sommes pas nombreux mais nous sommes efficaces, madame, et nous sommes très consciencieux, c'est ça le plus important. Les jeunes gens, et particulièrement Carlos, sont comme mes enfants, tu verras.

Et après cette déclaration, coiffée d'un tutoiement inattendu qui surprit Mme Teldi (il a dû faire un lapsus, se dit Adela, surtout ne pas lui accorder d'importance), elle vit Néstor disparaître, de cette manière silencieuse qui est le signe distinctif des vrais spécialistes en art culinaire.

A partir de ce moment, « Le Mûrier & le Gui » prit possession des Lilas. Pendant que les Teldi se désintéressaient des préparatifs, Karel, Chloe, Carlos et le cuisinier s'occupèrent de tout organiser, de mettre les tables et de disposer des fleurs, de changer les meubles de place. « Faites comme vous l'entendez », avait dit Mme Teldi : au bout d'un moment, avec la liberté que donne le fait d'avoir carte blanche, forts aussi de leur expérience de bien d'autres réceptions semblables, les membres du « Mûrier & le Gui » entraient et sortaient des pièces avec une aisance parfaite, comme s'ils se déplaçaient en terrain connu. Et ce fut ainsi que chaque employé, en travaillant à son rythme et sans supervision inopportune, put découvrir une villa des Lilas très différente. On dit que les demeures changent de personnalité selon celui qui la regarde. Qu'elles sont agréables ou menaçantes, belles ou laides, sympathiques ou hostiles, suivant l'œil qui les observe, ou suivant un état d'esprit particulier. On dit aussi que même si tout le monde regarde un espace identique personne ne voit la même chose, et il doit y avoir du vrai là-dedans à en juger par les impressions diverses que les Lilas causèrent au nouveaux venus. Néstor, par exemple, eut un sursaut en entrant dans le salon avec l'intention d'y passer le plumeau. Une sensation pénible lui parcourut le dos, mais il est très possible qu'en l'occurrence ce fut moins la décoration de la pièce qu'un objet particulier qui provoqua son inquiétude : le plateau du courrier.

– Que regardez-vous ? l'interrogea Ernesto Teldi qui, au même moment, entrait pour chercher un journal.

Néstor actionna son plumeau d'un adroit coup de poignet et, comme s'il ne s'intéressait qu'aux murs et aux objets les plus insignifiants, s'abrita derrière un nuage de poussière.

– Charmante décoration, beau salon, dit-il. Il sera superbe quand on y aura fait un peu de ménage et qu'on l'aura orné de roses du jardin, vous verrez, ajouta-t-il en tournant le dos à Teldi pour que celui-ci ne voie pas sur quoi son regard s'était posé.

Ernesto prit alors la seule lettre qui se trouvait sur le plateau :

une enveloppe volumineuse dont l'adresse était rédigée à l'encre verte, d'une écriture tremblante.

« Merde ! » pensa Teldi, avant de disparaître avec l'enveloppe.

« Merde ! » pensa également Néstor, en agitant le plumeau de plus belle, comme si la maison s'était soudain remplie d'invisibles araignées.

Carlos García, lui, vit les Lilas comme une maison lumineuse et calme qui lui rappelait beaucoup son enfance. Tout en s'appliquant à ne pas négliger son travail, il s'arrangea pour aller de pièce en pièce et crut un moment qu'il se trouvait au 38 rue Almagro. Pas dans l'appartement déchu et abandonné qui cesserait bientôt de lui appartenir, mais bien dans la mystérieuse demeure pleine de recoins qu'il avait connue quand il était petit et qui portait le sceau de Grand-mère Teresa. Pour Carlos, les Lilas et le 38 rue Almagro se ressemblaient comme mère et fille. Il s'aperçut même que le choix des couleurs était identique : le vestibule était peint en rouge… le salon était jaune, et comment étaient les chambres à coucher ? Carlos oublia un moment que cette maison appartenait non seulement à la femme avec qui il avait partagé des heures d'amour dans un hôtel, mais aussi à son mari et, comme un gosse curieux, il décida de jeter un coup d'œil sur les chambres à coucher, peut-être dans l'espoir d'y trouver une lingerie lavande ou une pièce secrète avec une armoire attendant qu'on l'ouvre.

– Peut-on savoir ce que tu fabriques à cet étage ? dit, de la porte, une voix qui n'était pas, par chance, celle du maître des lieux mais celle de Néstor Chaffino. Qu'est-ce que tu cherches dans les armoires ?

Carlos tressaillit. La scène ressemblait tellement à celle qu'il avait vécue une lointaine après-midi où, après s'être échappé de sa sieste, il avait été surpris par une bonne dans la chambre du fond, qu'il s'entendit répondre stupidement :

– Rien, Nelly, rien, je te jure.

Néstor le regarda. Son expression était très différente de celle que l'enfant se rappelait avoir lue sur le visage de Nelly le jour où il avait découvert la femme du portrait dans l'armoire, mais la situation était la même.

– Tu ne me dis rien d'autre ? demanda Carlos, qui aurait préféré une réprimande à cette attitude indéfinissable de son ami. Tu ne me dis pas de retourner à mon travail, d'arrêter de fouiller dans de vieilles armoires, tu ne me poses pas de questions, Néstor ?

Mais Néstor, qui déjà s'éloignait de la porte, se contenta de se retourner à demi pour lui dire :

– *Cazzo* Carlitos, tu te rendras compte un jour qu'il y a des occasions dans la vie où il est préférable de ne pas poser de questions. Surtout quand on soupçonne que la réponse ne vous conviendra pas.

Puis il ajouta, en changeant de ton :

– Allons, descendons à la cuisine. Chloe et toi, il faut que vous m'aidiez pour le dîner.

Pour Karel Pligh, en revanche, la villa des Lilas n'était ni chaleureuse, ni jaune, ni pleine de recoins. Elle ne lui rappelait pas non plus de souvenirs d'enfance, mais elle semblait sortir d'un roman. Une maison irréelle, avec un tas de salles de bains, plus d'une par personne, compta-t-il, et tout cet espace perdu : on aurait pu y loger au moins quinze familles. Il allait et venait dans la salle à manger en disposant les chaises autour des tables, cinq tables au total, et il plaça sur chacune un chandelier et un chemin de table fleuri. Ce faisant, il s'amusait à soigner les détails comme un bon metteur en scène. La vie à l'Ouest ressemble à un décor, pensa-t-il. Karel aimait cette sensation. Ce soir, il pourrait apprendre beaucoup de choses sur la manière de se comporter dans les réunions distinguées et, s'il était bon observateur, s'il s'appliquait à bien se tenir, peut-être un jour, qui sait, pourrait-il lui aussi être invité à un dîner comme celui-là, voire posséder une maison pareille à celle des Lilas ; ce n'était qu'une question de travail acharné, et aussi de chance.

– Si ça m'arrive, Chloe sera fière de moi, se dit-il.

Pourtant, Karel n'en était pas tout à fait sûr. Allez savoir pourquoi.

Que peuvent donc bien cacher, réfléchit-il, les filles adorables et capricieuses derrière leurs nuques tondues et leurs cheveux taillés en page ? Et, comme tant d'autres fois, il ne put trouver d'autre réponse que celle-ci : mystère du monde occidental, où tout n'est que mystères.

Chloe était dans la cuisine avec Néstor et Carlos, et ils pelaient des tomates. Des centaines de tomates, des montagnes de tomates, ce qui l'empêchait de se poser des questions sur les Lilas. L'aurait-elle fait, qu'elle aurait certainement trouvé que la maison des Teldi était aussi horrible que celle de ses parents, qu'il lui manquait la chaleur d'un vrai foyer et que sa décoration n'était que du tape-à-l'œil. Faux, son aspect accueillant ; mensonge, l'aspect chaleureux de son vestibule. Y a pas un seul sentiment vrai dans cette putain de taule, aurait conclu Chloe si elle n'avait pas été accaparée par les tomates.

Mais, très vite, elle se fatigua de cette besogne mécanique et elle le dit à Néstor :

– On se fait chier, ici. Quand nous étions gosses, mon frère et moi, et que nous entrions dans la cuisine, on nous distrayait toujours en nous racontant des histoires. Tu as ce carnet plein d'infamies dont tu ne te sépares jamais, Néstor. Pourquoi tu ne nous lis pas quelque chose pour passer le temps ? Allez, lis-nous un passage.

– Cinquante-quatre, cinquante-cinq, pour le moment tu t'occupes des tomates et tu te passes d'histoires. On a besoin exactement de soixante-six pelures pour faire les fleurs décoratives, deux par assiette ; voyons comment tu t'en tires, ma mignonne, ordonna Néstor.

Pendant quelques minutes la conversation cessa pour laisser la place au travail méthodique. Les Lilas bruissaient d'activités multiples. De l'endroit où il se trouvait, Néstor pouvait entendre des bruits de provenances diverses. D'abord Carlos, qui détachait de la glace dans le réfrigérateur de la cuisine ; de l'autre côté de la porte, Karel, qui dressait le couvert. Et Ernesto et Adela, que faisaient-ils ? Néstor se les imagina très loin, dans leurs chambres, mais elle n'allait certainement pas tarder à descendre dans la cuisine, le soir venait.

– Allons, Néstor, c'est vraiment galère, ce boulot. Pourquoi tu nous racontes pas, à Carlos et à moi, une autre de ces histoires que tu gardes dans ton carnet ? J'aime beaucoup les histoires, insista Chloe, mais c'est pas par goût des ragots, je te jure, Néstor. Vous avez tous une fausse image de moi. Parce que, même si tu penses que j'ai rien d'autre dans le citron que l'idée de me la couler douce, je m'intéresse à des tas de trucs, par exemple la littérature. Tu t'imaginais pas ça, hein ? Je le dois à mon frère Eddie, qui voulait être écrivain.

Néstor prit ce propos pour une nouvelle lubie de Chloe. Un cuisinier qui a la responsabilité immédiate de préparer un dîner pour une réunion de personnes importantes et choisies n'a pas de temps à perdre ; aussi ne prêta-t-il pas attention aux paroles de Chloe, pas plus quand elle parla de son frère mort que quand elle expliqua qu'Eddie voulait être écrivain : « Comme toi, Néstor. »

« Comme moi ? » pensa Néstor un instant, et en éclatant de rire : « Mais que m'importent les écrivains ? » Puis, tout de suite, il se désintéressa de Chloe car il délayait la béchamel.

C'était toujours pareil : quand Néstor était dans le feu de ses obligations, il ne prêtait attention à rien d'autre. Tout était rejeté dans le néant, à part les casseroles ou, comme dans le cas présent, la béchamel et les fleurs de tomates dont il avait besoin pour orner les assiettes et dont le reste lui servirait pour la salade de homard tiède.

S'il n'avait pas été ainsi, s'il n'avait pas été un cuisinier si consciencieux et seulement préoccupé de ses plats, il se serait alarmé de la scène qui se déroula ensuite.

Chloe continuait à parler, et de plus en plus fort, car elle voyait bien qu'elle ne parvenait pas à attirer l'attention du cuisinier ni celle de Carlos.

– Allons, Néstor, sois pas chien, juste une histoire, même si tu l'as déjà racontée, je m'en fiche ; parle-nous encore de cette femme qui a fait mourir sa sœur à Buenos Aires, la gonzesse qui s'est jetée par la fenêtre, ça au moins c'était super.

Néstor n'avait pas vu la porte s'ouvrir : la béchamel accaparait tous ses soins. Chloe non plus ne remarqua rien, et seul Carlos se rendit compte de l'arrivée d'Adela Teldi qui s'arrêta net en entendant ces mots.

– Un vrai film d'horreur, petit père, raconte donc encore une fois.

La porte se referma comme elle s'était ouverte, et Carlos continua de détacher de la glace en écoutant le bavardage de Chloe comme s'il n'avait rien vu. C'est mieux ainsi, se dit-il. Adela a préféré ne pas me voir, et elle a raison. Il est souhaitable que notre première rencontre aux Lilas ait lieu sans témoins ; si elle était entrée maintenant, comme ça, sans préambule, Néstor aurait remarqué quelque chose dans notre comportement.

– Merde, Néstor, merde, continuait Chloe, tu pourrais quand même me causer. Je vois pas pourquoi le travail devrait être brouillé avec la communication humaine.

Mais ni Néstor ni Carlos ne l'écoutait. L'un pensait aux sauces, l'autre à ses amours, et Chloe, fâchée, laissa son regard errer dans la cuisine jusqu'au moment où son attention fut attirée par la porte d'une grande chambre froide qui était à l'autre bout : « Westinghouse 401 Extracold », lut-elle distraitement, après quoi elle resta un moment à observer comment la porte, en acier inoxydable ou autre métal argenté, la reflétait, mais en grossissant son visage comme un miroir capricieux. Chloe s'amusa à arranger ses cheveux et à vérifier que les *piercings* – ceux des lèvres, surtout – lui donnaient un look super, oui, ma fille, super, se dit-elle. Et en riant de son image changeante dans ce miroir de foire, elle ne pensa plus à Carlos, ni aux histoires d'infamies, ni à Néstor, ni à son carnet de toile cirée. Trente tomates plus tard, toutes les fleurs artistiquement réparties sur les assiettes, Chloe demanda à Néstor ce qu'il voulait qu'elle fasse d'autre. Et Néstor, après avoir consulté sa montre, lui dit qu'il n'avait plus besoin de son aide à la cuisine et qu'elle pouvait monter se changer. Il est encore tôt, mais il vaut mieux que tu vérifies si ton uniforme n'est pas froissé et si le tablier est impeccable. Va, monte, il faut que tu repasses ta robe. Les autres instructions, tu les connais, ma mignonne : enlève tes anneaux, tes boucles et tous tes *piercings*, et range-les soigneusement dans ton énorme sac : je ne sais pas ce que tu transportes dedans, mais on dirait que tu l'as préparé pour une expédition de quinze jours dans le désert.

– Ah ! les femmes, ajouta-t-il avec un sourire.

Il était d'excellente humeur : tout marchait à merveille.

Dans la chambre que partagent Chloe Trías et Karel Pligh, on entend une chanson de Pearl Jam. Chloe a pris une douche et, ses cheveux humides enveloppés dans une serviette, elle cherche dans le sac l'uniforme de soubrette, une robe sévère, grise avec le col et les poignets blancs, un tablier d'organdi et même une petite coiffe que les traiteurs sérieux tels que « Le Mûrier & le Gui » sont allés tirer des vieux coffres pour donner une touche de distinction supplémentaire à leurs services.

– Merde, où qu'il est, ce déguisement de clown ? s'impatiente Chloe, et elle sort du sac une montagne de vêtements, tous ceux qu'elle a récupérés la veille chez ses parents.

Trop d'affaires : tee-shirts, bikini, bermudas chinois tout à fait indiqués pour se promener dans le jardin des Lilas ; tout, sauf l'uniforme. Et Chloe, préoccupée, cherche, fouille. Putain, est-ce que je l'aurais oublié, après tout ce cirque chez mes vieux, j'étais tellement à la bourre, je sais même pas ce que j'ai pris, en tout cas il est pas là, et maintenant qu'est-ce que je vais faire, Néstor est un type à la coule, d'accord, mais il va pas apprécier du tout que j'aie pas les fringues qu'il faut.

Sept heures et demie. Il reste du temps, certes, mais pas suffisamment pour résoudre ce grave problème qu'est l'oubli de l'uniforme à Madrid. Merde, merde, merde. Et Chloe tourne dans sa chambre jusqu'au moment où lui vient une idée salvatrice, la seule possible.

Elle regarde dans l'armoire. Karel a deux uniformes de serveur : un garçon aussi prévoyant ne se permettrait pas de se déplacer sans costume de rechange ; dans ce métier, il faut être prêt à affronter toutes sortes d'imprévus, et Karel l'est, heureusement. Maintenant, la jeune fille sait ce qu'il lui reste à faire.

– Ça sera amusant de m'habiller en garçon, dit-elle.

Une heure plus tard, la sonnerie retentit. Il était encore tôt pour que ce soit déjà un invité, de sorte que Karel Pligh, sans ouvrir la porte, mit la tête à une fenêtre. Devant la porte principale, il vit un monsieur, visage avenant et cheveux taillés en brosse, une petite valise à la main.

– Bonsoir, je suis Serafín Tous, dit l'homme.

– Vous venez pour la réception ? demanda Karel de sa fenêtre, sans très bien savoir quel est le protocole à suivre dans ces cas-là.

Serafín Tous sourit. Il était de très bonne humeur, et le fut encore davantage en constatant que le beau visage de Karel, qui s'encadrait dans la fenêtre comme un tableau, ne lui causait pas ce trouble terrible qui s'était installé ces derniers temps dans sa vie.

– Je suis invité à la réception, jeune homme, et aussi à passer la nuit ; demandez, si vous voulez, à Mme Teldi ; allez donc lui poser la question.

Serafín attendit quelques secondes, le temps que Karel ouvre la porte.

– Bonsoir, monsieur.

Et, derrière Karel, Serafín Tous put voir l'intérieur confortable des Lilas. Une maison si paisible, parfaite, oui, parfaite, j'ai toujours dit à Adela qu'on se croirait dans une station thermale, un endroit où l'on soigne toutes les angoisses, pensa-t-il.

– Vous permettez, monsieur ? Voulez-vous que je porte votre valise ?

En s'emparant de la valise et en la soulevant (suivez-moi, monsieur, je vais vous montrer le chemin), Karel Pligh laissa à découvert sur le paillasson un gros cafard humide et luisant qui salua Serafín. Mais Serafín était myope et de bonne humeur, aussi se trompa-t-il d'insecte. Un joli scarabée, se dit-il, de l'espèce des bousiers, et il lui donna un léger coup de pied : comme il était joli, comme la campagne était jolie, exactement ce dont il avait besoin en ce moment pour fuir tous les dangers et tous les témoins possibles de son secret.

– Va, va, dit-il avec toute la délicatesse dont il était capable à celui qu'il croyait être un bousier, va plus loin rouler tes pelotes.

Un peu plus tard, Serafín avait complètement changé d'avis. Si l'incident du cafard avait eu lieu deux heures après, il n'aurait certainement pas confondu l'insecte avec un bousier ; la villa des Lilas qui, à son arrivée, lui avait semblé paisible, lui paraissait maintenant décadente et pleine d'objets hétéroclites, la maison classique d'un collectionneur possédant beaucoup d'argent et très peu d'âme. Oui. Voilà ce que pensait Serafín Tous, assis sur la terrasse, le journal dans une main et un verre de xérès dans l'autre, tous les deux animés du même tremblement, résultat de ce qui venait de se produire ; quelques minutes après s'être installé dans cette position reposante, il avait vu, à la porte-fenêtre de la terrasse, apparaître la moustache en pointe, reconnaissable entre toutes, qui l'avait déjà surpris une fois au club du *Nuevo Bachelino* et une autre chez Mme Longstaffe.

– Bonsoir, dit la moustache. Avec votre permission, je vais mettre ça ici ; c'est pour décorer la terrasse.

Et tout en posant plusieurs chandelles sur la table, l'individu le regarda avec un sourire si peu rassurant que Serafín ne put éviter de renverser le xérès sur son pantalon. Une tache rouge et suspecte se répandit à partir de l'aine.

– Mon Dieu ! se dit-il.

Puis :

– Nora, mon amour, je t'en supplie, fais quelque chose, sauve-moi de cette abominable rencontre !

# 2

## Où tout le monde veut tuer Néstor

Si Mme Longstaffe, célèbre voyante de Bahía (et aussi grande collectionneuse d'animaux empaillés) avait été invitée à cette réception de spécialistes des objets rares, elle aurait sans nul doute capté, planant au-dessus de la villa des Lilas, l'ombre d'un crime. Mais Mme Longstaffe n'était pas invitée et, même si elle l'avait été, elle n'aurait pas eu pour autant l'occasion de percevoir cette ombre menaçante car, lorsque les Lilas se virent envahis par cette énergie inquiétante et négative, aucun des invités n'était présent.

Les collectionneurs tarderaient encore un bon moment et il n'y avait dans la maison que les personnages de cette histoire que nous connaissons déjà, tous en train de se préparer pour le dîner. Et tandis qu'ils le faisaient, comme des gens qui se livrent aux rituels routiniers – se laver les dents, s'habiller –, les idées volaient, libres, inconscientes, si libres que quatre d'entre eux se trouvèrent simultanément en train de penser la même chose : tous quatre voulaient tuer Néstor. Ou tout au moins souhaitaient-ils, avec la ferveur impuissante des âmes qui souffrent, que ce cuisinier qui fourrait son nez partout n'ait jamais croisé leur vie.

C'est parfaitement stupide, stupide et, de plus, injuste, que ce type apparaisse précisément aujourd'hui, ruminait Ernesto Teldi, tout en choisissant dans un coffret les boutons de manchette qu'il porterait ce soir. C'étaient deux curieux objets en forme d'éperon de gaucno, dont la vision ne contribua pas spécialement à chasser de ses pensées cette partie du passé qu'il voulait oublier : au contraire, elle éperonna sa mémoire en direction d'idées très désagréables.

Bien des années s'étaient écoulées depuis qu'Ernesto Teldi avait quitté l'Argentine, et plus de vingt depuis qu'il avait réussi à se forger une biographie parfaitement respectable et prestigieuse. En fait elle l'avait toujours été, mis à part ses débuts comme contrebandier – mais en quoi ceux-ci étaient-ils répréhensibles ? La contrebande n'était-elle pas à l'origine d'autres fortunes également respectées ?

Et aujourd'hui, au bout de tout ce temps, voilà que cet individu a l'audace de se présenter chez moi en s'imaginant que je ne l'ai pas reconnu, pensait Teldi ; j'arrive aux Lilas, j'ouvre une porte et je le trouve en train de passer le plumeau sur *mes* meubles et sur *mes* objets d'art comme s'il était un innocent membre de la domesticité ; c'est incroyable. Je ne confonds jamais, je n'oublie jamais un visage, même si j'ai fait bien attention à ne rien montrer quand nous nous sommes trouvés face à face. Il n'y a pas de doute possible : cet individu est Antonio Reig, notre cuisinier de Buenos Aires, ajouta Teldi en démontrant en une seconde l'inexactitude de ce qu'il venait d'affirmer.

Sur sa table de nuit, les trois lettres écrites à l'encre verte qu'il avait reçues en un peu plus d'une semaine le narguaient. La signature était illisible et l'écriture difficile, mais le contenu le ramenait à ses vieux cauchemars : les cris qui le tourmentaient la nuit et se taisaient le jour, le bruit des moteurs… et Teldi avait réussi également à déchiffrer un nom propre, qui évoquait clairement un épisode qu'il supposait oublié de tous. Le nom était celui du lieutenant Minelli, tandis que les autres paragraphes de la lettre s'obstinaient à lui rappeler toujours plus de cris, les reflets noirs du Río de la Plata, un voyage sans retour, son avion de contrebandier qui avait servi à commettre un crime. Et que demandaient ces lignes embrouillées qui l'accusaient, sans signature, sur la table de nuit ?

De l'argent, naturellement.

Vraiment injuste, se répète Teldi en contemplant ses boutons de manchette originaux, symboles de tout ce qu'il a obtenu dans la vie, au prix de tant d'efforts : argent, réussite, respect général. Il y est parvenu à la force du poignet et sans bavures : la seule zone obscure de son passé est cet épisode avec Minelli, la nuit où le militaire lui a demandé son avion et qu'il le lui a prêté sans poser de questions. « Une infamie que vous avez commise jadis », disent les lignes vertes. D'accord, c'est peut-être vrai, mais il s'agissait d'une petite infamie, et il l'a payée très cher : depuis, toutes ses nuits sont peuplées de cauchemars, et aussi de cris, toujours les mêmes, heure après heure. Les gens pensent que les hommes comme moi ne souffrent pas, mais qu'est-ce qu'ils en savent ? Qui connaît la réalité ? Teldi se remémore ses dernières années et parvient à la conviction qu'il a consacré la moitié de sa vie à devenir riche et l'autre moitié à se faire pardonner sa réussite. Tant d'efforts : son œuvre de mécénat... les sommes incalculables données à diverses causes, la création de sociétés caritatives... mais, visiblement, tout a été inutile ; aucune de ces bonnes actions ne l'a racheté aux yeux d'autrui. Les gens croient que les hommes comme moi se montrent généreux pour se libérer d'un quelconque péché ou, tout simplement, par vanité, alors qu'il s'agit d'un tribut pathétique que le gagnant rend au perdant et qui est une manière le supplier : regarde, moi aussi j'ai besoin de toi, j'ai besoin que tu m'acceptes, j'ai besoin que tu m'aimes.

Et aujourd'hui, pense Teldi, tout en finissant de fixer son deuxième bouton de manchette, celui du poignet droit, le plus laborieux, aujourd'hui, après tous ces efforts, il se voit menacé par cette lettre : « Vous et moi nous savons ce qui s'est passé en 1976 », dit, pour terminer, l'écriture verte qui ressemble tellement à une rangée de perruches sur un fil. Teldi est convaincu que même si ces perruches ne racontaient que la stricte vérité, personne ne les croirait, car qui pourrait croire que le seul péché d'Ernesto Teldi est d'avoir prêté, juste une fois, son avion au lieutenant Minelli ? Prêter un avion juste une fois, sans poser de questions, n'a pas beaucoup d'importance, pense-t-il, aussi faut-il *enjoliver* un peu la vérité, et c'est tellement facile, parce que, entre raconter les choses telles qu'elles se sont réellement passées et inventer qu'il a collaboré à cette sale guerre il n'y a qu'un pas à franchir, de la même manière qu'entre la vérité et l'interprétation tordue il n'y a qu'un détail, une nuance minuscule très utile pour un maître chanteur. « Prenez garde, Teldi, dit la lettre, rappelez-vous qu'il serait très simple pour moi de faire parvenir votre histoire à la presse, pensez-y, je ne vous écrirai plus, mais j'ai l'intention de prendre directement contact avec vous pour que nous réglions ensemble ce petit... malentendu. Je le ferai probablement par téléphone, ou peut-être… » (ici, l'écriture verte devient tout à fait illisible, mais Teldi croit comprendre ce que projette le maître chanteur). Ça ne fait aucun doute, se dit-il, cet individu sans scrupules a décidé de se présenter chez moi. Il est ici, oui, il est ici. Je n'ai jamais vu une audace pareille, comment ose-t-il ?

Il ose, car il est convaincu de son impunité, pense Ernesto Teldi qui a enfin terminé d'agrafer ses boutons de manchette et qui enfile maintenant sa veste. Il croit que je ne l'ai pas reconnu et il attend le moment où il me fera peur avec sa tentative d'extorsion. Et le pire, dans cette histoire, c'est que je finirai par payer pour me libérer de cette maudite sangsue.

Ernesto est sur le point de quitter sa chambre. Je déciderai après la fête du montant que je lui paierai, se dit-il ; la vie continue et, pour le moment, j'ai d'autres soucis ; heureusement, l'argent sert à beaucoup de choses : par exemple à régler ce genre de contrariétés et à neutraliser les sangsues.

Il va sortir, sa main se tend vers la poignée de la porte et, déjà, les boutons de manchette en argent la frôlent avec un « cling ! » à peine perceptible, quand, dans sa tête, retentit comme une alarme : il se dit alors qu'il s'est trompé dans son raisonnement, que l'argent n'est pas la solution et que, dans le cas des sangsues, il ne sert qu'à les engraisser et à les rendre plus voraces. Il faut une vie entière pour atteindre la respectabilité, mais il suffit d'une seconde pour tuer une réputation. La seule sangsue inoffensive est une sangsue morte, pense-t-il, surpris. Toute sa vie, il a été un homme aux méthodes efficaces, mais toujours en douceur, pacifiquement, et pourtant, parfois

Qu'est-ce qui vaut mieux : engraisser une sangsue avec de l'argent – et j'en ai suffisamment pour affronter cette saignée sans effort – ou chercher une autre méthode pour s'en débarrasser ? Cette question va tourner toute la soirée dans la tête d'Ernesto Teldi.

De son côté, victime d'une inquiétude semblable, Serafín Tous pensait à la magie pour se débarrasser de Néstor. Pas aux charmes utilisés par Mme Longstaffe ou ses devancières, les célèbres sorcières de la forêt de Birnam. Non ; Serafín Tous se livrait, en ce moment, aux litanies et aux formules incantatoires familières que nous avons tous prononcées une fois : s'il avait pu, se disait cet être inoffensif, appuyer sur un bouton pour faire disparaître cet individu, il l'aurait fait sans hésiter. Mon Dieu, s'il existait une manière d'actionner un dispositif secret qui fasse disparaître ce dangereux personnage, clic !, si j'avais la possibilité de fermer hermétiquement une porte qui l'isolerait comme on isole des microbes dans une chambre froide, comme on enfermait jadis les pestiférés pour qu'ils ne propagent pas la maladie et que leur présence terrifiante n'affole pas les autres…

Serafín Tous était assis sur le siège des cabinets. L'image qu'il présentait était celle d'un respectable magistrat aux cheveux gris taillés en brosse, genoux et jambes en équerre, mains posées sur les cuisses dans une attitude de supplication. Comment parviendrait-il à survivre à cette réception qui allait bientôt commencer et où l'on attendait de lui un comportement serein ? Trois, quatre, non, *cinq* heures de réunion mondaine l'attendaient, au cours desquelles il devrait participer aux conversations banales, sourire, admirer avec conviction les œuvres d'art exhibées par Ernesto Teldi, tout en s'extasiant aux commentaires de ce dernier ou d'un invité excentrique… En résumé : serait-il capable de toute cette classique gymnastique mondaine, dans l'effroyable état d'esprit où il se trouvait ? Serafín Tous arracha mécaniquement un morceau de papier hygiénique aussi long que sa peur était grande et s'essuya le front.

Le plus terrible, dans cette affaire, pensait-il, c'est que survivre à la réception n'était pas le pire, mais le plus facile. Car, dans toute cette agitation, il était improbable que Néstor trouve l'occasion de lui jouer un sale tour, de révéler, par exemple, où et en quelle compagnie il avait surpris le juge Tous. Grâce à la fête, cette nuit et son secret resteraient saufs. Mais il ne s'agissait que d'un sursis momentané. Désormais l'individu connaissait son nom et sa profession, il savait aussi qui étaient ses amis, et il aurait tout loisir d'en informer un sur les circonstances de leur rencontre au club du *Nuevo Bachelino*. Le vrai danger commencerait après, pensait Serafín. Impossible de prévoir le moment exact où il se présenterait : demain, après-demain, la semaine prochaine… Et le supplice raffiné serait là : l'incertitude et l'attente, jusqu'au jour où un sourire caustique, l'attitude d'un ami lui confirmeraient que tout était perdu et que son petit égarement sans importance était désormais du domaine public. Les genoux de Serafín se serrèrent et l'équerre que formaient ses jambes se fit plus désolante encore, tandis qu'il réfléchissait sur la manière dont se produisent les phénomènes de la médisance. Bien souvent ils sont dus à la simple frivolité, se dit-il, c'était bien l'ironie de la chose, et il avait pu le vérifier en maintes occasions. C'est terrible à constater, mais les pires secrets finissent par être dévoilés juste pour le plaisir de partager un commérage indiscret avec les amis : Je vous le donne en mille : savez-vous où j'ai surpris l'autre jour le respectable juge Serafín Tous ? Vous n'étiez pas au courant qu'il était de la pédale ? Non, vraiment ? Et toutes les oreilles des copains se dressent : Ça alors ! raconte, raconte…

Oui, c'est ainsi que plus d'une carrière a été brisée, plus d'une vie ruinée, médite Serafín, assis sur le siège des cabinets ; et le plus énorme, c'est que les gens ne font pas ça par méchanceté, ni par légèreté. Ni même par envie : simplement pour la petite satisfaction d'être le centre de l'attention générale pendant deux ou trois minutes.

De là où il est, Serafín ne parvient pas à voir son visage dans le miroir de la salle de bains, il aperçoit seulement la racine des cheveux et le front plissé. Une vie entière à essayer de fuir, d'oublier ce garçon fragile avec qui, cela fait si longtemps, il jouait du piano, et puis, tout d'un coup, se trahir ainsi. Le front se contracte en une expression douloureuse, des pensées nombreuses et contradictoires se bousculent derrière les rides, mais au-dessus de toutes s'en impose une, enfantine, encore une fois plus désir naïf que prière : si je pouvais appuyer sur un bouton, s'il était facile, comme ça, de faire disparaître un individu gênant, je le ferais sans hésiter. Et Serafín Tous qui, en temps normal, n'oserait pas faire de mal à une mouche, se retourne pour contempler la poignée de la chasse d'eau ; il voudrait que ce soit aussi simple de se libérer de Néstor que d'actionner celle-ci, parce que, alors, toutes ses craintes, tous ses soucis seraient évacués avec le flot. Il tire la chaîne et un fracas disproportionné fait trembler les cabinets comme si la tuyauterie allait exploser. Bon Dieu, pense Serafín Tous, comme tout marche mal dans une propriété si peu habitée telle que les Lilas. Mais, c'est bien connu, les résidences secondaires sont toujours sujettes à de nombreuses avaries : inondations, pannes, parfois un dangereux court-circuit. Serafín Tous s'est levé et, comme si un esprit domestique voulait conforter sa thèse sur les dangers des résidences secondaires, un éclair se produit au moment où il va allumer la lampe du miroir. L'ampoule électrique grésille. Encore une chance qu'il ait de bons réflexes et qu'il se soit écarté à temps, il aurait pu être électrocuté. Cette maison est un danger public, pense-t-il, il faudra que je le dise à Adela, quelqu'un pourrait être victime d'un accident regrettable. Encore que, se dit Serafín Tous avec ce même désir enfantin qui le tient depuis un moment, encore que, en y réfléchissant, ce serait peut-être mieux de ne rien dire. En fin de compte, on se trouve parfois, dans la vie, devant des situations uniques. Par exemple, on peut être témoin d'un accident et ne rien faire pour aider la victime. On entend ses cris, on devrait lui tendre la main et, au lieu de l'aider, on reste à attendre, impavide, sans intervenir, ou pire : on en profite pour donner un petit coup de pouce au Destin. Serafín contemple l'ampoule qui répand une délicieuse odeur de brûlé. Il se produit tant d'accidents, se dit-il, il suffit de ne rien faire : être prêt, seulement, à aider la malchance, et c'est aussi facile, aussi simple que d'appuyer sur un bouton. Oui, dit Serafín Tous en sortant de la salle de bains avec une autre vision des choses et une idée nouvelle en tête, beaucoup d'imprévus peuvent encore se produire en une nuit, on ne sait jamais, n'est-ce pas ?

Tout en dégustant le dîner exquis organisé par Adela et en conversant avec son voisin de table, Serafín Tous va ressasser cette idée : comment provoquer un accident ? Ce seront des heures de réflexion passionnante.

Une troisième personne aurait bien aimé, elle aussi, voir Néstor disparaître : Adela Teldi. Elle ne faisait pas de plan, mais elle réfléchissait. Attention, rappelle-toi ce que le cuisinier t'a dit tout à l'heure : Carlos est pour lui comme un fils, tu ne dois pas l'oublier.

Ce soir, en s'habillant pour la réception, Adela ne se regardera pas dans le miroir. Elle n'a pas envie de voir dans ses yeux le reflet de l'inquiétude que lui ont causée deux révélations qui lui sont venues cette après-midi de façon tout à fait fortuite. La première a été de reconnaître Néstor et de se souvenir qu'il était un ami d'Antonio Reig, son cuisinier de Buenos Aires. La seconde est pire encore. Incrédule comme saint Thomas, Adela a dû voir pour croire, entendre pour trembler, sans quoi elle n'aurait jamais pu imaginer qu'autant de malheureuses coïncidences puissent se produire : non seulement le hasard veut que Néstor connaisse son passé mais, en entrant dans la cuisine elle a eu la chance (ou, qui sait, la malchance) de surprendre une conversation entre le cuisinier et ses employés. Du coup, elle a la certitude qu'il a déjà tout raconté à ses aides de ce qui est arrivé en Argentine, y compris la mort de sa sœur.

C'est cette pensée qu'elle a voulu tant de fois enterrer qui la fait chercher sur son corps tous les endroits où est passée la main de Carlos, en espérant y rencontrer l'oubli. Mais, contrairement aux autres fois, ce parcours ne lui procure que douleur, à tel point qu'elle inspecte ses bras, ses épaules, en s'attendant à y trouver sa peau blessée. Ce n'est pas le cas, mais la douleur persiste et se traduit par des mots qu'Adela prononce à voix haute, comme si elle récapitulait :

– Un : cet homme me connaît. Deux : cet homme a déjà raconté aux jeunes gens ce qu'il sait de ma vie. Et trois : cet homme dit que Carlos est comme un fils pour lui. Il ne faut pas être très intelligente pour comprendre ce que signifient ces trois faits additionnés : s'il l'aime tellement, il n'attendra pas longtemps avant de le prévenir contre quelqu'un comme moi. Évidemment, pour que cela se passe ainsi, il faudrait que Néstor connaisse ma relation avec Carlos, et je suis sûre que, pour le moment, il l'ignore.

La douleur cesse. Cette dernière pensée la rassure, mais juste un instant, car elle comprend tout de suite que ce n'est qu'une question de temps et que Néstor y verra bientôt clair. L'amour, se dit tristement Adela, est exhibitionniste, tu le sais bien, ma chère ; l'amour ne peut faire autrement que de se dénoncer : un sourire complice, un léger tremblement, un accent particulier dans la voix, un regard… A tout moment Néstor peut découvrir un de ces symptômes chez elle ou chez le jeune homme. Et alors, finie la comédie.

C'est tout cela, la peur, le danger et l'annonce de la fin de son aventure amoureuse, qu'elle craint de lire dans ses yeux en regardant le miroir, et c'est pourquoi elle s'en éloigne. Mais ce n'est pas facile de s'habiller en aveugle. Adela choisit dans ses affaires une robe simple qui ne requière pas d'essais préalables ; une robe noire, une valeur sûre. Il y a toujours, dans l'habillement féminin, des vêtements qui demandent l'aide de miroirs et d'autres non. Il existe des vêtements fantasques qui exigent un bon moment de mise au point, de petites retouches et d'astuces devant la glace pour vérifier leur efficacité. Mais d'autres, moins capricieux, donnent un résultat assuré et toujours fiable : c'est le cas de la robe qu'Adela sort en ce moment de son armoire. Elle s'habille en hâte et sans penser, mais un autre problème surgit alors : si elle n'ose pas se regarder, comment va-t-elle refaire son maquillage, comment va-t-elle se coiffer ? Adela doit donc se mettre devant le miroir, mais elle fait cela très rapidement, il ne faudrait pas que l'autre Adela, la gauchère qui la regarde, lui dise quelque chose qu'elle ne souhaite pas entendre, quelque chose qui serait comme : « Tu vois ? Je te l'avais bien dit, ça devait arriver. Tu aurais dû tenir compte du présage des pouces, ce signe magique qui, toute ta vie, t'a prévenue quand il allait t'arriver quelque chose de désagréable. Et même sans présages ni magie, qu'attendais-tu, ma pauvre Adela ? Tu ne pensais quand même pas que l'amour, un grand amour, allait être gratuit ? C'est logique, il fallait bien que ça casse quelque part. Maintenant, tu le sais : il est impossible de sortir indemne de vingt-cinq ans de mariage et d'une longue collection d'amants, et encore moins d'un secret douloureux que tu as voulu cacher, y compris à toi-même. Tu croyais vraiment qu'il suffisait de prendre, hier, la résolution courageuse de tout quitter, qu'il suffisait de t'être juré d'assumer tous les risques, la fête finie, et de donner une chance à l'amour, pour considérer que tu avais payé le prix ? Tu t'es trompée. L'incertitude et la peur de l'échec ne sont pas un prix assez élevé, tu devras payer plus cher. Le passé présente toujours ses factures, Adela : ta sœur morte, les amours qui ont entraîné ce malheur, la faute… tous ces souvenirs ne sont que des fantômes, c'est vrai, mais les fantômes ont la mauvaise habitude de revenir. Et ils reviennent au moment où on les attend le moins, dans le corps des personnages les plus incongrus : regarde, si tu ne me crois pas, tu as chez toi le fantôme de tout ce qui s'est passé à Buenos Aires incarné par un cuisinier à la moustache en pointe. »

Non. Son miroir ne lui dira rien de tout cela, car Adela ne le regarde pas. Comme tant de fois dans sa vie, elle s'interdit de penser. Les idées auxquelles on défend de prendre forme n'existent pas, ou en tout cas ne font pas souffrir. Et pourtant tout cela est vain. Qu'elle se regarde ou non dans le miroir, qu'elle pense ou qu'elle ne pense pas, Adela sait qu'il lui faudra agir pour que Néstor ne ruine pas son bonheur tout neuf. Le mieux serait de prendre les devants et de dire la vérité à Carlos : en fin de compte, se raisonne Adela, quelle importance ce garçon peut-il accorder à une histoire ancienne qui s'est passée dans un autre pays, avec des gens qu'il ne connaît pas et qui ne signifient rien pour lui ? Une bêtise de jeunesse, une incartade stupide qui s'est mal terminée, c'est vrai, mais tout le monde a dans sa vie une petite infamie.

*By the pricking of my thumbs something wicked this way comes.* Adela essaye de remonter la fermeture éclair de sa robe quand, sur sa peau nue, elle sent le picotement de ses pouces, et ses doigts se recroquevillent comme pour une étrange prémonition où se mêlent le contact de deux corps et le souvenir de deux noms, l'un tout proche et l'autre plus éloigné dans le temps : Carlos García et Ricardo García, qu'Adela accole l'un à l'autre comme s'ils étaient père et fils. A travers le désarroi de ses pouces, elle sent soudain que le contact des deux peaux est identique, comme leurs noms propres. Mais qu'est-ce qui te prend, ma fille, quelle absurdité, combien d'hommes portent le même nom sans avoir le moindre lien de parenté ? García ! pour l'amour du ciel, Adela, tu déraillles, tu ferais mieux d'arrêter tes idioties et de te regarder une bonne fois dans cette glace, c'est la seule manière de t'arranger convenablement, sinon tu vas sortir de cette chambre accoutrée comme une vraie sorcière, même pas coiffée.

Mais Adela ne bouge pas, elle craint de rencontrer dans le miroir une autre horrible coïncidence qu'elle n'ose même pas imaginer. Et si Carlos García était le fils de Soledad et de Ricardo ? Que se passerait-il alors ? C'est une possibilité entre mille, et c'en est une entre un million que ce cuisinier de malheur connaisse leur parenté, mais si c'était le cas…

Si c'était le cas, se dit Adela, en affrontant maintenant le miroir, pour la première fois et sans craintes, je n'aurais d'autre recours que de lui fermer la bouche pour toujours, mais heureusement je n'aurai pas besoin de le faire. Dans la vie, des coïncidences pareilles ne se produisent jamais. N'y pense plus, finis de t'habiller, il est tard.

Alors Adela fait quelque chose qu'elle n'a pas fait depuis des années : elle sort de son écrin le camée vert, cadeau de Teresa, sa mère, pour ses quinze ans. Elle ne se souvient pas de l'avoir jamais porté en broche, mais ce jade ancien, sphérique, enchâssé dans de l'or fera très bien sur la robe noire et austère. Et maintenant, assez d'idées folles, s'ordonne-t-elle avant d'aller vers la porte. Ouvre. Ferme. Regarde le palier, l'escalier, tout ce que, demain, tu quitteras pour toujours, et souris. En réalité, ce que je laisse derrière moi n'est pas grand-chose comparé à ce que j'attends de l'avenir si rien ne casse, et je ferai ce qu'il faut pour que ça ne casse pas.

Adela descend l'escalier : elle va jouer pour la dernière fois le rôle de Mme Teldi, l'hôtesse parfaite, et demain… Demain, quoi qu'il arrive, sera le début d'une nouvelle vie.

« Je tuerai Néstor de mes propres mains, pensait Chloe Trías au même moment dans la chambre qu'elle partage avec Karel Pligh, au-dessus du garage des Lilas. Il n'y a que lui pour concevoir un habit de serveur aussi serré. On dirait un costume Mao ou une combinaison de motard, je vais cuire là-dedans comme un poulet. »

Néstor Chaffino n'avait pas été particulièrement content d'apprendre que Chloe avait oublié l'uniforme de soubrette chez ses parents. Le fait que les filles qui travaillaient pour « Le Mûrier & le Gui » portent une robe noire, une coiffe et un tablier d'organdi blanc ajoutait toujours une note distinguée au service. « Mais bon, si tu as tout laissé à Madrid, je ne vois pas d'autre solution que celle que tu me proposes : d'accord, Chloe, tu peux mettre l'habit de serveur que te prête Karel. Mais je te préviens : puisque tu vas t'habiller en homme, tu me feras le plaisir de *paraître* un homme en tout point. Marche comme nous, déguise un peu ta voix pour ne pas attirer la curiosité des invités, rejette tes cheveux en arrière et surtout, pour l'amour du ciel, ôte ces anneaux que tu portes sur la figure. »

Chloe a mis le pantalon et la veste, qui est sévère et boutonnée jusqu'au col comme celle d'un motocycliste, et maintenant, devant le miroir, elle enlève ses *piercings* l'un après l'autre, lentement pour ne pas se faire mal, tout en énumérant l'origine de chaque anneau : celui-là, c'est mon copain Hassem qui me l'a donné pour Noël ; celui-là, c'est moi qui l'ai acheté dans une boutique de tout-à-cent-pesetas ; celui-là, c'est un cadeau de K... Karel, mon amour, le plus beau des mecs. Et à mesure qu'elle s'en défait, elle se rend compte qu'elle n'a pas vu son visage nu depuis un siècle, et, putain, les tronches ça change vite, voyons donc si la mienne a changé. Chloe décide de laisser pour la fin l'épingle qui lui traverse la lèvre inférieure parce que c'est ce qui fait le plus mal quand on l'ôte, et elle revient devant le miroir pour se coiffer. Tout en ouvrant le robinet, elle cherche la trousse de Karel et trouve un peigne, et un tube de fixateur. L'idée de se déguiser en garçon commence à l'amuser, et elle passe un moment à imiter un geste qu'elle a vu beaucoup d'hommes répéter, de Karel Pligh à son frère Eddie. Un geste qui semble sortir du film *Grease* et qui consiste à passer le peigne de la main droite tout lissant les cheveux de la gauche ; putain, qu'est-ce que j'aime ça, on dirait... et soudain, sa main, comme si elle ne lui appartenait pas, continue à donner des coups de peigne, un coup, un autre, et encore un autre, pour rabattre tous les cheveux sur la nuque, jusqu'à ce qu'elle se retrouve coiffée comme un garçon, un garçon de vingt-deux ans, l'âge que Chloe aura le mois prochain.

– On peut savoir ce que tu fais, Chloe ? Bon Dieu, grouille-toi, Néstor va être furieux.

C'est la voix de Karel Pligh qui, de l'extérieur de la salle de bains, s'immisce dans son jeu et l'oblige à arrêter sa main.

– Quoi ? Comment ? Qui es-tu ?

– Qui crois-tu que je suis ? C'est moi, Karel. Il est très tard, ouvre, ou je descendrai sans toi.

Mais Chloe n'a cure de la voix qui la réclame de l'autre côté de la porte, car elle s'adresse à des yeux qu'elle a cru voir dans le miroir. Puis, sans se retourner, elle dit :

– Descends seul, K, fais pas chier, putain.

Et, en disant cela, elle se rend compte que ces yeux qui la

regardent d'un air sévère ne sont pas bleus comme les siens, ils sont très noirs, et ils semblent dire :

« Ne parle pas comme ça, Chloe, je n'ai jamais employé ces mots-là. »

– C'est toi, Eddie ?

Le visage dans le miroir ressemble à celui d'Eddie, mais ce n'est pas lui, c'est elle : sinon, il ne porterait pas cet affreux *piercing* à la lèvre inférieure, qui ne cadre pas du tout avec le style de son frère et qui lui ferait probablement mal.

– Attends, Eddie, je vais te l'enlever ; je te promets de ne plus jamais le remettre.

Et la jeune fille, avec beaucoup de précautions, retire le dernier anneau de sa lèvre pour que, dans le miroir, le reflet de son frère puisse lui sourire sans obstacle.

– Voilà, c'est mieux comme ça, et maintenant laisse-moi te toucher.

Toute la scène n'a duré qu'une minute confuse, durant laquelle Chloe, comme si c'était la nuit, comme si elle jouait en rêve avec son frère, a tendu les doigts pour toucher les yeux si différents des siens, mais, ce faisant, elle découvre que le charme est rompu, et la surface froide du miroir ne lui renvoie rien d'autre que son regard de fille.

– Je te préviens pour la dernière fois, Chloe, insiste la voix de Karel derrière la porte. Néstor nous a appelés à trois reprises.

Le miroir, maintenant, ne montre plus qu'une fille habillée en garçon. Elle ressemble à Eddie, c'est vrai, elle est coiffée comme lui, et même le vêtement est semblable à celui que portait son frère l'après-midi de sa mort, mais le regard est différent. Ces yeux sombres, une fois de plus, l'ont laissée seule.

C'est pourquoi, ce soir, tout en servant les tables et en s'occupant des invités, Chloe essaiera de retrouver ces yeux dans tous les miroirs des Lilas.

– Tu joues à cache-cache avec moi, Eddie ?

## 3

# Le dîner aux Lilas

– Soyez tous les bienvenus aux Lilas, déclara Ernesto Teldi en levant sa coupe. C'est un grand privilège pour Adela et pour moi de réunir ce soir trente-trois collectionneurs d'art parmi les plus originaux du monde entier.

A leur aspect, personne n'aurait pu deviner que les trente-trois personnes qui, assises autour des tables dans la salle à manger des Lilas, regardaient Teldi, étaient de doctes spécialistes des disciplines artistiques les plus diverses. En général, toutes les corporations, toutes les professions ont un dénominateur commun qui les définit, que ce soit dans la manière de s'habiller, la cuistrerie, le snobisme ou le langage. En revanche, ce qui caractérise les collectionneurs d'objets rares, c'est qu'ils sont eux-mêmes une rareté et que – au sens le plus littéral du terme – ils constituent chacun une pièce unique. Il y avait là, par exemple, MM. Stephanopoulos et Algobranghini, tous deux experts en armes blanches, sans autre trait commun qu'un amour démesuré pour le porto *tawny*. Aussi avaient-ils délaissé le champagne catalan avec lequel Teldi invitait à porter un toast pour un verre minuscule et très mince qui contenait un Royal Port rouge de 1959. Le reste de leur personnalité, cependant, ne pouvait être plus différent. Stephanopoulos, en dépit de son nom grec, était la parfaite représentation d'un de ces gentlemen britanniques sur qui Eton, Oxford et plus tard une vie campagnarde en compagnie de chevaux, de chiens et de chats ont laissé une trace indélébile. Algobranghini, lui, ressemblait à un danseur de tango, à tel point que son complet à rayures, son œillet à la boutonnière et sa gomina sur les cheveux fascinèrent Karel Pligh. On dirait un vrai don juan de faubourg, se dit-il en remplissant pour la dixième fois le verre minuscule du personnage, je n'ai jamais vu une incarnation aussi parfaite de l'esprit de Carlos Gardel.

Et ainsi les yeux d'un observateur curieux auraient-ils pu dresser un inventaire de la diversité de styles qui caractérise les amoureux d'objets rares. Une réunion originale où Liau Chi, célèbre collectionneuse de livres de fantômes, ressemblait davantage – malgré son nom – à un personnage de Wilkie Collins qu'à une demoiselle de Hong Kong (ce qu'elle était assurément). Les trois fétichistes de « tout ce qui a un rapport avec Charles Dickens » étaient, dans l'ordre : un gros monsieur à l'allure de boxeur, une rude Bretonne ressemblant à Bécassine et enfin un individu ayant vraiment, lui, l'aspect dickensien, fidèle sosie de Mr Squeers, le professeur avare de *Nicholas Nickleby.*

La liste des invités était complétée par les collectionneurs d'icônes (une jeune personne, genre mannequin, un pope orthodoxe et un jouvenceau imberbe à la figure angélique qui semblait beaucoup moins âgé que ne l'indiquait son passeport). Quelle belle créature, ne put s'empêcher de se dire Serafín Tous en le voyant, mais ses yeux passèrent immédiatement du chérubin à la porte de la cuisine, derrière laquelle il devinait la présence menaçante de Néstor au milieu de ses casseroles. Ah ! s'il pouvait se brûler une main, si on était forcé de le conduire aux urgences ! pria-t-il. Finalement, ce n'était pas si terrible que ça, de souhaiter que quelqu'un ait un accident domestique tout bête, un petit congé de maladie… et qui sait, peut-être cela suffirait-il pour qu'il disparaisse de sa vie et de celle de ses amis.

Mais, foin des mauvaises pensées (et elles étaient nombreuses à planer sur les Lilas, ce soir, toutes ayant Néstor pour objet) : pour terminer la description des personnes présentes, il faudrait ajouter que cet échantillonnage de collectionneurs était complété par quelques messieurs et dames d'apparence conventionnelle, à l'exception de deux : l'amateur de statuettes Rapanui, qui semblait être la réincarnation du naturaliste Humboldt, et M. Pitou, l'invité d'honneur de la réunion, spécialiste réputé de lettres d'amour de personnages célèbres. M. Pitou – qui, durant le dîner, avait eu droit à toute l'attention d'Ernesto Teldi, dans la plus subtile des opérations de séduction – était un homoncule mesurant un peu plus d'un mètre trente, mais parfaitement proportionné. Émile Pitou avait des mains très belles et une ossature si harmonieuse que l'on aurait pu penser qu'il avait été victime d'un enchantement, s'il n'y avait eu que sa petite taille ; mais il avait aussi une particularité faciale : le propriétaire des plus belles lettres d'amour du monde était affreusement laid, comme un prince qu'un filtre d'amour aurait transformé en grenouille.

– Et maintenant, mon cher Émile, avant que nous passions dans la bibliothèque, dit Teldi une fois assis, son petit discours conventionnel de bienvenue terminé, j'aimerais vous remercier pour m'avoir procuré l'un des moments les plus émouvants de ma vie.

Teldi ouvrit sa veste en un geste complice et fit apparaître le coin très blanc du billet d'amour que Pitou lui avait vendu avant le dîner, sans qu'il ait eu besoin de recourir à l'artillerie lourde de ses charmes mercantiles. Un étrange individu, ce M. Pitou : sa bouche de batracien exhibait pour l'heure une magnifique dentition et un sourire heureux qui alarma Teldi. A vrai dire, l'achat de cette curieuse lettre signée Oscar Wilde avait été un peu trop facile. Et pas cher du tout, en plus ; son invité serait-il en train de le berner ? *I want you, I need you, I'm coming to you...* l'écriture était indéniablement celle de Wilde : la date indiquait que, en effet, elle avait été écrite trois ans avant que l'auteur n'utilise les mêmes mots dans une de ses pièces les plus fameuses ; une véritable trouvaille, oui, mais à condition qu'il ne s'agisse pas d'un faux. Quelle idée stupide, pensa Teldi, personne ne s'aviserait de rouler un collectionneur aussi reconnu que moi… Que moi *jusqu'à maintenant*, rectifia-t-il, avec un sentiment désagréable qui le renvoyait à la rangée de perruches vertes qu'il avait laissée posée sur sa table de nuit. Il se dit alors qu'il devait se rappeler que, dans le monde implacable des acheteurs d'art, un seul petit scandale, un seul faux pas, suffisait pour vous faire tomber dans la catégorie des hommes d'affaires discrédités : que ses pires craintes se réalisent, et Ernesto Teldi deviendrait du jour au lendemain un de ces individus pathétiques, pauvres idoles déchues que nul ne respecte et que l'on peut tromper sans pudeur. Son invité serait-il en train de le rouler ? Émile Pitou aurait-il deviné, avec cette capacité d'anticipation qui est le propre des commerçants les plus intuitifs, que, sous peu, Ernesto Teldi ne serait plus un marchand à la réputation inattaquable ?

M. Pitou était devant lui et lui souriait de ses yeux de crapaud, mais soudain, en le regardant, Teldi vit à sa place un spécimen d'une autre espèce animale, plus rampante et plus dangereuse que celle des amphibies. Je suis dans le pétrin, ce sera sa faute si je me casse la gueule, se dit Teldi en pensant à Néstor, et ce n'était pas la première fois de la soirée qu'il pensait à lui. A plusieurs reprises, tandis qu'il bavardait avec ses invités et exerçait son rôle d'aimable amphitryon, Ernesto Teldi s'était posé la question : qu'est-ce que je vais bien faire, avec ce type ? A cet instant, la grenouille sortit une langue très longue – comme si elle essayait d'attraper une mouche – et le regarda de nouveau en souriant.

– Vous vous sentez bien, mon cher Teldi ? Je vous vois tout pensif.

Et Teldi, qui garde précieusement contre son cœur la lettre qu'il vient d'acheter à M. Pitou pour un prix trop bas, se convainc alors qu'il ne peut en aucun cas permettre à ce maître chanteur, cette sangsue de cuisine, de perturber ses qualités d'amphitryon et de ruiner sa carrière. Je dois l'écraser, éviter qu'il continue à interférer dans ma vie, oui, mais comment ? pense Ernesto Teldi, *comment ?* Je finirai bien par avoir une idée, d'ailleurs je crois que j'en ai une… mais pour le moment, pensons à autre chose.

– Venez, venez par ici, monsieur Pitou, dit Teldi au collectionneur de lettres d'amour en lui prenant le bras. Allons boire un cognac dans la bibliothèque, je veux vous présenter M. Stephanopoulos.

La bibliothèque d'Ernesto Teldi est bien connue, si connue qu'il est presque inutile de la décrire. N'importe quel lecteur de revues comme *House & Garden* ou *Architectural Digest* a vu, au moins une fois, des photos de cette pièce où le plus subtil bon goût se combine avec l'amour de son propriétaire pour les objets uniques. Et le résultat est si harmonieux que rien, d'abord, ne saute aux yeux avec l'évidence et la prétention ordinaires de certaines œuvres d'art. Car la bibliothèque de la villa des Lilas n'est pas un bazar turc comme on en trouve chez tant de collectionneurs, les objets n'y sont pas accumulés dans un ordre qui écrase leur originalité. Tout semble être là par hasard, comme si les objets, au cours des ans, avaient trouvé eux-mêmes la place qui leur convient le mieux.

C'est ainsi, par exemple, que sur le mur de droite est accroché un petit Manet, qui garde la porte. Il s'agit du buste nu du modèle qui fit tellement scandale dans le *Déjeuner sur l'herbe*, mais ici sa présence se fond élégamment dans l'ensemble des tableaux, de sorte que seul le regard exercé d'un amateur raffiné peut la repérer. La statuette « Arts déco » d'un faune surveille de loin le Manet, mais on peut penser qu'il est là par hasard, alors qu'il s'agit en fait d'un jeu de symétrie très calculé. Et il en est de même pour les autres pièces, toutes superbes : elles sont placées de manière à ne pas attirer le regard, tandis que les meubles fonctionnels – fauteuils, chaises, canapés, petits poufs pour mettre les invités à l'aise – sont très confortables, les amateurs peuvent s'y caler en jouissant pleinement de leurs cinq sens. Ainsi, tout est discret, tout s'accorde sans ostentation, y compris une vitrine contenant une petite mais curieuse collection de soldats de plomb, et une panoplie d'armes courtes, poignards, dagues et stylets.

– Cette dague à poignée rouge, c'est moi qui l'ai vendue l'an dernier à votre mari, chère madame Teldi, disait en ce moment Gerassimos Stephanopoulos à Adela. Depuis, elle a triplé de valeur, et savez-vous pourquoi, ma chère ? Parce que, le mois passé, le magazine *Time* a publié une photo de jeunesse de Mustafa Kemal sur laquelle il porte cette arme. Quel coup de chance ! Votre mari a vraiment du flair en affaires, mais soyez sûre, pourtant, que je ne lui en veux pas ; j'ai la plus grande admiration pour ses dons artistiques, ajouta le Grec tout en regardant Adela comme s'il était en train d'évaluer une pièce qu'il aurait aimé acheter.

Mais, ce soir, Adela est sourde aux compliments. Tout le temps du dîner, elle a gardé le comportement aimable et mécanique que vous apprennent des années d'ennui mondain et qui ne requiert pas l'utilisation du moindre neurone : « Oui… Non… Vraiment ? Oh ! que c'est étonnant… » Le langage qui sert à entretenir une conversation automatique est réduit mais efficace, comme l'est l'art de suivre ses propres pensées pendant que son visage et toute son attitude affichent le plus grand intérêt pour les propos de ses invités.

– Vraiment, monsieur Stephanopoulos ? Je vous en prie, racontez-moi tout ce que vous savez sur Mustafa Kemal et sa dague rouge.

Le collectionneur, ravi, se lance dans un long discours et, dans la tête d'Adela, l'histoire de la jeunesse du fondateur de la Turquie moderne se mélange aux pensées les plus diverses.

– Il faut savoir qu'en l'an 1912, alors que Mustafa n'était encore qu'un jeune garçon…

(Mais où peut-il bien être, *son* jeune garçon à elle, où est Carlos ? pense Adela. Pendant le dîner, il s'est occupé d'une table éloignée, et ils n'ont pas échangé un seul regard. Maintenant, en revanche, à l'heure de servir les digestifs, en voyant Karel et Chloe évoluer parmi les invités et les frôler pour leur offrir de façon répétée champagne, armagnac et whisky de malt, Adela a envie de toucher Carlos García, en profitant de l'immunité que donne une forte concentration d'individus. Elle veut passer sa main, comme par inattention, sur son bras, caresser le dos qu'elle espère embrasser plus tard, la fête terminée, « quand tous ces gens seront partis et qu'il ne restera plus de visages auxquels je dois sourire et de conversations auxquelles il faut prêter attention ».)

– Je ne peux le croire. Ça s'est vraiment passé ainsi, monsieur Stephanopoulos ? Comme c'est fascinant.

– Exactement comme je viens de vous le raconter, ma chère, et je suis heureux que vous ayez remarqué l'ironie de l'histoire, poursuit le collectionneur de dagues avec un sourire épanoui. S'il n'y avait pas eu cet incident, Mustafa Kemal ne serait jamais devenu Atatürk.

(Où es-tu, mon amour, viens près de moi, tout près, pour que nous puissions respirer chacun l'haleine de l'autre, pour que nos corps puissent se joindre devant tous ces gens, devant Teldi et ses amis. Ce sera un doux hors-d'œuvre de ce qui nous attend demain, quand cette vie sera terminée pour moi et que nous n'aurons plus à nous chercher au loin.)

– Nous pourrions dire que notre héros appartenait à la tribu des lunatiques, si vous me permettez la métaphore, dit Stephanopoulos, encouragé par un « Oh ! mon Dieu ! » dont Adela l'a gratifié pour entretenir la conversation. Mais lunatique ou pas, ce qui est sûr, c'est que le jeune Mustafa a réussi à conduire son pays à la modernisation… ce qui, naturellement, impliquait de renoncer à certaines choses, à des mœurs ancestrales, vous comprenez…

– Comme c'est intéressant ! introduit opportunément Adela, ce qui donne tout loisir au Grec de pérorer pendant trois bonnes minutes, et à elle de s'adonner en toute liberté à la recherche de Carlos au milieu des têtes de ses invités et de la fumée. Il n'est pas là. Adela l'imagine un instant dans la cuisine, avec Néstor, écoutant le cuisinier lui raconter ce qu'elle craint le plus qu'il lui raconte. Du coup, elle fait une grimace de douleur.

– Horrible, n'est-ce pas ? souligne Stephanopoulos, en voyant l'émotion que son *racconto* d'un des épisodes les plus sanglants de l'histoire turque suscite chez Mme Teldi.

(Non, Adela, tu ne dois pas t'inquiéter pour ça, il n'est guère probable que le cuisinier te dénonce ce soir. Et demain tu auras parlé à Carlos, il saura de ta bouche tout ce qu'il doit savoir sur ta vie, mais… ne serait-il pas de beaucoup préférable de faire taire définitivement ce cuisinier indiscret ?)

– Et c'est ici, ma chère, que la dague à poignée rouge entre en scène ; comme vous pensez, un pareil danger requiert une solution expéditive, et nous pourrions ajouter : sanglante.

– Vraiment ? C'est fantastique, monsieur Stephanopoulos, dit le pilote automatique qui fonctionne dans la tête d'Adela, pendant que son autre moi non mécanique tressaille, commence à sourire secrètement, car là-bas, sur le seuil de la porte, elle vient de découvrir la silhouette de Carlos qui se fraye un passage pour s'approcher d'elle avec un plateau chargé de coupes pleines.

Comme tu as tardé, mon amour.

Voilà Adela, pense Carlos, qui fait la même découverte. Enfin, je vais pouvoir l'approcher. Et il va vers elle, poussé par le même désir : que leurs corps se touchent dans la foule, devant tout le monde, comme s'étreignent les amants platoniques, comme s'électrisent les amours clandestines de la simple esquisse d'une caresse. Peut-être même pourra-t-il poser un baiser sur son épaule au moment où il lui présentera une coupe, pense-t-il.

– Excusez-moi, madame, je ne l'ai pas fait exprès.

Elle sourit, si belle.

– C'est du champagne français, ou catalan ?

– Catalan, madame, vous permettez ?

Et c'est au moment où il se penche pour être encore plus près que les yeux de Carlos, accoutumés par son métier de serveur à ne pas voir les gens mais des morceaux de gens et à les identifier chaque fois par des détails mineurs, découvrent sur l'épaule d'Adela Teldi l'éclat vert du camée de jade.

– Comme cet Atatürk voulait être certain que son peuple était aussi prêt pour la modernité que celui de n'importe quel autre pays occidental, il est évident que…

(… La sphère d'or, le bijou vert… C'est le camée de la jeune femme du tableau. Mon Dieu. Et comme s'il la voyait pour la première fois, Carlos cherche une explication sur le visage d'Adela.)

– Il est évident que, maintenant, les dagues sont de nouveau à l'ordre du jour, et pas seulement là-bas mais dans tous les pays musulmans. Vous vous rendez compte de l'importance de ce changement, qui pouvait le prévoir ? Moi, en tout cas, je ne pouvais absolument pas l'imaginer, et vous, ma chère ?

(C'est elle, c'est elle, pas de doute possible. Le champagne des coupes danse un étrange ballet dont la main tremblante de Carlos García donne le branle. Les bulles montent jusqu'au bord et y éclatent, avec un « Mon Dieu, comment est-ce *possible*, comment se peut-il que je l'aie embrassée mille fois, que j'aie aimé chaque pli de son corps sans la reconnaître, moi, qui l'ai cherchée dans toutes les femmes ».)

Maintenant Carlos ne peut plus quitter le bijou des yeux, et l'éclat vert du camée se mêle à tous ses souvenirs d'enfance : la silhouette de Grand-mère Teresa en train de faire des patiences dans le salon jaune, « Tu te trompes, mon petit, dans cette maison il n'y a aucune femme cachée dans une armoire, quelle drôle d'idée ! », et il se voit aussi passant son doigt d'enfant sur le cou de la jeune femme du portrait, caressant la courbe fragile que, vingt ans plus tard, il couvrira de ses baisers.

– Non, non ! Le pire, ma chère, ne fut pas cette découverte, si terrible qu'elle paraisse, mais l'ironie de n'avoir jamais vu leur vrai visage. Nous regardons et nous ne voyons pas, c'est stupide mais cela se produit plus encore, vous le savez bien, avec les femmes turques qui sont obligées de se couvrir d'un voile, un voile qui masque les plus belles figures…

(Tout d'un coup, tout me semble familier… cette maison qui

ressemble tellement au 38 rue Almagro, la blondeur métallique de la jeune femme du tableau qui est la blondeur d'Adela, malgré les années qui les séparent…)

– Vous me suivez, ma chère ? Vous semblez lasse.

– Je vous suis parfaitement, monsieur Stephanopoulos, continuez, je vous en prie.

La broche brille sur l'épaule d'Adela comme si elle posait mille questions et pourtant, si urgentes soient-elles, les réponses devront attendre la fin de la fête. Alors je pourrai tout savoir, pense Carlos, quand soudain la valse des coupes, comme un oracle ivre, lui remet en mémoire les paroles de Néstor, cette après-midi même : « Réfléchis bien, *cazzo* Carlito, il y a des occasions, dans la vie, où il est préférable de ne pas poser de questions. Surtout quand on soupçonne que la réponse ne vous plaira pas. »

– Peut-on savoir ce qui se passe, jeune homme ?

M. Stephanopoulos vient d'interrompre son récit historique, surpris par l'attitude du garçon, qui, tout près, trop près d'Adela Teldi, semble vouloir participer à la conversation : un serveur portant un plateau chargé de coupes écoutant les propos des invités !

(Mais, mon Dieu, comment ne pas poser de questions dans une situation pareille ? Même Néstor, qui est quelqu'un de si discret, les poserait, c'est inévitable. Dans la vie, nous voulons tous en savoir plus, non ?)

– Eh bien ! jeune homme, nous sommes servis, je suppose que vous devez vous occuper des autres invités. Allez.

La voix de Stephanopoulos s'est superposée aux réflexions de Carlos qui ose à peine regarder Adela, comme s'il craignait que les autres ne devinent son secret. En s'excusant, le garçon s'apprête à s'en aller, non sans avoir noté que le collectionneur de poignards arbore à la boutonnière un petit cimeterre vert qui fait pendant au camée également vert de Mme Teldi, comme le reflet d'un visage dans un étang. Il est évident que… Un doute le prend : et si ce camée n'était pas celui du tableau ? Et s'il ne s'agissait que d'une coïncidence, d'une mystification de cette vieille, de cette Mme Longstaffe dont tout le monde dit que les prédictions sont piégées ?

Carlos s'éloigne en essayant de ne pas se retourner, mais la surprise qu'il vient d'éprouver est la plus forte · il regarde dans la direction d'Adela qui continue à bavarder avec le collectionneur de couteaux et, de loin, son coup d'œil furtif parvient encore à réunir le scintillement des deux bijoux, le camée et le cimeterre, un scintillement luxueux et glacé, qui est comme le signe distinctif d'un monde d'opulence qui demeure pour lui plein d'énigmes. Tu es une cloche. Peut-être qu'autrefois les bijoux étaient uniques, mais de nos jours on les fabrique en série ; il est évident que dans ce monde des riches que tu ne connais pas et que tu as donc tendance à idéaliser, on ne trouve pas un, mais des centaines de camées verts, de même qu'il doit exister des milliers de cimeterres verts comme celui de ce m'as-tu-vu de Grec.

Carlos se retourne. Le tintement des verres sur le plateau, les uns pleins, les autres à moitié vides, se chargent d'effacer cette dernière idée. Non, c'est idiot. Aucun doute possible, c'est elle : la ressemblance est trop forte. Maintenant, il me reste juste à comprendre quelle relation elle peut avoir avec moi et avec le 38 rue Almagro. Est-ce qu'elle a connu Grand-mère Teresa ? Et mon père ? Quand je raconterai ça à Néstor, il dira que c'est vraiment incroyable et que le destin nous fait parfois d'étranges clins d'œil…

Chloe, elle aussi, se sentait en ce moment dans la peau d'une victime, mais pas précisément du destin, plutôt de Liau Chi, la collectionneuse de livres de fantômes.

– Viens par ici un moment, mon garçon, lui avait dit la dame et, illico, son flot de paroles l'avait poussée dans un coin du salon.

– Comment t'appelles-tu, mon garçon, quel âge as-tu, où es-tu né, de quel signe es-tu, Bélier, Capricorne peut-être, aimes-tu les histoires de fantômes, sais-tu que ceux qui sont morts jeunes trouvent toujours la manière de revenir sur terre pour vivre la part de leur vie que le Destin leur a refusée ?

Elle est grave, cette meuf, pensait Chloe en essayant de se dégager. L'uniforme de serveur boutonné jusqu'au cou lui tenait trop chaud, cette frappadingue de Chinoise l'avait prise pour un mec et essayait de la draguer, putain, elle qui ne pensait qu'à chercher son frangin.

Durant tout le dîner, pendant qu'elle servait les invités, Chloe avait tenté de retrouver les yeux d'Eddie dans tous les miroirs de la villa des Lilas, tels qu'ils lui étaient apparus fugacement dans la salle de bains. Elle les avait cherchés sans succès dans les grandes glaces de la salle à manger, dans un miroir rond qui se trouvait dans l'entrée, voire dans chaque surface polie qu'elle rencontrait. Entre le dessert et le café, elle avait même réussi à s'échapper quelques minutes pour monter quatre à quatre l'escalier menant à sa chambre au-dessus du garage, pour voir si le miroir, là-haut, n'allait pas s'animer de nouveau.

Tu es là, Eddie ?

Le visage qui la regardait de l'autre côté de ces miroirs ressemblait assurément à celui d'Eddie, mais les yeux étaient ceux de Chloe, toujours aussi bleus.

Merde, qu'est-ce que t'espérais, ma fille ? Tu t'es plantée, Eddie n'est pas là, il n'est nulle part, arrête de déconner, se dit-elle. Mais malgré tout, en retournant à la fête, Chloe se regardait encore dans toutes les glaces, et elle était toujours seule.

Maintenant, dans la bibliothèque, la petite Chloe s'acharne à déceler ne serait-ce que l'ombre de ces yeux noirs dans le miroir de la console qui est près de la cheminée, mais elle ne trouve que le pâle reflet d'un visage, celui de Mlle Liau Chi, spécialiste des fantômes.

– Dis donc, mon garçon, tu ne t'imagines pas que je vais te laisser partir maintenant que je t'ai rencontré, tu as bien entendu ce que je viens de te dire ? C'est très important, tellement important qu'avant d'entrer dans les thèmes astraux j'ai besoin d'un autre whisky. Va me le chercher et reviens tout de suite, compris ?

Une fois de plus, sur le chemin de la cuisine, Chloe reprend sa quête inutile et visite d'autres miroirs. Elle dit à celui du vestibule : s'il te plaît, fais-moi voir au moins une ombre, même si c'est un mirage. Elle s'arrête aussi longuement devant les vitres obscures des fenêtres, au cas où ces fausses glaces, qui se prêtent davantage à la simulation et donc aux illusions, lui permettraient de voir ce que les autres lui refusent.

– Psst…

– Psst, mignonne.

Il n'y a qu'une personne au monde qui emploie cette expression, « mignonne », et dans un nouveau jeu de miroirs, tandis qu'elle continue à chercher son frère, Chloe voit la figure de Néstor Chaffino, qui lui fait signe du seuil de la cuisine.

Le cuisinier disparaît derrière la porte pour réapparaître un instant après en lui demandant par signes d'approcher, comme s'il s'agissait d'une urgence.

Il n'est pas orthodoxe qu'un chef de cuisine s'aventure dans les salons, à moins que ce ne soit pour sacrifier au rite de saluer les invités et de recevoir leurs félicitations pour la réussite du dîner. Mais Néstor avait déjà accompli cette cérémonie et, confiné dans la cuisine, il se trouvait face à un problème stupide.

– Approche, il y en a pour une seconde, ensuite tu pourras continuer ce que tu étais en train de faire.

Chloe est contente d'échapper aux invités. Bande de bouffons, y en a pas un pour racheter l'autre, pense-t-elle en le rejoignant avec son plateau chargé de verres vides.

– Qu'est-ce que je peux faire pour t'aider, Néstor ?

Ils entrent tous les deux dans la cuisine, et Néstor montre la chambre froide et plus précisément une étagère très haute, au-dessus de la porte métallique.

– Un crétin, dit le cuisinier à Chloe, a trouvé le moyen de ranger le Calgonit là-haut : tu le vois ? Viens, monte sur une chaise et passe-le-moi.

Chloe monte. La porte métallique réfléchit la mince silhouette de la fille juchée sur l'escabeau improvisé.

Cette étagère inaccessible est très sale. De vieilles boîtes de mort-aux-rats, des bouteilles d'essence de térébenthine y sont stockées sous une masse compacte de toiles d'araignées qui donne envie de vomir, car elle semble être le refuge d'un tas de présences indésirables. Et en effet, en déplaçant une bouteille, la jeune fille voit se disperser une file de ces insectes noirs que, dans son enfance, elle s'amusait à toucher pour qu'ils se mettent en boule. Des milliers de pattes minuscules, de carcasses rondes et humides, courent chercher un refuge dans un coin, tandis qu'un insecte, aveuglé par la lumière, se jette sur le bras de Chloe pour chercher l'abri de sa manche. Mais rien de tout cela, ni l'odeur de pourriture, ni le chatouillement glacé qui grimpe le long de sa peau, ne semble l'inquiéter car, avant d'arriver jusqu'à l'étagère, elle a pu se mirer brièvement dans la superficie polie de la chambre Westinghouse et elle a cru voir dans ses yeux, durant un instant presque insaisissable, l'éclat sombre de ceux de son frère. Alors elle ferme les paupières pour qu'il ne s'échappe pas.

– On peut savoir ce que tu fais ? Monte plus haut, tends la main, ne reste pas plantée à mi-chemin pour admirer ton reflet, idiote, je n'ai pas toute la nuit devant moi pour supporter tes lubies.

Mais Chloe ne bouge pas, elle n'ose pas non plus ouvrir les yeux, car elle sait que si elle le fait Eddie va disparaître encore une fois, comme toujours et à jamais, comme le Pays Imaginaire. L'insecte se promène sur son épaule, le détergent qu'a demandé Néstor l'attend quelques centimètres plus haut à peine, sur cette étagère sale et humide, mais ni cela, ni la voix de Mlle Liau Chi, qui vient d'entrer dans la cuisine en la cherchant (« Reviens, mon garçon, j'ai quelque chose à te dire qui t'intéressera beaucoup, je t'assure ») ne fait bouger la jeune fille. Jusqu'au moment où, enfin, ne pouvant pas tenir plus longtemps dans cette position absurde, Chloe Trías étire son corps pour attraper ce qui lui a été demandé ; et quand elle redescend en se mirant dans la porte luisante de la chambre froide, elle reçoit la confirmation qu'une fois encore tout n'a été qu'un mirage et que ses yeux sont d'un bleu sans espoir.

– Viens, mon garçon, je t'attendais pour que nous parlions.

C'est la voix de Mlle Liau Chi.

## 4

# Une porte qui se ferme

Il est trois heures du matin et les invités s'en sont allés les uns après les autres. Bonne nuit, mon cher Stephanopoulos, nous nous reverrons bientôt. Merci, monsieur Teldi. Oui, à très bientôt. Madame Teldi, comme c'était intéressant de converser avec une femme de votre intelligence ; les commentaires que vous avez faits sur mon petit discours à propos d'Atatürk étaient si pertinents… Adieu, adieu, monsieur Pitou, merci d'être venu… A très bientôt, mademoiselle Liau Chi…

Les voix s'éteignent, les lumières aussi, et Néstor, seul dans la cuisine, se dit qu'il doit être le seul habitant de cette maison qui reste encore éveillé. Néstor Chaffino aime beaucoup profiter de ces instants de solitude qui suivent ses exploits culinaires. Car de même qu'un amant s'abandonne à la douceur de revivre chaque détail d'une rencontre amoureuse en éprouvant parfois un plaisir encore plus fort que celui qu'il a connu sur l'instant, de même un artiste reconstruit, lui aussi, ses moments de triomphe. Ah ! la texture parfaite de ma salade de homard, jubile Néstor, elle était juste à point : ni trop chaude ni trop froide, ni trop dure ni trop molle ; il suffisait d'épier de la porte les délicats mouvements de la moustache d'Ernesto Teldi pour constater qu'elle était insurpassable.

Au même instant, la moustache d'Ernesto Teldi, dans sa chambre à l'étage au-dessus, se perle d'une sueur froide qui le fait se dresser sur son lit. Mais ce ne sont pas ses cauchemars habituels qui sont coupables de ce sursaut, c'est la décision que son insomnie l'a poussé à prendre. Ça suffit comme ça : il faut que ce soit cette nuit même, se dit-il, il n'est pas prudent de remettre au lendemain ce que l'on peut régler sur-le-champ ; je vais aller trouver cet individu tout de suite. Ernesto Teldi regarde sa montre et calcule que le cuisinier doit être en train de dormir dans sa chambre sous les toits, un endroit discret où nul n'entendra rien. Et cela vaut mieux.

Oh ! mon bar à l'aneth garni de pommes soufflées, se souvient Néstor Chaffino qui n'est toujours pas dans sa chambre sous les toits mais dans la cuisine, accoudé à la grande table en formica qui a été la complice de son succès. Quand je suis sorti pour recevoir les félicitations des invités, Adela Teldi m'a assuré qu'elle n'avait jamais mangé quelque chose d'aussi simplement compliqué : merveilleuse définition.

Pendant ce temps, les doigts d'Adela Teldi frôlent ses lèvres pour aller caresser ensuite celles de Carlos García qui dort à côté d'elle, comme si elle voulait par ce geste lui transmettre un secret qu'elle n'a pas osé formuler de vive voix. Elle s'était juré de profiter de la première occasion où ils seraient seuls pour raconter au jeune homme tout ce qui s'est passé à Buenos Aires, afin qu'il l'apprenne de sa bouche et non de celle de Néstor ; mais, la fête terminée, quand ils se sont retrouvés dans la petite chambre assignée à Carlos sous les toits des Lilas, ni l'un ni l'autre n'a prononcé un mot. Carlos avait probablement l'intention de lui demander quelque chose car, à une ou deux reprises, Adela a eu l'impression qu'il cherchait le moment propice pour parler, mais les paroles ne sont pas de mise quand les corps se cherchent avec tant de force.

Demain je lui dirai, demain sans faute, sans faute, s'était juré Adela dans la fièvre des baisers.

Pourtant, maintenant que la fièvre est tombée et que son corps de femme mûre est prisonnier des bras juvéniles de Carlos, Adela Teldi recouvre ses esprits et se dit que l'amour – cet amour – est si compliqué que mieux vaudrait ne pas le mettre à l'épreuve par des confessions et des secrets. Je dois parler à ce cuisinier, l'acheter si nécessaire, le supplier s'il le faut… Tu n'as pas d'autre solution, ma chère, se dit-elle, et elle sourit, tu dois le dissuader par n'importe quel moyen et à n'importe quel prix, parce que les vieilles comme toi sont comme les naufragés, elles ne peuvent permettre à personne de leur retirer leur dernière planche de salut. Adela pose un baiser sur le front du garçon. Le sommeil des jeunes gens est léger et c'est une chance, car il n'entendra pas ce qui pourra se passer quand elle entrera dans la chambre de Néstor qui se trouve au même étage.

Quant à ma sauce mousseline, soupire Néstor dans la cuisine avec la délectation de l'artiste et la dévotion de l'amoureux, je suis sûr que seul un monsieur sensible et un peu mélancolique tel que Serafín Tous a pu l'apprécier dans toute sa splendeur. Ronde, suave, imperceptiblement parfumée au citron. Le cuisinier pense à Serafín Tous et à son expression d'extase tourmentée quand, durant son bref discours de remerciements aux invités, il lui a adressé un sourire complice en mentionnant la mousseline. Il faut avoir une pointe de féminité pour apprécier certaines saveurs, pense Néstor. Je suis sûr que les amis de ce monsieur ne soupçonnent même pas que c'est son cas et d'ailleurs, s'ils le savaient, ils ne comprendraient pas ; c'est pour cela qu'avec moi il est complètement à l'abri. Non seulement parce que nous nous sommes rencontrés au *Nuevo Bachelino* et que jamais je ne révélerai ce que j'ai vu chez un collègue, mais parce qu'il s'agit d'un enthousiaste de la sauce mousseline : où irions nous ?

03.47, clic… 03.48. Les chiffres phosphorescents du réveil de Serafín Tous tombent, implacables comme les gouttes d'eau d'un supplice chinois raffiné, comme les feuilles d'un calendrier qui rappellent inexorablement le passage du temps et l'arrivée du lendemain tant redouté. Serafín ne peut dormir et se résigne à se lever. La nuit est obscure et invite à la mélancolie, mais aussi aux folles pensées. Où peut dormir ce misérable individu, se demande-t-il, ce destructeur de réputations, ce cuisinier fouineur ? Il ne connaît pas la maison, mais il imagine que les chambres de service doivent se trouver sous les toits, aussi décide-t-il de s'y rendre. Il n'allume pas. Il marche à tâtons et, en passant devant la glace de son armoire, l'obscurité l'empêche de voir, dans ses yeux de paisible magistrat incapable de tuer une mouche, une lueur résolue et froide comme un stylet.

Et que dire de mes splendides truffes en chocolat ! se délecte Néstor, toujours plongé dans l'extase de l'amant qui se remémore et revit tous les stades d'une joute amoureuse. Je n'ai jamais vu des nuances aussi parfaitement associées : vanille, chocolat amer, liqueur et une pointe de gingembre. Voilà le truc : le gingembre est la petite infamie qui se cache derrière une bonne truffe en chocolat. Bien sûr, seuls les initiés le savent, de même que seul un initié est capable de distinguer cette symphonie de saveurs magnifiques… C'est pour ça que je me suis mis tellement en colère quand Chloe s'est fourré deux truffes d'un coup dans la bouche. Deux truffes ! « Sache, jeune fille, lui ai-je dit, qu'il n'y a qu'une âme habitée par deux esprits qui soit capable d'apprécier toutes les nuances de parfum qui se trouvent dans deux truffes de Néstor Chaffino. Tu as compris ? » Mais elle s'est bornée à me répondre par des « merde ! », « putain ! » et autres mots qui montrent que sa personnalité est aussi monocorde que son vocabulaire. Cette fille me fait de la peine, elle n'a pas la moindre vie intérieure. Je parie qu'en ce moment elle est en train de rêver d'une chanson *heavy metal* ou de quelque chose d'aussi stupide et d'aussi vulgaire.

Mais Néstor se trompe car, en ce moment, dans la chambre qu'elle partage avec Karel au-dessus du garage des Lilas, Chloe rêve justement de ces fameuses truffes en chocolat. Et comme si elle était une âme sensible – ou plutôt deux âmes sensibles –, elle savoure le soupçon de gingembre et la douceur de la vanille en même temps qu'elle revit le parfum délicieux des liqueurs. Mais ce rêve gastronomique raffiné qui aurait tant surpris Néstor dure peu, car il est tout de suite remplacé par d'autres images oniriques, fugaces et insaisissables, comme celles qui se manifestent dans les premières heures du repos. Des chansons de Pearl Jam, mêlées à un souvenir lubrique dont le protagoniste est le charmant Karel Pligh qui dort à côté d'elle ; elle voit aussi passer dans son rêve le jardin des Lilas, où un cafard se reflète dans un miroir tandis que Mlle Liau Chi lui répète à l'oreille : tu crois aux fantômes ? Tout cela bousculé par d'autres visions tout aussi décousues. Mais, passé le temps du premier sommeil, Chloe se réveille, et elle a beau se retourner dans le lit, elle ne parvient pas à se rendormir

Merde, pense-t-elle, je vais pas rester toute la nuit à ne pas dormir, comme un hibou à la con. La lumière d'un feu qui couve dans le jardin éclaire par intervalles la façade des Lilas et entre, insolente, par la fenêtre de la chambre. Chloe profite de ces brèves secondes de clarté pour contempler Karel Pligh, puis son regard s'échappe vers son sac, qui gît sur une chaise dans un désordre parfait, comme une poupée éventrée. La lumière disparaît et, dans le noir, Chloe se rappelle son affolement d'avant le dîner, quand elle ne trouvait pas l'uniforme de soubrette. C'est pour ça que tout est sens dessus dessous : tee-shirts, bikini, peignoir… tout, sauf l'étui où elle garde la photo de son frère encadrée. Cet étui rouge ne quitte jamais le fond du sac, mais le reste de ses affaires éparses dans la chambre ressemble à une bande de fantômes échappés d'un livre de Mlle Liau Chi. Vieille agitée du bocal, elle se fait sûrement niquer par des fantômes et des esprits, et en plus elle me prend pour un mec, pense-t-elle, avant de réaliser que c'est grâce à cette imposture et à son déguisement de serveur qu'elle a réussi à imaginer, l'espace d'une seconde, qu'elle voyait les yeux d'Eddie dans les siens si clairs.

La jeune fille essaie de se rendormir. Peut-être aura-t-elle, cette nuit, la chance de rêver que son frère vient la chercher pour qu'ils aillent ensemble au Pays Imaginaire, comme d'autres fois. Viens, Eddie, jouons un moment, dit-elle ; mais au lieu d'Eddie, son demi-sommeil ne lui apporte que des images où se mêlent le souvenir du carnet de toile cirée que Néstor cache toujours dans la poche de sa veste de chef et le goût délicieux des truffes en chocolat. Les truffes sont sûrement rangées dans la chambre Westinghouse de la cuisine, pense-t-elle, dans cette chambre dont la porte métallique se comporte comme un miroir déformant et trompeur.

Chloe se retourne dans le lit en maudissant le sommeil qui ne vient pas, qui ne veut pas venir, mais qui, par moments, la gratifie de pensées agréables : qui lui permet, par exemple, de se rappeler le regard de son frère Eddie, tel qu'elle s'imagine l'avoir vu tout à l'heure. Et alors elle jurerait qu'elle entend une voix lui dire : viens, Clo-clo, descends, je suis là. Mais la jeune fille se méfie. Elle a peur d'aller dans la cuisine, parce qu'elle est certaine qu'elle n'y trouvera qu'une nouvelle désillusion, les yeux de son frère ne la regarderont pas dans le reflet de la porte métallique, celle-ci la trompera encore. Eddie aime se cacher et la faire enrager, il faisait pareil avant de mourir, quand elle lui demandait : « Qu'est-ce que tu écris, Eddie ? Une histoire d'aventures et d'amour, et aussi de crimes, pas vrai ? Tu me laisseras la lire ? » et qu'il lui répondait : « Pas maintenant, Clo-clo. Plus tard, je te le promets. »

Pourtant, il mentait. Il n'y a pas eu de « plus tard » : son frère lui a fait la vacherie d'aller vivre des expériences à deux cents kilomètres à l'heure parce qu'il voulait être écrivain et qu'il ne lui était rien arrivé qui soit digne d'être raconté. Et c'est pour ça, pour cette fantaisie stupide, qu'il est parti pour toujours en la laissant seule.

L'insomnie donne des idées bizarres. En temps normal, Chloe ne serait jamais descendue dans la cuisine et n'aurait jamais essayé de chercher les yeux de son frère dans la porte de la chambre froide. Une Chloe sensée ne se serait jamais risquée à s'attirer une autre déception et à vérifier que son frère continue à jouer à cache-cache avec elle. Mais l'insomnie n'est pas sensée : allons, Chloe, lui chuchote-t-elle, une truffe en chocolat te fera du bien. Le chocolat est très bon pour trouver le sommeil, viens, ne crains rien. Si tu as peur, tu n'as qu'à ne pas te regarder dans la porte de la chambre froide, parce que c'est un miroir trompeur et déformant comme ceux des foires ; il est truqué, il crée des illusions qui font très mal, mais il suffit de faire comme s'il n'existait pas, voilà tout. Bien que… si tu décides d'être courageuse et de le regarder… qui sait…

Quand le feu du jardin éclaire de nouveau la chambre au-dessus du garage, Chloe se lève d'un bond. Elle est toute nue, et, jetés n'importe comment sur la chaise, il y a deux vêtements : « Choisis-moi », dit un tee-shirt sur lequel est écrit *Pierce my tongue, don't pierce my heart.* « Non, *moi* ! » ordonne, comminatoire, la veste de serveur que Chloe a portée ce soir pour ressembler à un garçon. Et, entre ces deux vêtements qui l'appellent, Chloe, comme si elle était de nouveau Alice au Pays des Merveilles, hésite, puis finit par se décider pour la veste.

Et puis merde, pas la peine d'en faire un fromage, pense-t-elle en l'enfilant, je vais juste chercher une truffe en chocolat, et je ne me regarderai dans aucun miroir.

Il est quatre heures du matin aux montres de tous les personnages de cette histoire, et aussi à la grande pendule de la cuisine qui retarde un peu et n'a pas encore sonné. Et cette vieille Festina qui sent le graillon et la fumée peut voir Néstor, préoccupé d'avoir veillé si tard, laisser de côté ses agréables pensées pour se dire, comme on s'adresse à un véritable ami : « Bon, mon vieux, la journée a été magnifique et très fatigante, tu ferais mieux d'aller te coucher. »

Et c'est ce qu'il s'apprête à faire, quand une vision insolite le retient.

– Bon sang ! s'exclame-t-il à voix haute, car il vient de s'apercevoir que, contre toutes ses habitudes, il a oublié de ranger dans la chambre froide les truffes en chocolat qui restent du dîner.

Et la pendule de la cuisine sonne quatre coups pendant que Néstor ouvre la porte de la Westinghouse.

La montre d'Ernesto Teldi est très silencieuse, elle ne fait même pas tic-tac. En revanche elle a un cadran lumineux, et celui-ci brille pendant que son propriétaire monte l'escalier pour se diriger vers la chambre de Néstor, sous les toits. L'Omega de Serafín Tous, elle, n'a pas de cadran lumineux, et donc nulle phosphorescence ne dénonce le passage du magistrat dans l'obscurité des Lilas que la lueur du feu dans le jardin troue par rafales en traversant une fenêtre pour venir éclairer l'escalier. L'un comme l'autre, Teldi et Serafín Tous profitent des interludes d'obscurité pour monter sans être vus.

La montre d'Adela indique également quatre heures, mais elle n'est pas témoin de la promenade nocturne de sa propriétaire, car celle-ci l'a laissée sur la table de nuit de Carlos à côté du camée vert. Son cadran lumineux n'a donc pas pu voir Adela traverser d'un pas rapide l'espace qui sépare la chambre de Carlos de celle de Néstor. De toutes les pièces sous les toits, celle-ci est la plus grande : une belle chambre à coucher, avec deux portes, une qui donne sur l'escalier et l'autre qui communique avec les autres dépendances domestiques. C'est cette dernière qu'utilise Adela Teldi pour arriver dans la pièce où doit dormir Néstor, en devançant de quelques minutes les deux autres visiteurs nocturnes. Elle entre sans frapper, car nul ne se soucie de politesse dans des circonstances pareilles. Mais quoi ? Personne ? s'étonne Adela, tout en avançant de quelques pas dans la chambre plongée dans le noir, jusqu'au moment où le feu du jardin l'éclaire et la révèle vide, le lit intact. Elle pense que Néstor est peut-être dans la salle de bains, et elle s'assied pour l'attendre, mais deux bruits simultanés la mettent sur le qui-vive. C'est lui, il vient, mon Dieu, qu'est-ce que je suis sur le point de faire. Adela se prépare, et elle voit les deux portes s'ouvrir en même temps, laissant passer deux silhouettes masculines qui font leur entrée à pas de loup. Pourtant, ni l'une ni l'autre n'est celle de Néstor Chaffino ; de sorte que, quand la lumière du jardin revient balayer les volets de la mansarde, trois visages stupéfaits se regardent, et des gorges d'Adela, d'Ernesto Teldi et de Serafín Tous monte, en un chœur abasourdi et désaccordé, la même question :

– Mais qu'est-ce que tu fais là ?

– Et toi ?

– Et toi ?

Karel Pligh n'est pas le seul personnage de cette histoire à aimer la musique et à y avoir recours pour refléter ses états d'esprit. *C'est trop beau* est une jolie chanson. Bien sûr, il ne s'agit pas d'une tarentelle ou d'une chanson palermitaine, mais Néstor Chaffino est un homme cosmopolite qui, quand il choisit un air pour accompagner un travail plaisant, ne fait pas systématiquement appel aux chansons de sa chère Italie. Voilà pourquoi c'est la mélodie de *C'est trop beau* qui sert de fond à la scène qui va suivre. Néstor se dispose à mettre les boîtes de truffes dans la chambre froide. Il en a d'abord empilé dix sur la table et, maintenant, il entre dans le frigo Westinghouse pour les placer contre le mur du fond, de manière à ce qu'ils n'encombrent pas. *C'est trop beau notre aventure, C'est trop beau d'être heureux...* La lumière de la cuisine pénètre à peine dans l'intérieur noir de la chambre où l'on devine les corps congelés de pièces de gibier, lapins et lièvres, peut-être un animal plus important, mais Néstor ne s'arrête pas à ces présences désagréables. *C'est trop beau pour que ça dure / Plus longtemps qu'un soir d'été.* Le cuisinier a oublié la suite, il continue en sifflotant, et le sifflotement s'intensifie pendant que le cuisinier marque une pause, une distraction de quelques secondes, avant de sortir chercher les boîtes restantes. Il est probable que cette pause n'aura pas duré plus longtemps qu'un soupir, mais certains soupirs sont longs comme l'éternité.

En arrivant dans la cuisine, Chloe s'arrête un instant sans se décider à avancer. Elle voit alors la porte de la chambre froide ouverte et entend le sifflotement joyeux qui vient du dedans. En s'approchant, elle se rend compte qu'il en sort d'autres bruits : quelqu'un est en train de déplacer des choses ; mais ce ne sont pas les sons venant de l'intérieur qui frappent la jeune fille, c'est un autre, différent, qui l'attire fallacieusement vers la surface métallique. Je suis là, Clo-clo, approche, sois courageuse, croit-elle entendre dire ce miroir trompeur. Viens.

Le sifflotement, à l'intérieur de la chambre froide, est très gai, comment peut-on tuer un sifflotement si gai, et de surcroît si innocent ? Mais quelle bêtise, Chloe ne va tuer personne, elle veut seulement jouir de ce moment unique où elle s'est créé l'illusion qu'Eddie lui a demandé de descendre, et maintenant, à coup sûr, il va être là, en train de la regarder, de l'autre côté du miroir. Et pour voir son reflet – pour voir dans ses yeux les yeux d'Eddie –, Chloe n'aura d'autre solution que de pousser la porte : pas la fermer, non, juste la pousser un peu. Tu ne vas pas me faire de blague, cette fois, Eddie ? Tu seras là quand je te cherche, dis-moi ? En effet : en s'apercevant dans le miroir, Chloe constate que son visage prend fugacement le regard obscur de son frère, ce regard impossible à confondre, si bien qu'il ne lui reste qu'à tendre la main pour caresser les yeux qui l'observent avec un sourire et l'invitent à un baiser. Et c'est en appuyant sur la surface glacée que la jeune fille pousse à fond la porte, qui fait *clac !*

– Oh ! non, c'est impossible, dit Néstor, parce que l'incrédulité précède la peur, et ensuite : – Bon sang, ça ne m'est jamais arrivé, pour l'amour du Christ, et pourtant je n'ai pas mis plus de deux minutes, trois au maximum, à ranger mes dix boîtes de truffes.

A partir de là, le temps passe très vite, tant à l'intérieur qu'à l'extérieur de la chambre froide ; assez vite pour que Néstor commence à donner des coups de poing, puis de pied dans la porte. Vierge de Lorette, sainte Vierge de Miséricorde, sainte Maria Goretti et don Bosco… J'ai oublié de baisser la targette de sûreté pour éviter que la porte ne se referme. Tandis que, dehors, la jeune fille commence à penser qu'il doit y avoir – il faut qu'il y ait – une manière plus durable de garder Eddie auprès d'elle, une façon moins cruelle que celle qui consiste à le voir de temps en temps et si brièvement dans les miroirs. Qu'est-ce que je peux faire pour t'avoir tout le temps ? A quoi aurais-tu envie de jouer ?

« Voyons voir, un peu de bon sens, qui peut m'aider, dans cette maison ? raisonne Néstor. Il y a Karel et Carlos, et ensuite quatre personnes en qui j'ai moins confiance : Ernesto et Adela Teldi, la petite Chloe Trías et, naturellement, Serafín Tous. » Et Néstor les appelle :

– Tous ! Teldi ! Trías !

Mais le froid, qui devient peu à peu insoutenable, le fait claquer des dents, à tel point que sa langue s'emmêle dans les T des noms propres et les transforme en bégaiement.

Chloe Trías s'est bouché les oreilles avec les mains. « Tais-toi, je t'en prie, je t'en prie, je t'ai entendu », dit la jeune fille en réponse aux cris du cuisinier, mais elle ne le fait pas à voix haute, ni même sur son ton habituel, elle le fait mentalement, comme lorsqu'elle parle à son frère ; elle doit rester silencieuse, c'est très important, on ne peut pas prendre le risque de faire disparaître les idéalisations. C'est sur ce mode, d'une voix qui n'existe que dans sa tête, qu'elle supplie le prisonnier d'attendre un peu. Rien qu'un peu, Néstor, pour l'instant je ne peux pas ouvrir, comprends-moi : il s'en irait pour toujours. Et ça, Chloe ne peut l'admettre, ce serait stupide que son frère disparaisse encore une fois, comme cette après-midi où il est parti à la recherche d'émotions, quand il n'avait que vingt-deux ans, juste l'âge qu'elle aura bientôt.

Aussi, pour profiter de la magie du miroir qui, cette fois, semble beaucoup plus généreuse et plus durable, la jeune fille a-t-elle l'idée de répéter exactement ce qui s'est passé cette après-midi-là, dans l'espoir d'en changer le dénouement. Raconte-moi une histoire, supplie-t-elle comme elle l'a fait alors, mais elle ajoute ensuite quelque chose qu'elle aurait dû dire et qu'elle n'a pas dit : ne t'en va pas, s'il te plaît, s'il te plaît, ne fais pas ça, reste avec moi. Et cette fois les yeux noirs de son frère semblent lui sourire, bien qu'ils ne disent rien. Ou peut-être que si, peut-être qu'ils disent quelque chose, car en les regardant – en se regardant – Chloe s'aperçoit qu'ils sont fâchés, aussi fâchés qu'elle, et la jeune fille pense qu'il n'est pas possible que la mort emporte une jeune vie, avec les illusions et les passions qu'elle n'aura plus jamais. Pourquoi, où s'en vont donc tous les rêves, les projets non réalisés, dont la mort s'empare ? Ils doivent bien être quelque part.

Bang, bang, bang… Les coups, de l'autre côté de la porte, troublent les réflexions de Chloe et la font se souvenir du cuisinier : qu'est-ce qu'il peut être lourd ce mec, pense-t-elle, maintenant boucle-la, si tu veux pas que je te plante là pour toujours, ou alors trouve-moi la solution de ce problème : est-ce qu'il existe un moyen quelconque de compléter un destin que la mort a laissé à mi-chemin ?

Mais les paroles de Chloe n'existent que dans sa tête, aussi personne ne peut-il l'aider, et encore moins Néstor qui, peu à peu, constate que le froid s'empare de sa volonté et de son esprit, et annihile tous ses sens. C'est pour cela, pour le bloquer, pour empêcher que cette torture glacée ne pénètre jusque dans son cerveau, qu'il a eu recours à un moyen étrange. Le prisonnier a besoin de boucher tous les orifices de son corps, il doit éviter que la douleur ne le rende fou. Sainte Madone d'Alexandrie ! Il a réussi à extirper de la poche de sa veste le carnet à couverture en toile cirée dans lequel il a rassemblé tant de desserts secrets, tant de petites infamies notées d'une écriture minuscule. Résiste, Néstor, il faut empêcher tes méninges de geler, le papier servira à couper le froid qui s'acharne à paralyser ton esprit. C'est la seule chose que tu puisses faire pour le moment. Quoi ? Sacrifier comme ça un recueil sans égal de desserts les plus variés ? Et, pis encore, mutiler une chronique si détaillée – et secrète – de… petites infamies ? C'est le signe le plus irréfutable que tes neurones sont en train de geler, vieil imbécile, quelle importance tout cela peut-il avoir, maintenant ? Fais-le et tout ira bien ; rappelle-toi les paroles de la voyante : « Tu n'as rien à craindre jusqu'au moment où quatre T se ligueront contre toi », et ça, c'est impossible ; résiste, continue de cogner sur la porte, quelqu'un va t'entendre.

Chloe Trías est sur le point d'ouvrir.

Saloperie, se dit-elle, je risque de perdre Eddie par la faute de ce vieux con, mais il ne se rend donc pas compte que, dès que le miroir bougera, les yeux d'Eddie ne regarderont plus à travers les miens ? Tu vas partir, Eddie, pas vrai ? T'en as jamais rien eu à cirer, de me laisser seule. Tu diras que tu dois aller là-bas pour chercher je ne sais quelles histoires à la gomme comme tu l'as fait cette après-midi-là, et je ne pourrai pas te retenir, c'est bien comme ça qu'ils font, les fantômes, hein ? Ils répètent éternellement les gestes de leur dernier jour. Oui. J'ai entendu Mlle Liau Chi raconter un truc comme ça. Ou alors que ceux qui meurent jeunes reviennent tôt ou tard pour compléter le Destin que la mort leur a refusé ? Maintenant la jeune fille voudrait, de toutes ses forces, avoir porté plus d'attention à une phrase que, sur le moment, elle a trouvée stupide, remonter dans le temps, le leurrer, pouvoir entendre de nouveau les divagations de la spécialiste des fantômes, mais tout ce qu'elle entend ce sont les coups de Néstor et sa voix amortie.

Encore des coups de pied. Chloe est assourdie par ce bruit qui n'est pas d'origine fantomatique, mais qui vient de l'intérieur, qui trouble la surface lisse de la porte et qui est même sur le point d'effacer les yeux de son frère.

« Il ne peut rien m'arriver, tente de se convaincre Néstor à quelques centimètres à peine de là, dans le plus noir et le plus glacé des enfers. Je vais m'en tirer, je le sais, je dois seulement garder mon calme pour que quelqu'un m'entende. Et on va m'entendre, puisque tout près, à côté de la porte, il y a une sonnette d'alarme – il tâtonne dans l'obscurité – et je suis sûr, absolument sûr, qu'à force de passer la main sur la paroi je trouverai le bouton. En l'entendant, quelqu'un viendra à mon secours : Teldi, Tous, Trías, T… »

Remonter dans le temps, chercher une explication, ceux qui meurent jeunes reviennent tôt ou tard pour compléter le Destin que la mort leur a refusé… donc compléter tout ce qu'ils n'ont pu faire dans leur vie… Toutes ces idées qui se bousculent semblent écrites sur la surface obscure du miroir qui tremble et se brouille sous les coups du cuisinier, jusqu'au moment où Chloe croit voir se dégager une solution magnifique, aussi clairement que si elle était inscrite là, en lettres précises et sans appel, pour qu'elle la lise.

Et maintenant qu'elle sait exactement ce qu'elle va faire ensuite, la jeune fille rit aux éclats.

Des rires. De l'autre côté de la porte, Néstor vient d'entendre, très nettement, qu'on rit. Mon Dieu, il y a quelqu'un tout près, et ça signifie qu'il ne s'agit pas d'un accident, pense-t-il, tandis que dans sa tête s'entrechoquent des pensées folles et concentriques, telles que la panique en suscite toujours. C'est alors que s'imposent à son esprit les trois T des noms des habitants des Lilas (ils sont en réalité quatre, car Adela et Ernesto portent le même) et qu'il se souvient : « Néstor n'a rien à craindre jusqu'à ce que se liguent… »

… Et ils sont là, comme l'avait prévu la voyante, ça ne fait aucun doute, comprend le cuisinier avec la lucidité des moribonds : Teldi, Teldi, Tous et Trías, les quatre T. Comment ai-je pu être assez stupide pour ne pas m'en apercevoir avant ? Le froid qui le torture devient visqueux et entre dans sa bouche avec le goût amer des potions empoisonnées. Néstor abandonne, inutile de lutter… mais ce froid qu'il avale fait passer en lui un éclair de raison. Attends un instant, mon vieux, il y a quelque chose qui ne va pas là-dedans, pourquoi ces gens te voudraient-ils du mal, précisément à toi qui es le plus discret des hommes et qui t'intéresses si peu à la vie d'autrui ?

Un éternuement se fraie un passage dans cette situation absurde, monte jusqu'à son nez et éclate si fort que les papiers avec quoi Néstor s'est bouché les oreilles semblent exploser dans sa tête. Ce sont les petites infamies qui essayent de sortir, les secrets, pense-t-il, épouvanté. Tu ne comprends pas, *cazzo* imbécile ? Sur toutes ces personnes, tu sais quelque chose de caché et de honteux. Un adultère qui se termine par la mort… les cris dans la nuit… un désir inavouable… Adela Teldi, Ernesto Teldi, Serafín Tous… De chacun, tu connais le revers d'une vie apparemment sans histoires. N'est-ce pas là une raison suffisante pour finir dans une chambre froide, salué par un éclat de rire de l'autre côté de la porte ?

Le froid est de plus en plus intense, si intense qu'il crispe les doigts de Néstor comme des serres sur le carnet de toile cirée. Et ces serres ne se redresseront plus, ni ses jambes, qui se sont couvertes de glace et sont devenues si insensibles que Néstor ne remarque même pas qu'elles se dérobent et laissent choir son corps raidi au fond du frigo. Son esprit, en revanche, semble bouillir tandis qu'il se répète avec l'espoir aveugle des mourants : un moment, il ne m'arrivera rien, c'est impossible. Écoute-moi bien : la prédiction n'est pas entièrement accomplie ; je connais des secrets honteux sur trois d'entre eux, pas quatre. Je connais l'histoire d'Ernesto Teldi, celle d'Adela et celle de Serafín, mais le quatrième T, Chloe, n'a aucune raison de me vouloir du mal, elle n'a commis aucune infamie, que je sache, il est donc impossible qu'elle agisse contre moi.

Un autre rire. De l'autre côté de la porte, Chloe Trías recommence à rire, mais sur un mode si secret que Néstor prend le bruit pour une espèce de gargouillement, un doux murmure qui résonne à ses oreilles comme une série de TTTTTTTTTT, qui semblent lui promettre que tout va s'arranger.

– Il n'y a que trois T, trois T, trois T, répète Néstor, avec l'obstination enfantine des moments désespérés. Tu l'as dit clairement, madame Longstaffe, sois bénie, sorcière, mon heure n'est pas venue, je peux donc être sûr que je vais sortir de ce trou ; attends encore un peu, mon vieux, courage, la porte va s'ouvrir.

Au même instant, Néstor Chaffino entend le bruit salvateur : *Clac !*

– Tu vois ? Je te le disais bien, que tout s'arrangerait. Les prédictions de cette sorcière de Mme Longstaffe sont peut-être piégées, mais même les prédictions piégées ont leurs lois, et il manquait dans le lot une infamie.

Je n'ai pas un seul muscle qui ne soit gelé, pense le cuisinier en entendant le bruit de la porte qui commence à s'ouvrir. Sainte Vierge de Miséricorde, sainte Gemme et don Bosco, je ne peux pas bouger un doigt, mais la tête fonctionne à la perfection. Ça y est, c'est fini. *Clac !* Et encore *clac !*

– Heureusement ! Juste au moment où le froid me faisait penser (et craindre) plus de bêtises que jamais.

## 5

## Un rayon de soleil sur la dépouille de Néstor Chaffino

Un merveilleux accident, pense Ernesto Teldi, seul dans sa chambre des Lilas. Plusieurs heures se sont écoulées depuis que les habitants de la villa se sont réunis dans la cuisine, une fois découvert le cadavre de Néstor. Assez de temps pour que la police locale puisse parler avec chaque habitant, après avoir relevé les empreintes digitales sur la porte de la Westinghouse. Et comme on pouvait s'y attendre, elle n'a rien trouvé (ou trop, selon le point de vue où l'on se place), car la porte était couverte d'innombrables traces : d'abord celles de Néstor lui-même, avec un léger parfum de chocolat ; puis celles de Karel, de Chloe (très abondantes) et enfin, en moindre quantité, elle a découvert plusieurs empreintes d'Adela, de Serafín et d'Ernesto. « Comme il est normal dans ce genre de cas », a conclu l'inspecteur en jetant quelques notes rapides dans son calepin.

– Vous êtes tous venus hier dans la cuisine. Maintenant, il me reste à savoir si l'un d'entre vous a vu quelque chose de suspect qui mérite d'être mentionné dans l'enquête.

Mais il n'y a pas eu de réponse, car le seul élément qui aurait pu soulever des soupçons, à savoir la feuille de papier arrachée de la main de Néstor et sur laquelle on pouvait lire :

*particulièrement délicieux au café capucci*
*s'accommode bien d'un coulis de framb*
*ce qui évite que la meringu*
*n'est pas la même chose que le chocolat glacé*
*mais plutôt du citron frappé*

dormait tranquillement entre les pages du manuel de cuisine de Néstor, tandis que Karel le seul, parmi les vivants qui soit susceptible de se rappeler le fait et de l'associer à son ami mort, ne se souciait nullement d'énigmes, vu qu'il ne pensait qu'à admirer combien le visage de Chloe est beau et serein, ce matin. Elle avait l'air plus adulte, à tel point que ce tee-shirt punk qu'elle venait de passer et où l'on pouvait lire *Pierce my tongue, don't pierce my heart* semblait appartenir à une autre.

L'enquête terminée, la cuisine s'est de nouveau vidée. Cela faisait un bon moment que l'inspecteur et le substitut qui l'accompagnait avaient décidé que la mort était due à un accident domestique, une regrettable faute d'inattention. « Dans ces conditions, nous n'avons plus rien à faire ici, vous pouvez disposer du corps du défunt. » Et maintenant, Ernesto Teldi, à la fenêtre de sa chambre, peut voir un soleil trop fort pour une fin de mars se refléter sur l'espèce de linceul en plastique doré que l'on utilise de nos jours pour transporter les cadavres. Teldi suit des yeux le linceul qui se dirige vers la porte du jardin, porté sur une civière par deux individus en blouse verte. Sur les pieds du mort (ou est-ce sur le visage du cuisinier ?) quelqu'un a déposé des fleurs qu'Ernesto a fait cueillir dans le jardin pour accompagner sa dépouille. Un geste de sympathie envers un employé modèle, penserait un observateur ingénu et, à vrai dire, il ne serait pas loin du compte. Car Ernesto Teldi a demandé que l'on fasse un bouquet pour Néstor, pas exactement par sympathie, mais par souci d'élégance : un ennemi qui s'enfuit, ou mieux encore, qui a l'immense gentillesse de mourir juste avant qu'on ne le tue, mérite, c'est bien le moins, qu'on le remercie, pense Teldi.

Roses, glycines, pétunias… un bouquet sans prétention mais gracieux, se dit-il en voyant les fleurs se balancer sur le cadavre de son ennemi. La scène l'émeut, car elle a une touche de grandeur qui le renvoie immédiatement à ses précieuses œuvres d'art et, plus particulièrement, à sa dernière acquisition.

Alors le collectionneur s'écarte légèrement de la fenêtre pour sortir de sa poche le billet doux qu'il a acheté la veille à M. Pitou. Il le regarde. Aucun doute : l'écriture est impossible à confondre, c'est bien celle d'Oscar Wilde, sa signature, sa manière originale de faire les *c*, tout y est, c'est clair comme le soleil en plein jour.

Comme ai-je pu croire un instant qu'il était faux ? se demande-t-il avec une surprise non feinte. Car, maintenant que Néstor est mort, Ernesto Teldi est incapable de se rappeler l'inexplicable accès de doute, si contraire à sa manière d'être, qui l'a assailli la nuit dernière et qui lui a fait craindre d'être roulé par ses confrères. Roulé, lui ? Quelle absurdité, qui oserait s'y risquer ? Teldi est et continuera d'être jusqu'à la fin de ses jours un collectionneur réputé, une autorité incontestable… Ses inquiétudes de la veille lui semblent maintenant très lointaines, aussi lointaines que la menace qui planait sur sa réputation par la seule présence de ce cuisinier gisant désormais sous un linceul de plastique doré. Tout cela, ses craintes, ses sueurs froides, et même les idées terribles qui lui sont passées par la tête pendant quelques heures, lui apparaît comme un vieux cauchemar. Aussi vieux et inoffensif que les cris qui peuplent ses rêves.

Teldi sourit : voilà une façon bien confortable de régler le problème. S'il croyait à des instances supérieures, il penserait qu'il a reçu le secours de quelques dieux farceurs possédant un remarquable sens de l'esthétique. Mais Ernesto Teldi ne croit pas aux dieux, même farceurs et doués du sens de l'esthétique, il ne croit qu'à lui-même, et c'est pour cela qu'il a envoyé un bouquet de fleurs au défunt, pour le féliciter – et se féliciter – d'un si heureux (et raisonnable) dénouement.

Le cortège funèbre s'éloigne en direction du portail des Lilas, et Ernesto Teldi remet la lettre d'Oscar Wilde dans sa poche en l'enfonçant précautionneusement, d'un petit coup très doux. La vie continue et s'annonce très agréable : demain il doit s'envoler vers la Suisse pour une réunion de collectionneurs qui se tiendra dans la maison des Thyssen ; la semaine prochaine il est attendu à Londres pour une estimation difficile où tous s'en remettront à son jugement ; dans le mois à venir la fondation Gulbenkian lui offrira un petit hommage bien mérité. La vie est belle, se dit Ernesto Teldi, pris d'une bouffée irrésistible de snobisme, et il est si absorbé par ses divagations qu'il n'entend pas tout de suite que quelqu'un frappe à la porte.

– Il y a en bas un homme qui désire vous voir, dit Karel Pligh, quand le collectionneur se décide enfin à lui ouvrir.

Mais l'esprit de Teldi voyage si agréablement au pays des projets délicieux et de la prospérité qu'il ne voit, au-delà de la tête du jeune homme, que la charmante ambiance de l'escalier des Lilas. Et c'est vrai que tout semble exquis dans le doux parfum de lavande exhalé par les rideaux, et que les murs jaunes sont un fond idéal pour les natures mortes qui s'alignent sur le palier. Parfait, tout est parfait.

– De quoi s'agit-il, mon garçon ? demande-t-il en revenant un moment, il le faut bien, aux affaires terrestres. Ne me dis pas que c'est encore la police ; j'en ai ma claque des militaires.

Mais Karel Pligh explique qu'il ne croit pas que ce soit un policier.

– C'est un monsieur d'une soixantaine d'années, un homme tout à fait ordinaire, et il insiste pour vous voir aujourd'hui même. Naturellement, je ne voulais pas le laisser entrer comme ça, et je lui ai dit d'attendre devant la porte. Alors il a écrit un mot avec beaucoup de difficultés, car il a les doigts tout tordus, et il m'a dit qu'il était sûr que, quand vous l'auriez lu, vous le recevriez immédiatement.

Karel, qui ignore les manières raffinées de Teldi, n'a pas pris le plateau d'argent pour apporter le mot de l'inconnu ; il le lui remet de la main à la main, et ses ongles ne sont pas aussi propres que le souhaiterait le collectionneur. Mais Ernesto ne s'arrête pas à ces détails, pas plus qu'il n'a prêté d'attention à la description de Karel car, en regardant la carte, il ne parvient pas à en lire le contenu ; il reste seulement abasourdi à la vue de cette écriture verte et irrégulière qui ressemble à une rangée de perruches sur un fil.

Les chambres de Carlos et d'Adela dans la villa des Lilas sont juste l'une au-dessus de l'autre – et ce n'est pas un hasard. Cependant, les murs et le plafond sont si épais qu'ils ne permettent pas d'entendre, ni même de deviner, ce qui se passe dans l'autre chambre ; s'il en était ainsi, Adela et Carlos seraient surpris de constater que ce matin, tandis que le corps de Néstor franchit pour la dernière fois le portail des Lilas, ils se déplacent l'un et l'autre dans leur espace respectif de manière symétrique, comme deux danseurs qui interprètent le même ballet.

Voilà pourquoi tous deux se sont mis à la fenêtre en même temps pour un ultime adieu au cuisinier et qu'ils y restent accoudés, pensifs. Les attitudes sont les mêmes, mais les raisons sont bien différentes : tristesse, dans le cas de Carlos ; soulagement – presque reconnaissance –, dans celui d'Adela.

Soudain, un rayon de soleil envoie sur Adela le scintillement du sac métallique dans lequel on emporte le mort, et son éclat est si aveuglant qu'elle doit reculer. Regarde-le bien, Adela, s'enjoint-elle, ne détourne pas la vue : c'est le dernier obstacle à ton bonheur qui s'en va ; regarde-le avec la même intensité que tout à l'heure, dans la cuisine, quand tu examinais son visage inerte pour t'assurer que ses lèvres ne parleraient plus, pour te convaincre que ses yeux ne seraient plus les témoins de ta folie amoureuse. Pour le meilleur ou pour le pire, tu es libre, ma chère : ce cerveau congelé et inutile ne présente plus aucun danger, car les secrets, même les plus terribles, meurent quand en meurent les témoins. C'est pour cela que tu dois le regarder, Adela, et remercier ta bonne étoile. La vie commence aujourd'hui.

« Adieu, ami », pense Carlos à la fenêtre de la mansarde, en voyant s'éloigner le linceul brillant avec le corps de celui qui fut Néstor Chaffino. Qui fut, mais qui n'est plus, car les cadavres des amis ne ressemblent jamais à l'ami disparu, tandis que tous les cadavres sont identiques entre eux. C'est là ce que Carlos a découvert ce matin en observant le visage de son ami, et ensuite, au fil des heures, il a pu constater que d'autres transformations corroboraient sa théorie sur la métamorphose des cadavres : au bout d'un moment, il n'était même plus capable de reconnaître Néstor dans cette dépouille grise dont la tête semblait s'être réduite comme si la mort était un Jivaro trop zélé. C'est pour cela, parce que ce malheureux masque lui était inconnu, que Carlos a préféré ne pas l'embrasser une dernière fois. Il le sait depuis la mort de son père : pour que survivent les souvenirs, mieux vaut ne pas les associer à la scène finale d'une vie ; mieux vaut regarder le moins possible les morts, parce que les yeux sont des témoins obstinés et que, s'ils ont passé des heures à contempler la figure raidie d'un être aimé, ils ont la mauvaise habitude de projeter cette image sur les souvenirs les plus heureux ; un linceul doré, en revanche, est anonyme, et on peut lui rendre hommage sans danger. Adieu Néstor, adieu ami. Et maintenant pardonne-moi, il faut que je rassemble mes affaires.

Entre la mort et la vie il reste le poids du quotidien, et Carlos se retire de la fenêtre pour faire sa valise. Il regarde autour de lui, scrute sa chambre, celle qu'il a partagée cette nuit avec Adela, et il ne reconnaît pas ce territoire pour sien, mais pourquoi en serait-il ainsi ? Une paire de chemises, un costume de serveur et un jean, voilà tout ce qui lui appartient ; même les objets sur la table de nuit ne sont pas à lui, mais à elle. Assis sur le lit défait, Carlos tend la main pour prendre la montre qu'Adela a oubliée et il la porte à ses lèvres, car les objets des amants sont les meilleurs complices d'une passion, et les plus fidèles, sans aucun doute, plus même que leurs propriétaires : tic-tac, tout ira bien, dit le mécanisme qui bat comme un cœur, tic-tac. Carlos la remet à sa place : oui, tout ira bien.

Là-dessus, ses doigts rencontrent le camée vert qu'Adela a également laissé cette nuit et que Carlos n'a pas vu tout de suite, car il était à demi caché par d'autres objets sans importance. Il est beau, il est à elle, mais un sentiment étrange empêche Carlos d'y déposer un baiser, peut-être parce que les camées ne battent pas comme les cœurs.

Dans quelques heures j'aurai tout quitté, pense-t-elle, assise elle aussi sur son lit défait, à côté d'un coffre en bois qu'elle vient de tirer de l'armoire et qu'elle ouvre. Adela n'est pas romantique. Tout au long de sa vie, elle a fait bien attention à ne pas donner prise à la sensiblerie de l'amour : il faut savoir garder sa raison, on souffre moins. Aussi cela fait-il bien longtemps qu'elle n'a pas inspecté le contenu de ce coffre dans lequel elle a entassé en désordre lettres, reliques, mots tendres, déclarations d'amour, photos… les souvenirs de beaucoup d'années. Adela préfère ne pas les regarder, car chacun représente un morceau de vie qui s'en est allé et lui rappelle que les ans ont passé comme a passé la beauté, et qu'elle n'est plus la femme qui a inspiré tant de belles paroles. Belles et mortes, Adela. Seul l'avenir nous appartient, aime aussi longtemps que tu le pourras. Mais avant…

Mais avant de tout laisser derrière elle, sa maison des Lilas et ses souvenirs, Adela doit accomplir une dernière formalité pour être en règle avec son passé : s'asseoir à la petite table qui se trouve devant la fenêtre et écrire une lettre d'adieu à son mari. Un procédé démodé, lâche aussi, bien que ce soit sans doute la meilleure solution. En vertu d'un code conjugal non écrit mais largement ratifié par l'expérience, aussi bien Adela qu'Ernesto ont toujours réussi à éviter les scènes sentimentales, et ce n'est pas le moment d'innover quand il s'agit de quelque chose d'aussi dérangeant et d'aussi détestable qu'une désertion après vingt-quatre ans de confortable coexistence, ce qui fait qu'elle écrit

*Les Lilas, 29 mars*

*Mon cher Ernesto,*

(Ici, une pause, Adela a besoin de trouver les mots les plus appropriés.)

Carlos, en revanche, n'a pas de lettres difficiles à rédiger, ni de souvenirs auxquels dire adieu ; ce sont des reliques du présent qui accaparent son attention, en l'occurrence les objets oubliés cette nuit par Adela. Qu'en faire ? Est-ce prudent de les ranger dans sa valise avec ses vêtements ? De les emporter ? Tous deux ont décidé de ne pas partir ensemble : ils se retrouveront plus tard à Madrid, après plusieurs jours de trêve prudente. Ce serait beau que leurs retrouvailles aient pour scène l'hôtel Fénix : ainsi tout continuerait à l'endroit exact où tout a commencé. Carlos regarde sa montre, puis celle d'Adela, elles marquent cinq minutes de différence ; c'est certainement la montre d'Adela qui indique la bonne heure. Il se fait tard, il ramasse ce qui est encore épars et, finalement, le camée.

*Les Lilas, 29 mars*

*Mon cher Ernesto,*

*Je ne sais comment commencer cette lettre, tu penseras certainement que je suis folle, ou, pire encore, que j'ai fini par être aussi idiote que ces femmes romanesques dont nous nous sommes toujours moqués.*

Adela s'arrête de nouveau, une crainte superstitieuse l'oblige à surveiller ses pouces, à guetter ce symptôme d'Hécate, la sorcière, qui l'avertit toujours quand quelque chose de négatif est sur le point de se produire ; mais ses mains sont calmes. Tranquillise-toi, tout va bien, le cuisinier est mort, plus personne ne peut aller fouiller dans ton passé.

En prenant le camée pour le mettre dans sa poche, Carlos pense qu'après l'avoir découvert sur l'épaule d'Adela il ne s'est plus inquiété de ce bijou ; mais c'était logique qu'il s'en désintéresse, avec les événements terribles qui ont suivi. Avant de le ranger, il l'enveloppe dans un mouchoir, ce camée a un éclat bizarre, mais un camée n'a aucune raison d'indiquer quelque chose de négatif, pense-t-il. Et puis, grâce à lui, aujourd'hui ou dans quelques jours, quand ils se retrouveront pour toujours à l'hôtel Fénix, il pourra savoir d'Adela elle-même quel était ce beau lien qui les unissait déjà, bien longtemps avant qu'ils ne se rencontrent. « Raconte-moi d'où tu tiens ce bijou et je te raconterai une histoire qui te paraîtra incroyable », projette-t-il de lui dire, et, c'est sûr, tous deux riront beaucoup en découvrant les fils étranges qui les prédestinaient l'un à l'autre depuis des années. Car même en supposant que le camée d'Adela ne soit pas celui de la jeune femme du tableau, se dit maintenant Carlos, la coïncidence est si extraordinaire qu'il sera bien obligé de croire aux prédictions de Mme Longstaffe. Mais c'est le même camée, impossible que c'en soit un autre, j'en mettrais ma main au feu.

Comme s'ils se sentaient en danger, les doigts d'Adela Teldi se sont refermés sur le stylo avec un étrange picotement. *By the pricking of my thumbs, something wicked this way comes*, écrit-elle sans s'en rendre compte dans la lettre adressée à Ernesto, et elle doit biffer, car cela n'a absolument rien à voir avec ce qu'elle veut dire à son mari. Allons, Adela, écarte une fois pour toutes ces présages stupides, sans ça tu ne termineras jamais, et il se fait tard.

… Les cheveux blonds d'Adela qui ressemblent tellement à ceux de Grand-mère Teresa, la maison du 38 rue Almagro et la villa des Lilas si pareilles, un portrait remisé dans une armoire pendant des années, les yeux bleus de la jeune femme du tableau qui ne peuvent être que ceux d'Adela… Carlos a caché le camée au plus profond de sa poche, mais il n'arrive pas à le chasser de ses pensées. Il a pris toutes ses affaires, va sur le palier, passe devant la porte de la chambre de Néstor et, ce faisant (adieu, adieu, ami), les idées qui le travaillent se changent en questions : pourquoi le portrait d'Adela a-t-il été décroché du salon jaune ? Pourquoi Grand-mère Teresa ne laissait-elle pas entrer son père dans la maison de la rue Almagro ? Pourquoi Soledad, sa mère, est-elle morte précisément à Buenos Aires ? Et pourquoi n'a-t-il pas reconnu en Adela la jeune femme du tableau, après l'avoir obstinément cherchée dans toutes les femmes ?

*Something wicked this way comes…* Maintenant que Carlos a quitté sa chambre, Adela peut l'entendre marcher sur le palier. Et ce qu'elle entend ce sont des pas juvéniles, curieux, chargés d'interrogations dangereuses : qui est cette femme ? Que s'est-il passé ? Et où ? Et comment ? Naturellement, Adela n'est pas capable de déchiffrer le questionnement de ces pas, encore moins ce qu'ils soupçonnent, mais les doigts d'Hécate, eux, le savent : leur picotement s'est fait douloureux, et il continue jusqu'à ce que les pas s'arrêtent. Qui es-tu, pourquoi, comment est-ce arrivé ? crient les questions que les doigts d'Hécate sont seuls à entendre, tandis que leur propriétaire essaye de deviner ce qui a bien pu faire s'arrêter ces pas qui semblaient si décidés, si dangereux aussi.

Comme Adela Teldi ne possède pas les pouvoirs extraordinaires de Mme Longstaffe, qui lui seraient bien utiles pour comprendre cette scène, elle ne saura jamais qu'au moment précis où il passe devant la porte de la chambre qui fut celle de Néstor, Carlos, au milieu de toutes les questions qui se bousculent dans sa tête et qui se font de plus en plus pressantes, a soudain laissé s'infiltrer par une brèche une phrase que son ami a prononcée la veille. Une phrase qui lui est revenue à l'esprit quand il a vu pour la première fois ce bijou lié à son passé sur l'épaule d'Adela, dans le salon des Lilas : « Tu te rendras compte un jour, *cazzo* Carlos, s'est souvenu le garçon comme si c'était Néstor en personne qui le lui soufflait à l'oreille, que, parfois, dans la vie, il vaut mieux ne pas poser de questions, surtout quand on soupçonne que la réponse ne vous conviendra pas. »

*... Adieu donc, Ernesto, je ne m'attends pas à ce que tu me comprennes*, écrivent maintenant les doigts d'Adela avec facilité, car toute trace de pressentiment les a désormais quittés, si bien que le stylo achève en volant cette très convenable et très bourgeoise lettre d'adieu à son mari : *... je suis désolée, crois-moi, mais je ne regrette rien de ce que nous avons partagé durant ces années et j'espère que toi non plus...* En terminant cette phrase, Adela lève la tête, comme dans un mouvement de défi, regarde par la fenêtre, mais ses yeux myopes ne peuvent pas voir que quelque chose tombe de l'étage supérieur.

C'est ainsi qu'Adela, qui est prête à partir en abandonnant tout, ne saura jamais que ce jour-là, par la fenêtre de la chambre de Néstor, Carlos a préféré se défaire du camée vert pour que sa sphère brillante, pleine de questions gênantes, disparaisse parmi toutes les nuances de vert qui forment le jardin des Lilas.

Et le camée reste là, dans les branches, au cas où quelqu'un voudrait vérifier l'authenticité de cette histoire.

Serafín Tous a vu lui aussi partir le cadavre de Néstor, mais il n'a pas fait couper de fleurs comme Ernesto Teldi, pas plus qu'il ne s'est arrêté à regarder briller le soleil sur le linceul doré, à l'instar d'Adela et de Carlos. En réalité, le paisible magistrat préférait ne pas savoir ce qui se passait dans le jardin, car il était très occupé à faire sa valise. Serafín Tous pense s'en aller le jour même ; la villa des Lilas est charmante, mais ce n'est pas exactement le décor dans lequel il a envie de résider ; trop de souvenirs pénibles y rôdent encore.

Avec le plus grand soin, il plie ses vêtements, en commençant par les pantalons, comme le lui a appris sa défunte épouse, afin qu'ils soient impeccables en arrivant chez lui. Il les décroche de leurs cintres, vérifie le pli, puis les range : le bleu sur le gris, et le beige par-dessus. Mais en pliant ce dernier, il découvre que l'on peut encore voir à la hauteur de l'entrejambe une large tache de xérès, due au sursaut qu'il a eu en s'apercevant de la présence de Néstor sur la terrasse des Lilas, la veille. Un stupide accident domestique, rien d'important ; et pourtant, comme certains de ces accidents peuvent se révéler opportuns, se dit-il, car, maintenant, Serafín Tous ne pense plus au petit désagrément qui lui est arrivé sur la terrasse, mais à un autre accident domestique beaucoup plus grave et bien plus heureux : cette soudaine fermeture de la porte de la chambre froide qui a laissé ce cuisinier de malheur bloqué à l'intérieur. Et au moment idéal, de surcroît, pense Serafín qui se dit ensuite que trouver un cadavre dans une glacière est sans aucun doute un grand malheur domestique, mais que cela peut aussi, parfois, donner envie de crier : Que Dieu bénisse les malheurs domestiques !

Maintenant Serafín rassemble les chemises. D'abord il les met dans des housses très pratiques et très masculines qui sont également une idée de sa défunte femme, puis il dispose les housses dans le fond de la valise : comme ceci, oui, parfait, Nora serait fière. Les accidents domestiques, insiste Serafín qui trouve beaucoup de réconfort à poursuivre ce raisonnement, sont imprévisibles. De plus, ils sont très fréquents, beaucoup plus fréquents que les gens ne l'imaginent, et il y en a de tous genres : gros ou petits contretemps, malheureux et même souvent ridicules, car qui est à l'abri d'une électrocution par le grille-pain, ou de l'incendie d'une poêle remplie de beignets, par exemple ? Personne, absolument personne. Cependant Serafín Tous qui, pour l'instant, se réjouit à la vue de ses chemises, éprouve un frisson de plaisir comme si la contemplation de leur ordre parfait était pour lui une découverte. Soudain il se rend compte – ou il croit se rendre compte – que l'accident qui l'a libéré à jamais du cuisinier est d'une nature différente des autres. Comment expliquer cela ? Serafín ne saurait l'exprimer clairement ; la manière dont il s'est produit, le lieu, les circonstances… il y a quelque chose d'incompréhensible : de trop facile, d'aimable, de quasi maternel. Oui, c'est ça.

Le paisible magistrat compte maintenant ses cinq paires de chaussettes, toutes dûment retournées et pliées, chacune portant une discrète étiquette sur laquelle on peut lire le nom du propriétaire brodé en lettres anglaises : Serafín Tous en bleu marine, Serafín Tous en noir, Serafín Tous en rouge sang ; il s'agit encore d'une idée très pragmatique de son épouse, pour que les paires ne se mélangent pas au lavage ni ne se perdent à l'hôtel. C'est que, pense-t-il avec orgueil, Nora avait, en sus de ses autres qualités, une maîtrise exemplaire des questions domestiques. Aucune tache ne lui résistait, elle triomphait de tous les contretemps avec une habileté inhabituelle. Serafín s'émerveillait de la voir diriger ces manœuvres invisibles mais indispensables qui rendent la vie conjugale idyllique. Avec Nora, la maison semblait fonctionner toute seule ; une organisation parfaite, à laquelle ne manquait pas un détail, une cuisine à point et délicieuse, et sans le moindre effort apparent ; pas une odeur désagréable, pas un objet qui ne soit pas à sa place, car Nora avait la rare qualité de ne jamais se faire remarquer. C'est maintenant que tu te fais remarquer, dit le mari à son épouse, maintenant que tu me manques, car le vide laissé par ceux qui, invisiblement, nous ont rendu la vie agréable est incommensurablement plus grand que le vide laissé par d'autres, plus agités, plus pointilleux, plus stupidement bruyants.

Serafín Tous est entré dans la salle de bains pour prendre ses objets de toilette et, pendant qu'il les range – le rasoir impeccablement propre, le tube de dentifrice enroulé comme le faisait Nora pour lui éviter cette peine –, une idée commence à prendre corps. Tout s'est passé de façon si simple, et en même temps si pratique, se dit-il, comme si c'était l'œuvre d'une main féminine, ou mieux encore, d'une délicate main de fantôme, car cet accident a quelque chose qui lui rappelle Nora. Alors, en rangeant le rasoir et le reste, Serafín se demande si les âmes de l'Au-delà n'auraient pas le pouvoir de fermer les portes des chambres froides terrestres et, en répondant positivement, il ne peut faire autrement que de s'exclamer à voix haute :

– Ainsi c'était toi, Nora, mon trésor ?

Tandis que le cadavre de Néstor Chaffino quitte la villa des Lilas et traverse le jardin, Chloe, telle une petite fille appliquée, fait face à la fenêtre, assise devant un pupitre improvisé comme si elle se disposait à noter tout ce qu'elle voit de là, à l'instar d'un notaire. Elle a sur sa gauche un carnet à couverture de toile cirée noire, ouvert, et elle tient à la main un crayon qu'elle porte de temps en temps à ses lèvres et que, pour l'heure, elle lève comme si elle réfléchissait à quelque chose de très difficile.

Un observateur des conduites humaines qui regarderait en ce

moment à travers les vitres pourrait voir, derrière cette table de travail parfaitement rangée, une chambre dans un désordre indescriptible : le sac de Chloe vidé sur le lit et les vêtements éparpillés partout, tandis que sur les draps défaits gît l'étui rouge avec la photo de son frère Eddie. Cependant, si ce même fouineur s'était présenté quelques minutes plus tôt à la fenêtre, il aurait été témoin d'une scène encore plus insolite. Il aurait vu Chloe tourner dans la chambre comme une enfant en colère, pendant qu'elle découvrait le contenu du carnet, puis fouiller dans son sac pour trouver la photo de son frère, comme si elle voulait confronter photo et carnet, avec une telle rage que l'on aurait dit que tous deux étaient coupables d'une trahison ou, pire encore, d'un crime stérile.

Mais il n'y a aucun spectateur curieux aux fenêtres des Lilas, il y a seulement un cafard sur le paillasson de l'entrée, qui remue ses antennes de l'air de quelqu'un qui en sait long, comme s'il comprenait les raisons qui animent les êtres humains. Mais quelqu'un peut-il réellement comprendre les mécanismes secrets qui animent les actions des petites filles capricieuses ? Pourquoi celles-ci croient-elles que l'on peut modifier le destin de ceux qui sont morts avant l'heure ? Pourquoi pensent-elles que les morts jeunes reviennent tôt ou tard dans ce monde pour compléter la part de vie qui est restée inaccomplie ? Bien peu nombreux sont ceux qui parviennent à comprendre des pensées aussi irrationnelles et, pourtant, rien n'empêche que de tels mécanismes existent et soient responsables de ce que Néstor se trouve maintenant à l'intérieur d'un linceul doré qui se dirige vers le cimetière, pendant que Chloe observe la scène et sourit.

– Tu l'as bien mérité, vieux con, dit la jeune fille. Si je me retrouvais dans la même situation, je recommencerais, et plutôt mille fois qu'une, pense-t-elle, tout en se remémorant les détails de ce qui s'est passé la nuit précédente dans la cuisine, avec le plaisir esthétique qu'éprouve l'auteur d'une œuvre d'art ou d'un crime parfait.

Le crayon encore en l'air, comme si elle était en train de choisir quel chapitre d'une histoire perverse elle va raconter à un public imaginaire, Chloe écarte la première partie des événements de la nuit précédente, quand elle a entendu Néstor siffloter à l'intérieur de la chambre froide. La jeune fille préfère recréer ce qu'elle a ressenti un peu après, pendant qu'elle s'évertuait à chercher dans les yeux noirs de son frère, à la surface du miroir, une idée, un message, la clef qui lui permette de le retenir. Chloe se rappelle comment est née cette certitude que la seule possibilité de garder vivante la mémoire d'un mort est d'accomplir ce qu'il a voulu faire quand il était vivant. Une idée facile et évidente, qui a pris forme pendant qu'elle se regardait dans le miroir. Eddie, le dernier jour de sa vie, est monté sur une moto parce qu'il avait cette obsession de vouloir être écrivain et qu'il avait besoin de « vivre à deux cents à l'heure, avoir des expériences, commettre un crime, m'envoyer mille filles, que sais-je, Clo-clo, tu es trop petite pour comprendre ».

Et quand elle lui a demandé ce qu'il ferait si, le temps passant, il ne réussissait à réaliser aucune de ces choses terribles pour obtenir les expériences dont il avait besoin, il a répondu : « Alors, Clo-clo, je n'aurai plus d'autre solution que de voler son histoire à un autre. » Voilà ce qu'a dit son frère Eddie, mais il n'a pas réalisé ses projets, parce qu'il est parti pour toujours, en laissant tout inachevé.

Mais elle, en revanche, elle était bien là, la petite Chloe, l'enfant Clo-clo, et elle avait maintenant l'âge d'Eddie au jour de sa mort, prête à faire tout ce qu'il n'avait pas eu le temps de faire. Elle n'avait pas planifié ce qui s'était passé dans la villa des Lilas, elle n'avait rien contre ce cuisinier à moustache en pointe qui gardait précieusement un carnet où, selon ses propres paroles, il consignait un tas de scandales et de secrets dont il avait été témoin ; en résumé : un tas d'histoires prises dans la vie réelle, c'est-à-dire beaucoup plus cruelles et parfaites que celles que peut inventer un écrivain.

– Je t'ouvre tout de suite, vieil imbécile, j'arrive, a-t-elle dit.

Mais quand elle a ouvert la porte pour secourir Néstor, celui-ci gisait à terre avec ce carnet, comme s'il le lui offrait, et cela sous le regard de son frère. Alors Chloe n'a plus pensé qu'à aider Eddie à accomplir son rêve. Pour cela, elle a dû arracher le carnet de la main de Néstor : il y avait là toutes les histoires d'amour et de crimes qu'il aurait tant voulu écrire.

L'occasion s'est présentée sans qu'elle l'ait cherchée, et en profiter a été facile. Se justifier à ses propres yeux de ce qu'elle venait de faire… refermer la porte pour toujours… faire la sourde… rêver avec Eddie… attendre que le froid fasse définitivement taire les cris du cuisinier… et ensuite remonter dans sa chambre, comme s'il ne s'était rien passé… tout a été très facile. Elle était convaincue d'avoir triomphé, elle, la petite sœur, là où précisément son frère avait échoué : elle allait pouvoir accomplir le Destin que la mort avait refusé à Eddie. « Les morts jeunes s'arrangent toujours pour revenir dans ce monde et compléter leur destin », lui avait dit Mlle Liau Chi, et Chloe l'avait crue. N'était-elle pas assurée d'avoir désormais entre les mains ce qu'il était parti chercher le jour de sa mort ?

*Petites Infamies*, c'est le titre que Néstor avait donné à ce recueil d'anecdotes qu'il rédigeait. Il s'agissait certainement d'histoires scandaleuses, d'infamies inavouables et terribles, grâce auxquelles elle pourrait réaliser le rêve d'Eddie qui voulait écrire la vie des autres.

Aussi, sans vérifier le contenu du carnet, Chloe s'est-elle recouchée tranquillement, en faisant comme s'il n'était rien arrivé, y compris vis-à-vis d'elle-même car c'est la meilleure manière de tromper les autres.

Assise maintenant face à la fenêtre, Chloe Trías se souvient de tout cela et aussi de quelque chose de bien pire, qui s'est passé il y a tout juste quelques minutes, quand elle a ouvert son trésor. Car que conservait-il réellement, le maître cuisinier, dans son putain de carnet de toile cirée ?

Comme s'il lui était impossible de concevoir un tel coup du sort, Chloe relit le contenu :

*L'infamie est une mousse au chocolat… le secret d'une île flottante parfaite…* – putain, mais j'hallucine ! – *la scandaleuse saveur d'un sorbet à la mangue…*

Elle regarde au-dehors. Elle parvient encore à voir par la fenêtre le cortège funèbre qui s'approche du portail des Lilas. La lumière du jour semble elle aussi la narguer, et elle cherche des yeux le cadavre de Néstor, car elle a envie de lui crier des obscénités, à ce menteur de cuisinier. Elle ouvre même la fenêtre. Mais elle finit par renoncer. Il est inutile de maudire les morts, et elle préfère feuilleter de nouveau le carnet, comme si elle espérait un miracle, un sortilège qui lui ferait y trouver autre chose que ce qu'elle y a vu tout à l'heure. Mais les petites infamies culinaires que le cuisinier a écrites en lettres rondes et parfaites sont toujours là, têtues. Un crime inutile, un autre rêve brisé.

Bientôt Karel viendra la chercher pour quitter la villa des Lilas. Elle devra ramasser ses affaires et tout ranger dans son sac. Elle laissera derrière elle un autre chapitre de sa vie, elle sera de nouveau seule. Comme toujours, se dit-elle. Et pourtant, au moment où elle va se lever, quelque chose qu'elle vient de voir par la fenêtre la retient. Chloe est fascinée par le rayon de soleil – celui-là même que les autres personnages de cette histoire ont observé depuis leurs fenêtres respectives – qui joue sur le linceul de Néstor Chaffino. Le plastique doré brille de cet éclat qu'elle a vu danser si souvent sur les miroirs des Lilas ; et comme si, soudain, elle était capable de sentir dans ses yeux le regard sombre de son frère, la jeune fille se met à rire aussi fort qu'elle a ri devant le miroir de la porte fermée de la chambre Westinghouse. Oui, c'est vrai, la vie lui a volé ce qu'elle aimait, elle l'a trompée, elle lui a tendu un tas de pièges. C'est vrai aussi, le sort vient de lui faire une dernière blague : changer les histoires avec lesquelles elle pensait réaliser un rêve en recettes de cuisine. Mais malgré cela la jeune fille sourit, elle salue le linceul de Néstor ; elle vient de se rendre compte qu'il lui reste encore une chance de forcer la main du Destin. Car elle tient une histoire que personne ne pourra jamais lui voler ; une petite, ou peut-être une grande infamie : sa propre histoire, celle qu'elle a vécue dans cette maison des Lilas. Et en voyant ce qu'elle tient, Chloe Trías, comme si elle était un enfant rêveur qui vient de souffler les vingt-deux premières bougies d'une longue vie pleine d'ambitions, arrache du carnet de toile cirée toutes les pages écrites par Néstor. Un à un, les secrets du cuisinier tombent dans la corbeille à papier : petits-fours d'après-dîner, truffes avec du gingembre, glaces et sorbets, jusqu'à ce qu'il ne reste plus que les pages blanches, et la première, sur laquelle on peut lire :

PETITES INFAMIES

Une fois le carnet dépouillé de tout vestige culinaire, Chloe inscrit, sous le titre tracé par la petite écriture ronde de Néstor

Chaffino, les premières lignes d'une histoire à laquelle elle pense donner forme ensuite, et qui commence ainsi :

Il avait la moustache plus raide que jamais ; si raide qu'une mouche aurait pu marcher dessus avec l'aisance d'un repris de justice sur le pont d'un navire de pirates.

La jeune fille marque une pause pour reprendre son souffle et réfléchir à la manière dont elle tournera le paragraphe suivant de *Petites Infamies*, roman écrit par Eddie Trías.

Et en traçant les lignes suivantes :

A ce détail près qu'aucune mouche ne peut survivre dans une chambre froide par trente degrés au-dessous de zéro : et pas davantage le propriétaire de ladite moustache blonde et congelée, Néstor Chaffino, chef de cuisine, fameux pour sa façon de préparer le fondant au chocolat.

Chloe découvre que c'est très facile, à partir d'une mort réelle, de quelques lignes directrices, de tisser toute une histoire de passions, d'infamies et de petitesses, car les mensonges sonnent vrai quand ils s'appuient sur un fait authentique.

Et maintenant, comment pourrions-nous continuer ? demande-t-elle avant d'écrire :

Et c'est ainsi qu'on devait le retrouver quelques heures plus tard : les yeux ouverts et sans expression, mais l'attitude toujours digne ; les ongles griffant la porte, c'est vrai, mais le torchon passé dans la ceinture de son tablier de cuisine, même si la coquetterie n'est pas le souci majeur d'un homme derrière lequel la porte d'une chambre froide Westinghouse 1980 vient de se refermer automatiquement en faisant *clac !...*

Et tandis qu'elle donne forme aux premiers paragraphes de *Petites Infamies*, la jeune fille ignore que, sur le paillasson d'entrée de la villa des Lilas, un cafard agite ses antennes.

Table

PREMIÈRE PARTIE

## Trente degrés au-dessous de zéro



DEUXIÈME PARTIE

## Six jours de mars

TROISIÈME PARTIE

## Le soir précédant le départ



QUATRIÈME PARTIE

## Le jeu des miroirs

COMPOSITION : I.G.S. - CHARENTE-PHOTOGRAVURE À L'ISLE-D'ESPAGNAC
IMPRESSION : S.N. FIRMIN-DIDOT AU MESNIL-SUR-L'ESTRÉE
DÉPÔT LÉGAL : AVRIL 2000. N° 37482 (50041)